魅丽文化 花火工作室

忽然知佳意

上狂
狂加
/著

廣東旅游出版社
GUANGDONG TRAVEL & TOURISM PRESS
中国·广州

图书在版编目（CIP）数据

忽然知佳意 / 狂上加狂著. — 广州 : 广东旅游出版社, 2019.1
ISBN 978-7-5570-1614-2

Ⅰ. ①忽… Ⅱ. ①狂… Ⅲ. ①长篇小说－中国－当代 Ⅳ. ① I247.5

中国版本图书馆 CIP 数据核字 (2018) 第 294915 号

出　版　人：刘志松
总　策　划：邹立勋
责任编辑：梅哲坤

广东旅游出版社出版发行
（广东省广州市环市东路 338 号银政大厦西楼 12 楼）
邮编：510060
邮购电话：020-87348243
广东旅游出版社图书网
www.tourpress.cn
湖南凌宇纸品有限公司印刷
（长沙县黄花镇黄垅新村工业园区财富大道 16 号）
880 毫米 ×1230 毫米　32 开
9.5 印张　233 千字
2019 年 1 月第 1 版第 1 次印刷
定价：38.00 元

目录 CONTENTS

第一章 001 忽然重逢

第二章 022 很爱过才会舍得

第三章 063 后来终究会错过

第四章 095 没有谁非爱谁不可

CONTENTS

第五章 138 纠缠不清

第六章 177 她的羽翼

第七章 214 坚不可摧的心墙

第八章 237 忽然知佳意

番外 294 幸福是你

忽然知佳意

第一章

忽然重逢

大公司办公区的一个又一个隔间，向来是钩心斗角的重灾区。就算公司规定上班期间不许闲聊，也阻止不了电脑屏幕上闪来闪去的QQ小企鹅。

如果细心些去看的话，一个又一个打开的对话框议论的话题只有一个——耿佳慧下个月就要嫁入豪门了！

一根根上下翻飞的手指，将这个刚毕业的女大学生初入公司不到一年，就得到连连晋升坐上了外贸部组长的位置，最后成功地钓到富豪小开的传奇经历层层扒开，企图“还原”这美丽童话后面肮脏的勾当和丑陋的交易！

一行行跃动的文字，在几十台电脑上跳个不停。

“当初她一个办公室跑外勤的小助理是怎么进外贸组的？”

“还不是猛拍老总的马屁……”

“听说她经常以加班的借口，钻到老总的办公室里不出来……”

“知道吗？她的那个男朋友可不是一般的有钱！大企业的富二代！这几天接送她的车从阿斯顿·马丁到宾利，妈呀，都没有重样的！你说她男朋友看上她什么了？谈谈恋爱也就算了，还要娶她！”

“也许人家会哄人呗！毕竟跟我们经理练习了这么久，有钱人有什么癖好，那还不是琢磨得一清二楚……”

“白雯雯，把这份价格报表录入一下，英国的Sainsbury's这个月要下订单，他们今天就要新产品的定价。”一阵清亮的声音突然响起，回荡在整个办公区里噼里啪啦的键盘声，也应声戛然而止。

在这种排斥感明显的尴尬寂静中，一个看起来干净文雅的女孩一边低头查看着手里的文件夹，一边将手中的价格表递给了正在QQ上聊得不亦乐乎的办公室助理白雯雯。

突然出现在身后的外贸组组长耿佳慧一脸平静的样子，好似没有看到那屏幕上一行行有关于她个人生活方面劲爆的聊天记录。

白雯雯被突然出现在自己身后的耿佳慧吓了一跳，她慌忙关掉对话框，然后一脸不自在地接过价格表，小心翼翼地观察着耿佳慧的脸色。

耿佳慧掏出口袋里的记号笔又将价格表中需要注意的小细节逐一点出，细细地交代一番后，便转身一阵风似的回到了自己座位上。

白雯雯拍着自己的胸脯暗暗庆幸逃过这一劫时，她QQ上工作组的一个头像突然闪动个不停。

她随手打开，一行流畅的隶书字体跳跃了出来，看得她倒吸了一口凉气。

“首先感谢你与同事对我感情生活的高度评价，其次，请不要把你个人经历的丰富情感经验，主观臆断地强加到别人的身上。”

看完这段话，白雯雯的脸顿时成了酱色，羞愤得快要爆裂开来。

教训完背后嚼人舌根的极品同事，耿佳慧的手机响了，她刚按下通话键，话筒里就传来了熟悉的声音：“慧慧，我已经在你公司门口了，你今天可别再拖拖拉拉的，快点出来啊！我小叔行程特紧，见完我们，他还要飞海城呢！”

“好啦！我知道了，马上就下去！”她含笑挂断电话，丝毫不受办公室里怪异气氛的影响，从办公桌抽屉里取出了一个包装精美的礼盒，并拿出放在袋子里的一条白色连衣裙准备带到卫生间去换。

对于这个年龄与男友相差仅十岁的小叔，男友异常地重视，于是这次携女友初次与叔叔见面，隆重的程度不亚于狂热粉丝去见偶像明星，所以她对待这次见面也很慎重。

耿佳慧走出公司大门，就看见一个理着平头，身高一米八左右的男青年靠在一辆崭新的兰博基尼旁。佟晓亮以前的发型其实很适合他那张娃娃脸，偏偏不知抽了什么风，婚期在即，却理了这样一个寡淡的发型。问起他，他却甩着脑袋说，这叫成熟，成功的男人都是这样的发型，不信，看他小叔也是如此。

耿佳慧今天穿着一件白色素雅的连衣裙，平时总是束起的头发此时披散下来，衬得脸色更加白皙，脚踩着白色细带的高跟凉鞋，清清雅雅如同一朵带水的芙蓉花。他眼前一亮，连忙走了过去："我的老婆今天真是太漂亮了！"说完就在耿佳慧的脸上狠狠地亲了一下。

耿佳慧白嫩的脸蛋上，除了面霜淡淡的奶油般香气外，再无别的化妆品，佟晓亮一次没亲够，又使劲亲了第二次。

耿佳慧有些不好意思地推开自己那个总是像个长不大的男孩的男友，嗔怪道："这么多人还闹！快上车，方才催得那么急，现在你又不着急了吗？"

佟晓亮才不理会呢，他一把抱起耿佳慧，说："就是这么多人我才更要抱紧点的，让他们知道这是我的老婆，别来跟我抢！"说着就将她抱上了车。

等坐进了车里耿佳慧才发现，这新车里到处都是吃剩的零食包装袋，对于他的不拘小节，她已经习以为常，边顺手将包装袋捡拾到一起边说："你那个小叔不是一直在国外发展吗？怎么突然回来了？"

"他每天那么忙，全球到处跑，不过每年都有那么几天回来A市，可是待的时间也不长，所以你知道跟他见面有多不容易了吧？老婆，一会儿得嘴甜些，我小叔在我们家算得上是一言九鼎了，你别看我妈跟你谱子摆得特大，但是到了我小叔面前，那气场被碾压得所剩无几！”

听了男朋友对自己未来婆婆的犀利言论，耿佳慧只能苦笑一下，然后说道：“好了，知道了，一会儿绝对不会给你丢脸的！”

他们与佟晓亮小叔约定见面的地方是位于市郊的一栋别墅里。

这个地方曾经是一大片高低错落的平房，被一片庄稼地包围着，在本市读完大学的耿佳慧曾经租住在这里的一处平房里，度过了大学的三年时光。可毕业后，她再也没有踏入这里半步，此时毫无防备地再到这个地方，居然有些认不出来了。

昔日的平房基本被夷平了，不知为什么，独独一处带院的破烂平房突兀地立在气派的别墅面前。

这让她不由得呆愣住了。

佟晓亮下了车，却发现耿佳慧还愣愣地坐在车里，于是疑惑地问道：“干吗呢？到地方了，快下车！”

耿佳慧这才回过神来，她拿起备好的礼物与佟晓亮手牵手进了别墅。

进了别墅才发现，客厅一整面墙都是透明的玻璃，透过玻璃可以将那栋平房尽收眼底。

一个男人正坐在沙发上端着咖啡，出神地望着窗外。

“叔叔，我们来了！”

听见佟晓亮的招呼声，那个男人微微转头望向了他们。

那男人看起来刚三十出头，理着与佟晓亮一样的平头，露出饱满的额头和轮廓分明的眉骨，浓黑的眉眼深邃，看人时，像野狼一样专注，挺直的鼻梁下，是一张薄薄的嘴唇。都说嘴唇薄的人薄幸，而这个男人的确有种容不得旁人亲近的气场。

当他站起身来时，将近一米八三的魁梧身材更是令人仰望。不过这浑身的野性又被合体的定制手工白衬衫妥帖地包裹着，满身的商业精英气息迎面扑来。

“叔叔，这就是我女朋友耿佳慧。佳慧，这是我叔叔。”

当佟晓亮热情地介绍完后，才发现平时待人接物落落大方的女友此时身体僵硬，愣愣地看着他的叔叔，素净的脸上没有半点血色。

倒是佟晓亮的叔叔首先伸出手来，冲着耿佳慧微微牵起嘴角，说：“你好！”

耿佳慧愣愣地伸出了手，马上被一双厚实的大手稳稳地握住，握力有些紧，手骨一阵发痛，可还没等她皱起眉头，那双手已经适时地放开了。

“这就是把我侄子迷得神魂颠倒的耿……耿……”

“耿佳慧！”见叔叔一时叫不上来，佟晓亮连忙适时地提醒。

叔叔微笑着点了点头：“你们来得突然，我也没什么准备，你们不要介意招待不周啊。”

说完也不等他们回答，便转身走出客厅，隐约听他喊道：“陈妈，让厨房准备晚饭！”

佟晓亮听了有些受宠若惊，连忙拽着还有些发愣的耿佳慧坐下：“今天真是托了你的福，我小叔居然要留咱们吃饭，要知道就算是我爸妈来，他也不见得有心情招待呢！”

见她还是回不过神来，佟晓亮轻扶着她的腰，疑惑地问道：“你怎么了？”

耿佳慧此时终于定下了心神，勉强露齿一笑，摇着头说：“没什么。今天公司订单比较多，方才觉得有些头晕……对了，你叔叔叫什么名字？”

佟晓亮听到女朋友说头晕，本来想关切地追问一下，可被她这么一打岔，也就绕开了话题。

“你怎么还不知道我叔叔的名字？他就是佟然啊！最近商界的风云人物……”

提起叔叔，佟晓亮的话匣子算是彻底打开了，后生晚辈的敬仰之情犹如滔滔江水连绵不绝。

不过耿佳慧的思绪早已经飘散开来。

其实男友口中说的这位杰出长辈的丰功伟绩，她已听了不下百遍。可总是无法和记忆中的那个人画上等号，莫非是自己认错了人？可是……

耿佳慧的目光转向了那面通透的玻璃墙。在夕阳余晖中那栋分外凄凉的平房自然而然地跳入她的眼帘，那栋平房正是她当年上大学时为了外出打工方便而租住了三年的地方……

此时，这栋突兀的建筑，更像是透着不祥之气的墓碑，伫立在原处，祭奠着什么。

不多时，佟然又回到了客厅，微笑着招呼他们去餐厅用餐。

虽然是临时准备的饭菜，但丰盛的程度足以令人咋舌。日本的神户牛肉被豪迈地切成了大片，红白相间的纹路在柔和的灯光下柔媚缠绵地延伸开来。一只精致的铁锅被放置在电炉上，事先下好的松茸此时已在热油中吱吱作响。放在一旁的几个小碟子里则盛放着一些圆润饱满、色泽清亮透明的鱼子酱和散发着麦香的手工面包片。

佟然作为主人自然坐在首位，他伸手打开一瓶红酒，将殷红的酒液逐一倒入杯中。

“既然是家庭便餐，自然是有什么吃什么，这顿晚餐有些不伦不类，日西合璧，希望你们不要介意。”这种将奢侈的食材随便摆放出来的态度，就连最挑剔的食客也无法责怪主人有怠慢之嫌。

觥筹交错中，佟然先是问了问佟晓亮最近在忙些什么。

佟晓亮乖巧地答道：“在自家的公司帮忙，更重要的是，正在筹备婚礼的事情，等到婚礼结束之后便打算自立门户，开一家小贸易公司。”

“那么佳慧你呢？结婚以后打算做什么？”

耿佳慧正小口小口地咬着抹了鱼子酱的面包片，只是有些魂不守舍的样子。

传说中堪比黄金的奢侈之物，碰触舌尖后果然鲜美无比。可惜这种略带腥味的食品并不是耿佳慧的心头好，她甚至觉得有些难以下咽。听到佟然问到自己，她勉强将嘴里的面包片吞了下去，然后抿了抿嘴，说道：“结婚后我便打算辞职，帮着小亮张罗他的贸易公司……”

佟然听了，点了点头，突然问道：“佳慧，你今年多大了？”

“二十六岁。”

佟然莫测高深地看了看她，又看了看他的侄子，说道：“哦，原来你比小亮大三岁啊。”

“小叔，俗话说得好，女大三，抱金砖。你不会像我妈那样古板吧？”佟晓亮的回答有些急促。

佟然作为做大事的人，平时不会过问家中的家长里短，但是对自己的嫂子不太满意这个没过门的儿媳的隐情，还是略有耳闻的。此时看到侄子如被刺猬扎了一样，自然心中有数，只是微笑着举起酒杯说道："哪里会，佳慧一看就是个精明能干的好姑娘，日后也多多帮衬我这个傻侄子，不要让他被人骗了，还傻乎乎地替人数钱……"

这顿饭吃得耿佳慧如鲠在喉，好不容易挨到了晚饭结束，可佟然似乎并不急于像他说的那样要飞往海城处理公务，还挽留两人去后花园品茶。

这时耿佳慧默默地拉了一下佟晓亮的手臂。佟晓亮看着女友越发苍白的脸，自然心领神会："小叔，我们就不打扰您了。慧慧有些不舒服，我要送她回家了。"

听到这话，佟然站了起来，走到他俩的身旁，很自然地低下头，看着那个站在男友身旁的女孩——那张线条完美的鹅蛋脸上有着一双眼角微微上挑的杏眼，当那双眼微微睁开时，带着些温润，颇有些楚楚可怜的味道。

他随手拿起一旁沙发上一条薄薄的开司米羊毛毯，递给佟晓亮，说道："既然如此，我就不留你们了，外面风大，给她披上这个，免得着凉了。"

佟晓亮接过毛毯后，就顺手将那条薄薄的羊毛毯披在了耿佳慧的肩上。质地柔软的开司米羊毛毯上传来一股夹杂着古龙水的烟草味——与那个男人身上散发出的气息如出一辙，令她有种被男人紧紧裹住的错觉。

强忍着这种不适感，耿佳慧低着头快步走出了别墅，和男朋友上了车。当汽车缓缓地驶离别墅时，耿佳慧一把拽下身上的开司米羊毛毯，将它抛在了车后座上。

“佳慧，今天你别回去了，去我那儿吧。不然你夜里不舒服了，都没人照顾你。”佟晓亮说着，很自然地伸手摸向了女友那双白皙的大腿。

耿佳慧自然知道，如果自己真的去了，男友要做的事情肯定不是喂药、量体温那么简单。

她朝着那只手轻轻地一捏：“真要被你‘照顾’了，恐怕我第二天都没法去上班了……咱们可是说好的，没结婚前可不能那个……”

佟晓亮再次铩羽而归，自然也有些不快，鼓着腮帮子一踩油门，将耿佳慧送回到了她家的楼下。将她送到楼上后，他死乞白赖地索要了一个缠绵的热吻，这才依依不舍地走了。

当耿佳慧关上房门时，面对一室的清冷，她再也无须伪装，颓然地一头栽倒在床上。

佟晓亮的叔叔怎么会是他？本以为那个人在自己的记忆里早已被荏苒的时光碾得粉碎，可是现在才发现不堪回首的记忆一旦从蛰伏中惊醒，来势迅猛冲撞得人束手无策。

只是……看那人今天的表现，似乎并没有与自己一叙旧情的打算。

也是，自己与他的侄子已经谈婚论嫁，这样尴尬的场景最恰当的处理方式，就是将那段历史狠狠地尘封，谁也不要提起。

在别墅中喝的红酒虽不多，但是后劲很猛，在一阵胡思乱想中，耿佳慧就这么混沌地和衣而眠了……

也不知睡了多久，一阵敲门声将她从酣睡中拉拽了出来。

耿佳慧费力地睁开双眼，疑惑地看了看时钟，起身来到门厅处，问道："谁？"

门外一片寂静，她顺着猫眼往外看，可是走廊的感应灯不知什么时候坏掉了，只看到一团模糊的人影。

她有些疑惑地咬了咬嘴唇，并不打算开门。

就在这时，门外传来了低沉而磁性十足的声音："如果不想惊醒你的邻居的话，就快点开门。"

曾经熟悉，如今变得有些陌生的声音，猝不及防地刺穿了她的耳膜，因为醉酒而有些昏沉的耿佳慧一下子打了一个寒战。

就在她迟疑间，敲门声又响亮急促了一些。她知道，门外的男人一向说到做到。

她咬了咬嘴唇，披了一件宽大的外衣，这才开了门锁。

在门外的一片黑暗中，一个魁梧的身影正立在门廊处，浓黑的夜色也遮挡不住那双如同恶狼一般的眼眸。

屋内柔和的灯光照在来者的脸上，佟晓亮的叔叔——佟然不动声色地看着她，坦然地亦如晚归的男主人一般。

"你……你怎么找到这儿来了？"

耿佳慧浑身都在微微打战，反射性地问完后，就暗骂自己傻，他早已经如同脱胎换骨一般，想要知道自己的住所也是易如反掌的吧。

作为外乡人，她一个单身的女孩在租住房屋时，除了考虑房租的性价比外，更要兼顾安全性。她现在住的这套单身公寓，虽然房间不大，只有二十多平方米，但是物业安保还是不错的。她的房间位于二楼，只要一出门再下半层，便是物业保安的值班室。

想到这儿，她的心稍微安稳了些，倒不是担心这个男人会做出什么出格的事情来。

可惜她还是把他想得太文雅，那双大手一把将她推了进去后，便转手关上了房门。

男人再也没有白日衣冠楚楚的文雅，骨子里的暴戾把钳住她胳膊的手劲发挥到了极致，让耿佳慧疼得差点窒息过去。

“怎么？进来的不是我的侄子让你失望了？男人太年轻了就是不懂得情趣，交了这么漂亮的女朋友，怎么能这么任由着她独守空闺呢？”男人挂着残忍的微笑捏住了她的下巴，“他不懂得，像你这样的女人，就应该牢牢握住才不会眨眼间就消失得无影无踪！”

耿佳慧拼命地想让自己冷静下来。她停止挣扎，定定地看着眼前这个曾经相识的男人，幽幽地说道：“我认识你吗？李然？不对，我应该叫你佟然小叔！可笑，你当年连名字都是假的……”

耿佳慧的质问并没有分散这个闯入者的注意。

他轻轻摩挲着她光洁的下巴，似乎在玩味着指尖的嫩滑：“怎么，我变得认不出来了？倒是你一点都没有改变，还是那么清纯娇弱，似一朵纯洁的莲花，只可惜……我的侄子对你的过去又了解多少呢？你是怎么接近他的？”

就在这时，耿佳慧放在枕旁的手机突然响了。佟然微微侧过头去，便看见上面显示着佟晓亮的头像。

他扯了扯自己松散的衣领，低下头，鼻尖紧紧地抵着她的脸颊，轻声说：“想接吗？知道该说些什么吧？如果要我跟我的侄子解释为什么深夜出现在你的房间里，可不是什么三言两语就能够解释得清楚的！”

说完，他接通了电话，把手机递到耿佳慧的耳边。

“喂，我已经到家了，你睡了吗？”

耿佳慧被包裹在男人的怀抱里，鼻息间都是他身上的烟草味道，她下意识地屏住呼吸，排斥着男人的气息，克制着声音里的颤抖，说道：“还没睡，有事吗？”

“刚才忘记跟你说了，我妈刚才打电话提醒我，我才想起来，明天不是周六吗？我妈在家接待我外婆那边的亲戚，他们都想看看你，你应该不用去公司加班吧？……喂？你怎么不说话？”

耿佳慧的注意力有些分散，因为那根手指一路下滑，吓得拿着电话的她差点大声地叫出声来。她只能努力制止那只入侵的手，紧着嗓子说道：“我……我明天要去公司发货，可能没法去……”

“你赶紧跟领导请假吧！我妈的脾气你还不知道吗？你要是爽约，我妈那么要脸面的人，不得给你摆个十天半个月的脸色？你可千万别……”

佟晓亮一提到与他妈有关的话题，就会紧张地说个没完。耿佳慧此刻确实想不出未来婆婆那张含怒的脸，因为那个可怕的男人倚在自己的身旁，小男友还在电话里跟她说着话，他压根也不会想到，自己崇拜的小叔正肆无忌惮地调戏着他的未婚妻。

耿佳慧恨不得自己把自己掐死算了，她只能急促地对着话筒说：“好，我明天请假，肚子有些痛，我要去方便一下，挂了！”

说完她挂断电话，用力地把手机抛向那个可恨的男人。

佟然头一偏，躲了过去，冷笑道：“撒谎的本领倒是有长进了。佟晓亮就是这么被你骗到手的吧？”

耿佳慧羞愤地挣脱开他的钳制，指着门对他说：“你应该说得很过瘾了吧？说完请你快点离开！我现在跟你没什么交情！”

佟然也站起身来，理了理并不凌乱的衣服，微笑着说：“恐怕我们以后的交情是少不了了。谁叫你要做我们佟家的媳妇呢？”

那最后一句话，像烙铁一样激得她浑身发抖，而男人已经笑着走到了门边，头也不回地说：“世界这么大，你偏偏往我的面前撞，你说你是不是傻？”

说完，男人便推开门大步流星地离开了这逼仄的公寓。

当听到门锁“咔嗒”合上的那一刻，耿佳慧脱力地坐在了地板上。

佟晓亮的叔叔怎么会是他？记忆中的那个李然怎么也无法跟男友口中描述的商业精英、富豪对上号。

耿佳慧隐约地感到，她与佟晓亮还未开始的姻缘似乎就要这么毫无预兆地走到了尽头。

辗转失眠了一宿，天微亮的时候，她才生出了一丝睡意，也不知睡了多久，屋外门铃声大作，耿佳慧吓得一个激灵，翻身坐起后，哑着嗓子问：“谁？！”

“还能有谁？你老公！小懒猫，还没起来呢？！我在门外了，再不走可就晚了。”

耿佳慧扭头一看时钟，居然已经早上八点了。

当她打开房门时，佟晓亮发现她一脸憔悴，不由得一愣：“怎么了？还是不舒服吗？”

说着，他就急切地伸手去摸耿佳慧的额头。耿佳慧生怕他再追问自己，连忙说：“你刚才催得急，我还没有梳洗，你等等我，我洗个脸就赶紧走吧，不然阿姨又要着急了。”

于是匆忙打扮了一番后，她便坐上了男友的车，向佟家大宅驶去。

提起未来的这位婆婆，耿佳慧也是有些头痛的。

因为她小门小户出身，佟晓亮的母亲赵芳华是打心眼儿里觉得她跟自己的儿子百般不配。虽然最后禁不住儿子软磨硬泡，加上丈夫也没有反对，赵芳华才勉强松口同意了这门婚事，不过每次见未来的儿媳，赵芳华都是一副不冷不热的态度。

当进了佟家客厅时，满满一屋子的人中耿佳慧一眼就扫到了佟晓亮的姑姑佟莉，顿时心里轻松不少，含笑着说：“姑姑，你也来了。”

说起这位姑姑，真算是她与佟晓亮的媒人呢！

记得当时，公司一位客户的家属，要来找他们这座城市的一位老中医看病，特意跟公司的老总打了招呼，委托帮忙招待一下。

这样人情往来的跑腿活计，本来是办公室助理白雯雯的事情，可是她一听大周末的，要陪着一个四十多岁的妇女跑到郊区去找中医看病，那嘴立刻就噘得老高，跟办公室主任磨叽着说自己要去相亲，对方条件特好，要是因为这事耽误了终身大事，少女忧郁症有加深的嫌疑。

当时耿佳慧在一旁插嘴道：“既然雯雯有急事，那我去吧！”

倒不是她善解人意，而是她向来注重工作上的人脉，这也是搞销售这一行最宝贵的财富，在自己能力所及的范围内，多做一些事，也是她在工作中的座右铭。

于是那天她不但全程帮助那位阿姨找到老中医看病，还揽下帮阿姨煎药的任务。在随后的几天里，她还帮阿姨安排好了当地著名的温泉疗养院，并且每天都准时送去新鲜的水果和煲得香浓的靓汤。

虽然知道耿佳慧来帮忙是被公司老总派下的任务，但这样细心体贴的照顾大大超越了客户之间例行的人情应酬，让这位阿姨很是感动。她觉得这个小姑娘年纪轻轻，但是做事沉稳老练，性格也是温温柔柔的，更不浓妆艳抹，甚是难得！

恰巧她的侄子佟晓亮来探望她，在疗养院的病房里，他看见这个忙前忙后的女孩后，一下就看上了，磨着她在中间牵线，软硬兼施，终于把姑娘追到了手。

这也是耿佳慧的同事白雯雯一直阴阳怪气的最重要的原因，当她知道自己原来是这么跟一个金龟婿失之交臂时，简直都要咬碎了满口的白牙。

跟满屋子的亲戚逐一打过招呼之后，耿佳慧便不声不响地走进厨房，帮婆婆家的保姆去切菜煲汤了。

有几个亲戚看了，便对赵芳华说："你这儿媳妇挺勤快的，人也斯斯文文的，你还有什么不满意的啊？"

赵芳华却哼了一声："小家子气的，哪用得到她去厨房帮忙？算了，懒得说她了，老张！赶紧去把麻将桌搬出来，今天我们要好好地玩上几圈儿！"

几位叔叔阿姨刚在麻将桌旁坐定，就听见坐在沙发上懒洋洋看电视的佟晓亮一脸惊喜地说："小叔，你怎么来了？！"

接着就听到一道低沉的嗓音说道："怎么？不欢迎吗？"

他的嗓门透过客厅里搓麻将牌的哗啦声，传到了正在厨房里切土豆的耿佳慧耳朵里，手上的菜刀一偏，手指头被划破了，殷红的血滴到了菜板上。

佟然的到来，让满室的人立刻转移了焦点，大家纷纷站起来与佟然打招呼。

耿佳慧没有从厨房里出来，简单地处理了一下伤口后，倚在料理台前想了想，打开冰箱拿出了一盒虾准备解冻。

就在这时，佟晓亮一脸兴奋地从客厅跑进厨房，对耿佳慧说：“我小叔居然没去海城，要在这多待几天……对了，慧慧，我小叔对虾一类的过敏，一会儿少做些海鲜，多做些他爱吃的青菜。”

耿佳慧笑着点了点头，看着未婚夫离开厨房，然后低头继续切着菜。

厨房里很快就飘散着鲜香的菜味，耿佳慧看着其他两个保姆都忙着煎炸烹煮，她转过身去将自己熬煮在浓汤里的虾头慢慢地捞出扔到一旁的垃圾桶里。

当她端着菜经过客厅时，麻将局已经激战到了如火如荼的境地。

商场上果敢决断的佟然显然到麻将桌上犯了傻，连连喂了几个庄家，引得他的大嫂赵芳华眉飞色舞，笑得前仰后合。

当耿佳慧轻声招呼大家吃饭时，一连喊了三声，才换来赵芳华一声不耐烦的“知道了”。

佟然先来到了餐桌旁，很自然地坐到了耿佳慧的身边，微笑着冲她点了点头，不露声色地划过她手指缠着的创可贴。

等大家都坐定后，耿佳慧就站起身来，一大碗青瓜蛋黄汤分别盛到众人的小碗中。然后，她坐下来低下头不再说话，微笑着倾听众位长辈的谈话。

“对了，晓亮啊，你这婚礼都筹备得怎么样了？”佟晓亮的一个舅舅忽然问道，“酒店订在了哪一家？”

“在市郊的洪峰机械厂的附属招待所里。”佟晓亮回答。

听到这个地方，大家不禁一愣。洪峰机械厂是佟晓亮爸爸佟自的产业，因为地处极偏僻的市郊，所以加盖了一栋三层集餐饮与住宿于一体的招待所，方便招待来往的客户，但也就是工作餐性质的，说得浅显些，就是单位的高级食堂。

赵芳华不等有人说话，就很自然地开口道：“那个招待所平时利用率也不高，里面的座椅都是新的，与其去那些不知道干不干净的大饭店，还不如在自己这儿办安心，最起码那些吃食都是顶卫生的。我原想着怕地方偏僻，大家不方便，后来想一想，自己的亲戚都是有车的，佳慧她们家基本没有亲戚，所以跟晓亮他爸一商量就敲定了。到时候我让人在招待所三楼的会议室里再多放几张麻将桌，我们在那天再一起尽兴啊！”

众人听了自然笑着说好了，但个个心里都明白是怎么一回事。

虽然“肥水不流外人田”的道理是没错，可是自家的独子结婚办酒席，最起码也得在位于市中心的豪华酒店啊！这样的婚礼也太抠门寒酸了。

佟家婆婆的意思摆得很明白，她对这个新进门的媳妇相当不满意。只是碍着儿子喜欢，她没法搞旧社会棒打鸳鸯那一套，就这么凑合着给他们置办了。但是这个小姑娘要是觉着自己攀上高枝儿了，想要搞豪门婚宴的气派，连门儿也没有！

佟然没有插嘴，微笑着在一旁倾听，眼角的余光很自然地扫向耿佳慧。她倒是没有什么不快，只是恬静地喝着汤。

佟然笑意稍减，收回了目光，冷冷地盯着自己的酒杯。

接下来的话题很自然地发生了转移，来到了佟然的身上，赵芳华娘家的亲戚很多是依附着佟家，经营着机械厂下游的生意。他们对佟家的了解自然也是透亮的。

佟然其实跟他大哥佟自是同父异母的兄弟。

佟家老爷子当初是机械厂一名普通的修理工，愣是迷住了厂长的独生女李洋，李洋死活要下嫁给他。可惜结婚后肚皮一直没有动静，就算家里再有钱也底气不足。加上佟家老爷子也是有做生意头脑的，慢慢地，李家的修配厂就落到了佟老爷子的手中。佟老爷子骨子里的大男子主义在腰包鼓起来的情况下，显现出来。

借口老婆不能生养，跟秘书偷起情来也是光明正大，养在外面的情人虽然没有名分，但是肚皮争气，居然抢在正室前生下了佟自，过两年又生下了佟莉，真是儿女双全。

以至于到最后，佟老爷子公然将养在外面的女人和儿女带回家，做正室的也只能忍气吞声，最后终于人到中年才难产生下了佟然。可从那时起，她的身子就落下了病根，在儿子九岁的时候，带着对丈夫的满腹怨尤撒手人寰了。

而佟自的妈妈也就是现在的佟家奶奶，便堂而皇之地转正了，教养自己儿女的同时，顺带养着佟然。

可惜佟然打小就顽劣得很，读书不怎么样，打架倒是一流的。佟老爷子也是恨铁不成钢，过世时，除了留给他一套房子和十万元的存款作为将来成家的资本外，剩下的产业一股脑儿全给了读书争气的大儿子和二女儿。

后来佟然十六岁就离开了佟家大宅，自己单过去了，据说还混过一段时间社会。后来也不知为什么，他突然爱上了读书又进修了大学课程，最后自己居然鼓捣起了小生意，就这么不到几年的工夫生意越做越大。

佟家人之前对这位浪荡子的不屑，被冲刷得一干二净，亲情的力量再次显现，慢慢地从以前的不闻不问，到现在的有“贵宾”自远方来不亦乐乎！

佟然虽然不跟佟自一个妈，但到底是佟家奶奶养大的，见面次数不多，他每次见到佟家的奶奶还有自己的哥嫂时都是一副谦卑有礼的模样，对待嫂子赵芳华的娘家人也是有求必应。

这让佟然在佟家和赵家人心中的人气简直“爆棚”了。

这次居然又看见了佟然，有几个自家生意不好的舅舅三姨，自然又开始想要打打佟然的秋风。

可惜这次都没打秋风的机会，因为饭吃到一半，佟然突然不住地伸手挠脖子，不大一会儿的工夫满桌子的人都看见佟然的嘴边起了一大片的红疹子，甚是吓人！

赵芳华慌忙走到了佟然的身边：“佟然啊，你这是怎么了？可别吓嫂子啊。”

佟然一脸苦笑着说：“可能是菜里有虾，我有些过敏。”

听到佟然这么说，赵芳华的眼睛一瞪冲着在一旁打下手的保姆说：“你们谁做海鲜了吗？”

那两个保姆连忙摇头：“晓亮都说了他叔叔对海鲜过敏，我们买的螃蟹都没有做，还养在水槽里呢……”说完她俩忍不住扫了耿佳慧一眼，顺着保姆的目光，赵芳华转向了自己未来的儿媳妇。

耿佳慧这才后知后觉地站起来，紧张地说：“哎呀！这……这汤是用虾头煮的，我……我就想着这样汤会更鲜些……我……”

还没等她说完，赵芳华已经彻底点着了火捻子：“你这孩子啊，让我说你什么好？亏得我们晓亮好，老夸你心细会照顾人，你就这样照顾人的啊？你知不知道过敏严重的后果啊？！笨手笨脚的，你到底浑身上下有什么好的？！我们晓亮真是被猪油蒙了心才会看上了你！”

这样的重话真是让人下不来台，佟莉连忙出来打圆场。可是耿佳慧似乎再也受不了了，捂着嘴，跑出了院子，打了一辆车，自己先走了。

佟晓亮自然想追出去，但是被他妈一把拉住：“追！就知道追女人！她又死不了！赶紧给医生老张打电话，叫他过来给你叔叔打抗敏针！”

听妈妈这么说，佟晓亮只能收住脚步，一脸无奈地拿起电话，可是他心里想的是：慧慧得哭成什么样？

其实耿佳慧跳上出租车时，脸上除了些许疲惫和无奈外，再无悲色。从她再次见到佟然的那一刻起，她便清楚这段姻缘不能圆满了。

婚期在即，对佟晓亮说出退婚的话，实在是件很为难的事情。今天佟然来得真是好极了。一石二鸟，干净利落，既给了那男人一个教训，又惹怒了未来婆婆，给了自己一个看似合理的悔婚借口。

只盼着她别伤害到佟晓亮，别人都当她看中了佟家的钱，实际上是佟晓亮的真诚和坦率打动了她。

她太渴望有一个自己的家了，一个不用设防的家，以至于当初被佟晓亮热情的追求冲昏了头，低估了现实的重重阻碍。

虽然她知道自己对于佟晓亮的爱，远不及他爱自己的十分之一，但是她真的不希望自己伤害到佟晓亮分毫，那个天真的大男孩，不应该受到无谓的伤害。

第二章 很爱过才会舍得

车开到一处老居民楼区的街口，耿佳慧下了出租车后，慢慢地顺着街道走回家。

到了楼下，她发现一辆黑色的轿车停在了楼下，看她过来，车窗慢慢地摇下，佟然依然挂着红疹子的脸露了出来，简单地只吐出两个字："上车！"

耿佳慧望着他，突然为那刚才一屋子的人感到可笑，这分明是一匹残忍的狼，怎么会有人认为他是一条忠诚的狗？

耿佳慧并没有上车，也没有转身上楼，她打量着四周几个带着板凳在阳光下打着扑克牌的老人，然后站在距离车门三米的位置，扬声说道："有什么事情在这里说吧。"

此时的佟然倒全无昨夜的暴戾之气，带着一脸的红疹子，似笑非笑地看着耿佳慧，伸手便将车门推开，下了车："怎么，害怕我真会吃了你不成？你那一碗好汤可真是差点要了我的命，总该负责到底，陪我去一趟医院吧？"

当他站到她面前时，她娇小的身子立刻被他高大的身影笼罩，而他身上那种混杂着烟草的成熟男人的香味又萦绕在自己的鼻腔。

耿佳慧强忍住才没有后退，只是双臂在胸前交叉合抱，冷冷地说："我身上没带多少钱，没办法替你付医药费。"

佟然听了又是一笑，洁白的牙齿带出一道亮光："其实仔细想来，我当年落魄成那个样子，哪一个正常的女孩肯跟我厮混下去？你当年的不告而别也是情有可原的。如今你我都是成年人了，再这么小家子气去纠结往事对谁也不好。佳慧，你说是不是？"

这番大方得体言之凿凿的辞令，倒真像是位成功人士说得出口的，此时阳光正好投射在他的脸上，衬得那含而不露的微笑似乎又镀上了几分真诚。一时间昨夜那个令人胆战心惊的男人，倒真如耿佳慧凭空臆想出来的幻影一般，显得有些虚幻不定了。

耿佳慧的脸不禁又白了几分，听了这话，过了许久才轻声说道："既然如此，就请你不要再来找我，我真不想与你有半分的瓜葛了。"

若是以前的李然，此时听了这话必定暴跳如雷，抓住耿佳慧的胳膊，按在墙角，一阵热吻，直吻得耿佳慧彻底地投降，吞咽掉每一句妄想离开他的话。

可现在立在她面前的，似乎真不是曾经的那个逞勇斗狠的街头混混了。他只是无所谓地耸了一下肩，然后说道："大嫂那边我已经安抚下来了。你这样贸然地跑出去，在众亲戚面前实在是不大好看。晚上，佟晓亮会来接你，你跟你婆婆道一声歉，这一页也就这么翻过去了。不过……你真是铁了心要嫁入佟家？你若真嫁给我的侄子，能不见我？"

耿佳慧微微扬起了脸，盯着佟然的眼睛说："谢谢你的好意，我心领了。我和佟晓亮的事情就不劳你费心了，这是我和他之间的事情，我们会自己解决的。"

说完也不等他回答，她便一转身咚咚咚地上了楼。掏出钥匙，打开门锁后，她喘着气立即把门关上，仔细想了想，然后在窗帘的遮掩下往楼下望，那辆黑色的轿车早已驶到了小院的门口，掉过头一溜烟便没了踪影。

耿佳慧这才彻底松了口气，掏出已经调成静音的手机，打开便看到有十几个未接电话和一串短信，都是来自佟晓亮的。打开微信，便是一长串的文字，无非就是"我妈就是那个臭脾气，你不要理会她，晚些时候我再来找你"之类的。

耿佳慧随手把手机扔到了茶几上，佟然方才说得云淡风轻，可是她真的不想自己未来的生活中再有他的身影。

打开衣柜，她准备换身轻便的衣物，可一低头便看见那放在衣柜最底层的纸箱子，随手抽开，里面是一本染上了岁月痕迹的影集。信手打开那本影集，略过寥寥无几的童年相片，便直接翻阅到了自己大学时期的青涩模样。

照片里的女孩剪着一头短发依偎在一名高大男子的身旁，一脸无知的满足幸福。

剔除掉乏善可陈的童年，似乎青春期所有的美好，值得纪念的一切都与他密切相关。为什么当初离开时，还要带着这本影集呢？是想要记住当初可笑到单纯的自己吗？还是提醒她曾多么的愚蠢无知？在懵懂的青春荷尔蒙的支配下，居然相信自己得到幸福要依靠一个暴戾的男人，而自己现在，是不是在重蹈覆辙呢？

耿佳慧用力地合上影集，再次将它抛进纸箱子里。衣服还没穿好，外面的门铃就响了。

透过猫眼一看，佟晓亮正对着猫眼往里面瞄呢：“慧慧，快开门！我买了你最爱吃的大樱桃！”

耿佳慧微微顿了一下，穿好了衣服，慢慢地将门打开，佟晓亮扬着笑脸举着手里的塑料袋：“看！我还带来了煮好的螃蟹！”

然后他小心翼翼地看向耿佳慧，将袋子放到一旁后一把将她搂入怀中，轻轻地抚摸着她的脸蛋，说道：“我的慧慧受委屈了，不要生气啊！”

耿佳慧从他的怀里微微挣脱出来，咬了咬嘴唇轻声说道：“我们分手吧！”

这句话让佟晓亮脸上的微笑停止了一秒，他抱住她微微摇晃着说：“说什么呢你？！这点小事就值得分手啊？！我妈就是脾气急了点，你走了之后，我小叔说我妈了！在场的亲戚全站在你这边，你要是没跑出去，我妈当场都能给你道歉，你甭担心啦！”

佟晓亮的娃娃脸搭配上这撒娇卖萌的劲头还真是让人招架不住，耿佳慧轻轻皱起眉头，板着脸说：“佟晓亮，我没有跟你开玩笑，趁现在还来得及，我们分手吧！”

佟晓亮也察觉到女友不同于往常的态度。耿佳慧从来不会像那些二十二三岁正当花季的女孩一样，因为吵架不顺心而轻易吐出分手一类的话。

佟晓亮之前也处过两个女朋友，都是没追到手时装清高，追到手时又磨人得厉害，上大学时经历的校园恋情的磕磕碰碰，愈加让他体会到耿佳慧性格成熟的美好。

可是找一个成熟稳重的女朋友的代价就是，他永远猜不透耿佳慧心里的想法。这种若即若离的感觉大大增加了类似于冒险的惊险与刺激，甚至让他有种这才是真正的初恋的错觉。

可是耿佳慧这是怎么了，怎么就突然没头没脑地说出分手的话来了呢？

几经哄劝，耿佳慧仍然不肯松口，到最后佟晓亮心里的火气也腾地一下子起来了，躺在耿佳慧的床上蒙在被子里，如同一只超大号的蚕茧一般，任凭耿佳慧怎么拉他都不起来。

耿佳慧不擅长撕扯打架一类的互动，拽了一阵子也没法儿把他拽起来，只好松开手，将佟晓亮买来的樱桃洗干净装进一个玻璃碗里，然后坐在沙发上拿起一颗，慢慢地放入口中。

佟晓亮听着声音，倒是掀开了被角，冲着耿佳慧委屈地说：“我渴了。”

耿佳慧本不想搭理他，可是眼角的余光瞄到他那可怜兮兮的样子，心底一软，起身给他倒了杯水递了过去。佟晓亮接过水杯时，手里微微一使劲便将耿佳慧也扯到了床上，也不管那水洒在了被子上，照着耿佳慧淡粉色的嘴唇就亲了过去。

怀里香软的身体是那么的美好，就连嘴唇里也是樱桃酸酸甜甜的味道，这一切都让他不能放手。

耿佳慧使劲推也推不动他，只能任由着他像只大无尾熊一样攀附着自己，嘟囔着要分手就一辈子都不起来之类的话。

分手谈判无疾而终，耿佳慧知道自己就是硬不下心肠狠狠地刺伤佟晓亮。这个毫无杀伤性的男人总是激不起她冷硬的一面。其实当初，也正是佟晓亮这种毫无心机的坦率，逐渐融化了她心底的那层寒冰，让她终于可以跟异性坦然地相处。

无奈之余她对佟然的怨尤也达到了新的顶点——如果不是他毫无预兆地出现，自己该是多么快乐地准备出嫁啊！

可事实证明，深受影响的只有她罢了，准婆婆赵芳华在那天冲着她发了一通脾气后，第二天就若无其事地打来电话，催她趁周日休息去刚装修完毕的新房那里，看着工人摆放好运过来的家具。而佟晓亮则打电话，大声地抱怨着他小叔的言而无信，本来说好了这两天留下来，帮他筹备开新公司的事，可女朋友一个电话打过来撒了几句娇，就立刻飞到海城去陪伴女友去了，真是有异性就不要亲情的典范。

耿佳慧撂下电话，盯着屏幕发了一会儿呆，他……也有新的女朋友了……她心里突然感到嘲讽：原来一直放不下的只有她自己罢了！

居然因为他的出现而想着放弃现在的爱情，佟然能放下一切恩怨的超然，简直是给自己一个响亮的耳光——你真的该醒了！

这么想着，她努力催眠自己放松一下，收拾停当，便出门去了新房。

佟家虽富，但是娶媳妇的时候倒是一点也不阔气，也没有买什么天价婚房，只是在一处学区不错的新楼盘里买了一套八十平方米的二室一厅。

耿佳慧倒是不在意房子的大小，当初听佟晓亮说不用住进佟家的那栋别墅就让她彻底地松了口气。那位婆婆，真不是一个好相处的长辈啊！

来到新居，虽然户型小，装修得却很有格调。佟晓亮虽然学的是商业管理，个人的爱好却是绘画一类的，进门的墙壁上挂的就是他给耿佳慧画的一幅肖像，无论是笔触还是色调，在耿佳慧这个门外汉看来，都是比较完美的。

工人们刚把衣柜和大床摆定，耿佳慧的电话就响了，掏出一看，是白雯雯的电话。刚摁下接听键，那边就传来了带哭腔的音调："耿姐，你现在忙吗？"

白雯雯一般是不叫她耿组长或是耿姐的，大多数情况下是三个字一起蹦出来直呼其名。

白雯雯跟她这么不对付也是有原因的。耿佳慧与白雯雯是同期进入这家主打对外贸易的文具公司的。可她现在已经是外贸组组长，而白雯雯还是月薪三千二百元的外贸部主管发货的小助理，此间的酸意，水塔陈醋都镇不住。

只有耿佳慧知道自己付出了怎样的辛勤努力，要知道这样不算大可也不算小的公司，岂是养闲人的地方？没有真本事，老板会把一个花瓶摆在外贸组，掌管一个公司全年效益这么重要的位置上来吗？只是不知今天白雯雯是出了什么大事，居然破天荒地叫起“姐”来了！

“不忙，有什么事？”

“耿姐，我……我闯大祸了！”这句话说完，那边已经泣不成声，哭得撕心裂肺了。

耿佳慧微皱起眉，转身来到隔壁的书房，趁白雯雯打着嗝哭出一个间奏的空当，问道：“究竟是什么事，你好好说，哭能解决什么问题？”

“耿姐，你让我发的那批大货，我……我忘买保险了。”耿佳慧心里一沉，那批货品价值三十万美元，折合人民币大约一百八十多万元。

保险有多重要，她自然心里门儿清。

因为公司出货走的大都是海上运输出口，可能在海上发生意外，产生损失，再比如货物在保管过程中着火、雨淋、水淹之类的都能按一定的比率赔付。如果国外客户提了货但不付款，或者悔单的话，保险方面都会负全权。

这些文书一类的工作都是白雯雯的活计，是最起码的手续，打死也不能忘记的。

现在白雯雯居然说忘了买保险，那肯定是捅出了什么娄子才主动交代。

“怎么？那批货发生意外了？”

“就是……就是我在联系货代的时候，那边的客户拒绝接货付款。

耿佳慧听了脑袋又嗡的一声，骂白雯雯也来不及了，她只能问：“对方为什么不付款？”

接下来她又听到了白雯雯干的一桩绝顶“好事”，原来货物运送到海城的港口后，白雯雯居然问都没问她，就私自同意了新来的货代要求调整货仓的请求。现在新货仓比原来客户联系的货仓多出了十万元的费用。客户当然不能埋单，要求由公司承担。

耿佳慧能怎么办？这里面牵扯的金额太大，只能如实地跟公司的老总汇报。草草地打发走了搬家具的工人后，耿佳慧又马不停蹄地跑回了公司。

公司的杨总接到她的电话就立刻回了公司，把早就在那儿的白雯雯骂得狗血淋头。

耿佳慧刚进办公室，当然也不能幸免，因为监督下属无力也挨了一顿臭骂。杨总脾气急，平日里开玩笑时还挺和颜悦色的，劲头上来时，什么话难听就拣什么说，骂得一般小姑娘都不敢睁开眼睛。

那边白雯雯听得都有跳楼的心了，这边耿佳慧却是淡淡的表情，微低着头也不说话，就是老老实实地站在办公桌前听着，看杨总骂得嗓子起了哑音，转身拿杯子给他沏了一杯热水。

这么低眉顺眼的，倒让杨总的火气消减了些。

最后杨总的意思是，这多出来的费用，看看能不能跟客户洽谈一下，各自承担一半。可是耿佳慧亲自打电话沟通下来的结果也不行，而且客户的意思因为货仓的调整，以至于他们不能按原计划将这批货物与他们采购的另一批货物并仓一起运回，所以打算放弃这批货物，当然他们不是过错方，自然不会支付违约款。

真是怕什么来什么，这次杨总的火气更大了！

在杨总漫天卷地的大嗓门和白雯雯堪比花旦的嘤嘤哭声里，耿佳慧只当没听见，噼里啪啦地按了一通计算器，平静地问杨总能不能跟客户降一下价格，争取把损失降到最低。

杨总是实干家，权衡利弊后只能割肉同意了。只是耿佳慧需要直飞海城跟当地的货代公司交涉。

打电话订了机票后，耿佳慧来不及回去收拾行李就匆匆拎着电脑包赶往机场了。临行前，白雯雯犹犹豫豫地问，要是这次货物没法运出去自己得扣多少钱。

“你的罚款按损失的百分之二计算，我要被扣损失的百分之三……”白雯雯这时的脑瓜倒是很灵光，一下子就算出自己可能要被罚款三千多元，吓得直蹦高！

“我的妈呀，我一个月的工资都没有这个数多呢！要……要是解决不了，老娘我大不了不干了！”说完，她倒是一脸羡慕加嫉妒地望了一眼耿佳慧，“耿姐，这次对不起你啊，不过这事对你来说问题也不大，你就要嫁入豪门了，这点钱对你来说根本不算个事，你说是不是啊？”

耿佳慧没说话，她正忙着调整呼吸，避免自己甩这位脑残白娘娘一巴掌。捅娄子一个接一个的，后路倒是想得挺周全，可惜她还当自己是象牙塔里的大学生，想起事情来还是那么非黑即白的轻松。别看他们老板奈何不了大洋彼岸的客户，给这种初出茅庐的小女孩使绊子有什么难的？

生活里有一堂残忍的课——叫吃不了兜着走，有时候逃避并不能甩掉你曾经犯下的错。

这堂课，耿佳慧上得透彻，痛得刻骨。

到了机场，快递公司也把机票送到了她的手上。看着飞机的降落地——海城，耿佳慧心里有些不舒服。

可是转念一想，海城这么大，哪有那么大的概率与那个人碰上啊，心里顿时又有了些底儿。

临上飞机前，她接到了佟晓亮的电话，听到提醒登机的背景音，佟晓亮自然问她要去哪儿。

听到她因公出差，佟晓亮的声音明显松懈下来：“我还当你打算逃婚呢！我可跟你说啊，咱们可不能来逃跑新娘那一套，你要是不要我了，我就蹲在咱们A市的火车站门口，就跟电视里报道的那忠犬似的，你不回来，我就天天守在那儿，饿死在门口，等着人给我糊成雕像！”

耿佳慧笑着打断他满嘴跑火车：“行啦！你这样的竖在火车站门口，不得吓哭一群小孩儿啊！新房的家具到了，摆放的位置不大好，你再去看看……”

交代完了琐事后，耿佳慧匆匆挂断了电话，准备登机。

上了飞机，外面下起了微微的小雨，打湿了机舱的圆窗，耿佳慧靠在窗边出神地望着。就在这时，手机里传来了一条短信，耿佳慧打开一看，是佟晓亮发过来的，除了一串手机号外，还有一行字，上面写着：我已经把你的电话给了我的小叔了，这是我小叔的私人手机号，你到了海城后，无论是用车还是住宿只管跟他开口，甭因为你们公司那点差旅费委屈了自己。

耿佳慧看完男友的体贴留言，心里的急火一下子就点着往上涌。她准备回拨过去，制止住男友的画蛇添足。可是这时空乘人员已经礼貌地提醒大家：飞机马上就要起飞，请关掉手机等通信设备。

耿佳慧只能发了一条“不要麻烦你小叔”的短信，就无奈地在飞机的轰鸣声中关掉了手机。

下了飞机，耿佳慧走出机场，犹豫了半天才打开手机，里面接二连三地蹦出来电小秘书提示的几条短信，但都是佟晓亮和白雯雯的未接来电和短信，并没有什么陌生号码打过来。

直到耿佳慧找到酒店安顿下来，那个人也没有主动联系自己。也是，忙着陪伴自己的女朋友，哪里会有工夫搭理她这个明日黄花？

耿佳慧自我解嘲地一笑。此时，已经是午夜时分，她泡好了泡面，坐在电脑前边吃边研究着发给客户电子邮件的措辞。

忙乎到将近午夜十二点的时候，她的手机突然响了，却是海城本地的号码，并不是佟然的手机号。

耿佳慧盯着不断闪烁的手机屏幕半天，才犹犹豫豫地按下了接听键。

“请问是耿佳慧小姐吗？”电话里传来的是带着吴侬软语的女子的声音。

听到耿佳慧说“是”，对方连忙自我介绍，原来她是佟然的秘书。

在电话里，这位姓马的女秘书一个劲儿地抱歉，说是今天白天事忙，把佟总再三交代的吩咐给忘在了脑后，请耿小姐多多海涵。然后又问耿佳慧住宿方面是否满意，如果不满意她再安排司机过去接她。

耿佳慧客气地谢过她之后就说不用麻烦了，她一切很好，因为是来工作的，所以行程很满，就不多叨扰了。双方又互相客气了几个来回后，该尽的礼数也一一到位，各自道声“再见”便挂了电话。

耿佳慧心里清楚，那个人以前经营游戏厅也好，去酒吧砸场子也罢，都会讲究个条理分明，分工井然，谁堵后门，谁拉电门，谁负责砸桌子，谁负责削人，从无遗漏。手下的一干小弟被训练得笔管条直，放下家什比金牌物业公司的保安都守规矩。

所以，与其说是马秘书遗忘了老板千叮咛万嘱咐的要事，倒不如说是佟然压根就不打算接待她，这倒是与她的想法不谋而合。

耿佳慧此时倒是真的松了一口气。

第二天一大早，她匆忙地洗了把脸后，便往货代所在的写字楼那儿跑。到了地方，她见到了管理这次发货的接头人帕米拉。

热情地一阵寒暄后，帕米拉终于交代了实底儿。原来运货时，耿佳慧的公司出了岔子，恰好有一家文具公司不知从哪儿得到了风声，立刻给德国公司出了一份报价单，价格低廉诡异得如同在销赃，货物又是现成的，这让德国方面大为心动，而耿佳慧的公司迟迟拿不出解决方案，正好给客商有了退货的借口。

看着那份报价单上触目惊心的数字，耿佳慧心里有了数，就算自己的公司再拉低价格，也做不到对方简直是赔钱大甩卖的低价。

从货代公司出来，耿佳慧的心也凉了半截。站在路旁，她踌躇了半晌，打车回了酒店。

进了房间，她忙打开电脑查收邮件。幸亏她备了后手联系了当地几家客户，看看能不能接收自己被拒收的货物，发出的几十封信函中倒真有一封信函回复了。

耿佳慧打开一看，对方还是个老熟人，此人是展会上公司的常客，每次在展会上都会拉着杨总的手眉飞色舞地讲述着关于夜生活的事，还总是暗示杨总出资带他好好玩乐几场。杨总碍不过情面，倒真的让司机拉着他和韩先生去玩了一回。

此人的人品问题虽不在耿佳慧的考量范围之内，但对方很仔细地询问货品目录的事宜，说明对方真的有购买意向。

这批货终于有了着落！她高兴之余连忙写了邮件回复。

这边邮件刚发出去，客户的回信就到了，邀请她一个小时后进行面谈，给了她公司地址和电话。

耿佳慧也没有带什么换洗的衣服，她简单地将马尾再梳理一下，在包里翻出一支润唇膏，抹亮嘴唇后，看镜子里的自己还算得体，便匆匆地打了一辆车，直奔客户公司。

到了目的地。客户公司在一栋写字楼里，她出了电梯，向前台介绍完自己，前台打了电话后让她等一下。

几分钟后，一个穿着灰色西装六十来岁的男人走了出来。没想到这位韩先生亲自出迎，只见他眉毛眼角全是笑意："耿小姐，我们又见面啦！上次就想好好地跟你聊一聊，可你总是那么忙，真是人娇事忙啊！"韩先生一嘴的广东腔，拉着耿佳慧的手便往里面走，一边走，一边用手指摩挲着耿佳慧的小手。

耿佳慧突然感到自己来得有些不明智，一时情急，居然忘了韩先生是个什么品行的人。她盯着那紧握自己的泛着老年斑的手，感觉在自己皮肤上滑来滑去的手指，如同吸血的水蛭一般甩都甩不掉。

借着进办公室的工夫，耿佳慧自然地从韩先生的手中抽回了手，微笑着从包里抽出样品目录放到他的桌上："这是这批货的目录，您先看看，有需要的话，给杨总打电话，到时如何移仓入库，你和杨总敲定。"

说着耿佳慧就想告辞离开。姓韩的老头，哪里肯这么轻易地放她出去？他靠在老板椅上阴阳怪气地说道："耿小姐这是在敷衍我啊，这是对待重要客户的态度吗？"

耿佳慧面不改色，脸上挂笑地问道："怎么？韩总还有哪些不明白的地方吗？"

韩先生靠在椅背上，面带不悦地说："不明白的事太多啦，我这相当于买二手货啦，耿小姐，你觉得你有没有义务给我说得再清楚些？"

耿佳慧心知一时脱不了身，只能微笑着说："既然韩总提出了要求，我当然要尽力满足啊。"韩先生听到这话，立刻笑逐颜开，吩咐秘书出去在附近的酒家订一桌酒宴，说是要和耿小姐边吃边谈。

耿佳慧不动声色，点头应承。脑子里却不停打转，外贸组的女同事对韩先生的品行都有所耳闻，以前半开玩笑地在一起聊天时，就研究过对付他的计策。

趁韩先生和秘书说话的工夫，她偷偷地给白雯雯发了一条短信，大致的意思是自己现在在广东韩先生这里，一时脱不开身，让白雯雯大约五分钟后给她打一个电话，就说公司的货在码头出了岔子，让她去接应。发完短信之后，耿佳慧便在椅子上坐定，微笑地望着向她走过来的那个一步一晃悠的韩先生。

可是，眼看着秘书转身走出办公室，韩先生又跟自己动手动脚，救命的电话却一直没有响起。耿佳慧暗骂白雯雯办事真是不靠谱到家了。她只能脸上挂着微笑跟韩先生虚与委蛇，大概过了二十分钟，电话铃声终于响起，耿佳慧如释重负一般赶紧抓起电话。可拿起一看，居然是佟然的手机号。耿佳慧硬着头皮接通了电话，佟然那低沉的嗓音便轻轻地划过耳膜："赶紧出来，我在楼下等你。"

没头没脑的一句话，让耿佳慧有些犯蒙。她只能机械地重复一遍："等我？"

"对！不下来难道在楼上陪那个韩老头吗？赶紧的，别让我上去拽你！"

耿佳慧这时倒是听明白了，只是心里有些惊疑不定：佟然怎么知道自己在这儿呢？

就在这时，韩先生的秘书去而复返，低声地对韩先生说道："亿阳集团佟总的车停在了我们的大楼门外，说是要找耿小姐。"

那位韩先生，本来半个身子已经倚在了耿佳慧的身上，听秘书这么说，身子立刻就弹直了，惊疑地问：“是佟然，佟总？”

秘书点了点头。

他略带诧异地打量了一下耿佳慧，问道：“耿小姐难道也联系了亿阳集团吗？”耿佳慧不知道怎么回答，只能点头应承，韩先生再不敢强留耿佳慧，她忙抓住自己的包快步下楼。

佟然坐在一辆车里，车窗半开，他用眼神示意耿佳慧上车。

车里顿时安静得尴尬到极致，耿佳慧安静地坐在后座，与那人的位置仅有一座之隔，在狭小安静的空间里，两人的呼吸似乎都交叠在一起，她吸入的每一口带着淡淡烟草味的空气，可能就是刚从他的口里呼出……这种认识，调动起耿佳慧全身的防御，身子僵直，尽量不去看前方开车的人，她望着窗外问道：“你怎么知道我在久山贸易？”

佟然自她上车以来，脸就一直冷着，那种表情，耿佳慧很熟悉，他动了大怒，模样却是极力克制时才有的严峻。听到她说话，就用手指敲了敲方向盘，似笑非笑地说：“我还以为你开口的第一句话是要谢谢我呢？怎么大学读完了，人倒不如以前有礼貌了呢？”

耿佳慧依旧梗着脖子看着窗外，短促地说了声：“谢谢你了。”

佟然从后视镜里，将耿佳慧不自在的表情尽收眼底，他轻轻地一撇嘴：“是你未婚夫方才给我打来电话，指责我为什么没尽地主之谊，害得你一个人去客户那儿遭到揩油。为了向我那傻侄子证明我是个尽职的长辈，这才抽出时间，亲自过来接你。”

耿佳慧听得一愣，佟晓亮是怎么知道的呢？下一刻，她的电话铃声响起，是佟晓亮打来的。

原来耿佳慧在网上订购的椅垫送到了单位传达室，是白雯雯看到了，也不知是怎么的就按着货单上的另一个电话，给佟晓亮打了过去，让他去单位取货。

耿佳慧偷发短信的光景，佟晓亮正好跟白雯雯在传达室拆包装呢。

看了她的短信，再加上白雯雯的答疑解惑，佟晓亮顿时急得不行，立刻打电话给他的小叔兴师问罪。

“你那同事是傻子吧？你都这样了，我要打电话报警，她却死拦着我，说是怕得罪客户！幸好我叔说他全能搞定，要不然我就飞过去，打得那韩老头满地找牙！”

耿佳慧苦笑着听佟晓亮的抱怨：“白雯雯当然得拦着你，那个韩久山就是人恶心点，我有些招架不住，太出格的事他在大庭广众之下也万万不敢做，你报警了又没证据，得不偿失。”

“你不用管我，我可跟你说啊，你这次一个人出差，你一个女孩儿可不能在外面乱跑，我小叔会把一切都帮你安排妥当的，你要是再推三阻四，就赶紧给我回来！你们那公司的老总也不是什么好人，居然让你一个女孩儿在外面堵枪眼，你就不应该去！回来后赶紧办理辞职交接手续，咱们还就不伺候他了！”

看来这事，让佟晓亮气得不行，一连下达了好几个“最高指示”。耿佳慧知道不能跟气头上的人争辩什么，便温柔地一一应下。

好不容易安抚住了未婚夫后，她挂断了电话，却发现佟然神色嘲弄地看着她。

“这么温柔，我以前真没发现你这么能装！怪不得把我的侄子迷得……”

“在路边停车就行了，我还有点事，就不耽误你了。”耿佳慧恢复了冷淡的语调，对佟然说道。

可一连说了几声，只听油门加重的轰鸣声，汽车压根没有停下来的意思。耿佳慧看着窗外一闪而过的风景，心里便有些急。

最后佟然的车倒是停了下来，可耿佳慧往窗外一看发现车子驶出了市区，停在一处僻静的高架桥下。

耿佳慧急忙推开门下了车，准备寻个地方上桥拦车，可没走几步就被从后面追赶上来的佟然一把拽住，胳膊一收又把她塞回到了后车座上。

“你刚才不是跟我侄子答应得好好的吗？怎么这会儿就开始阳奉阴违了，这么不听话？”

耿佳慧像只无力的雏鸟半个身子被按压在座椅之上，她心底一沉，颤声对他说：“你……你要干吗？！”

佟然在微笑，可笑意压根未到眼底：“干吗？你们做销售的，为了订单销量以色示人不是常事吗？听我的侄子说，你还是什么外贸销售的组长呢！怎么？方才快到手的订单不要了？我这倒是能要了你的那批货，你是不是该拿出些专业风范好好取悦一下你的客户？”

尖酸刻薄的话，刺得耿佳慧的胸口一阵难忍的疼痛。她用手抵住佟然紧逼过来的宽厚的胸膛反击道：“别说我没你说得这么龌龊！就是真要用手段来换业绩，那个韩久山也比你这个表里不一的流氓顺眼百倍！”

佟然笑着说：“那我就流氓一个给你看看？”

“你……不要脸！”没等她说完，他便附身上去，狠狠地亲吻住了她的嘴唇。

久违的气息通过唇舌毫无遮掩地传递了过来，眼泪也止不住地顺着脸颊开始流淌。

佟然品尝到了颊边的湿意，终于抬起头，看着耿佳慧哭得发红的眼睛，状似爱怜地用指尖轻抹了一下："本来给你逃跑的机会了，你要真是个聪明的，跟我见面以后，就应该立刻离佟家、离我都远远的。荣华富贵真的那么吸引人吗？你怎么就这么舍不得离开呢？"

其实耿佳慧心中也在暗骂自己的愚蠢，她不应该心软，应该马上离佟家远远的。

她胡乱擦了擦自己的眼泪，决定回去就跟佟晓亮分手，可是嘴上说："谁不知道年轻的好？除了有钱以外，你的侄子胜在年轻力壮，叫人舍不得离开。怎么，怕我乱说吗？我没有无聊到会挑拨你们叔侄的感情！"

她深深地厌恶，此时在这个男人面前软弱不堪的自己，努力地抑制住哽咽的声音。

佟然太阳穴的青筋隐隐蹦起，冷笑道："其实佟晓亮手里没有什么钱，性格又不成熟，没点担当，你那婆婆只要掐断他的经济来源，他就什么都不是了，不然，你陪陪我？我倒是不介意偶尔穿一穿旧鞋，随手赏给你的，都够你爸妈和你那瘸了腿的哥哥花一辈子的了，要不要考虑一下跟我重温旧情？"

听到佟然这么说，耿佳慧的心抽痛了一下，一向温柔的她难得犀利地回击："你爱穿旧鞋，我还不想被你这双臭脚……传染脚气呢！"说完她一咬嘴唇，觉得把自己绕进去了。

佟然倒是被骂得很舒畅，从后座上抽出纸巾，慢慢地擦干耿佳慧的眼泪："宝贝，我有没有脚气，你以后伺候我就知道了。不过我想要的，现在总是有能力到手的。我也不希望你再气到叔叔和阿姨，我打听到他们二老的身体可不大好，叔叔是不是刚做完心脏搭桥手术啊？你可要做个省心的孝顺女儿。"

一番话，听得耿佳慧的心不住地往下坠，她知道，面前的男人在这几天对自己下的工夫可不少。若是爸妈知道自己跟他还有来往……这是个说得出、做得到的男人，手上染着血，心里藏着刀。她冷着脸望向窗外，懒得再跟他多费唇舌。

佟然看了她一会儿，启动了车子上了高架桥，点开音乐后，他在轻缓的音乐声里说道：“你指望着那韩老头帮你解决，还不如多找些靠谱的，我刚才正参加着酒会呢，这里人脉多，看看你能不能找人把你这批货接盘了。”

说完，他把车开到了一家高级会所前。

耿佳慧知道，他说的的确是个解决眼前难题的办法，他看起来似乎不想这么简单放她走，不如泰然处之，便一路被他拉扯着走了进去。

刚进门口，一个长发飘飘的女孩就迎了过来：“达令，你去哪儿了，也不跟我说一声，我还以为你撂下我一个人走了呢！”显然，她应该是佟然现任的女友。

佟然微笑着搂住那女孩的腰，在她浓妆艳抹的脸蛋上刻意吻了一下：“我的宝贝在这儿，我能去哪儿啊？”

说完他便指了指耿佳慧说道：“这是我侄子佟晓亮的未婚妻，找我办点事。”然后他又转过身对耿佳慧说道，“这是吕卓儿。”

耿佳慧听着他看似撇清关系的介绍，目光低垂望着自己沾染了些许灰尘的鞋尖。

吕卓儿微笑着打量了耿佳慧一下，与她一身优雅的礼服相比，耿佳慧一身简单的T恤加短裙就显得不得体了，参加这样高级的宴会，真是有点不修边幅了。

就算对方只是男友的侄媳妇，女人的天性还是爱比较出个一二的，吕卓儿满意地发现无论是身高、身材还是相貌衣着品位，自己都高出对方不止一点儿。

耿佳慧依旧表情淡淡地跟吕卓儿打着招呼。

看来佟然改变得还真彻底，以前的他，无论私底下爱得如何缠绵，也从来不屑于在人前表达对女友的亲切，那呼来喝去的态度，俨然是在招呼着另一个手下的小弟。

金钱和地位的提升，也让男人懂得怜香惜玉，狂撒狗粮了。她慢慢地调转视线，习惯性地低下头，不去解读此时心里翻滚的是什么。

这场宴会很是热闹，大家推杯换盏，三五成群地聚集在一起交谈着彼此的赚钱心得。耿佳慧周身的廉价气息与这里的奢侈格格不入，自然也不会引人注意。

佟然把她晾在一旁，便与熟识的商业伙伴边说边笑地到隔壁的台球室里打桌球去了。倒是吕卓儿体贴周到，拿起一杯鸡尾酒递给了坐在角落里的耿佳慧。

“佟然也真是的，就这么不管不顾地谈自己的生意去了，小慧你可不要介意啊！”

“没关系，我知道佟……他日理万机，本就不应该给他再添麻烦，如果方便的话，我想请你帮我叫辆车，我就不在这儿打扰了。”

吕卓儿刚想说些什么，佟然却带着几个人慢慢地向这边走了过来。

“来，老张、老刘，见见我这侄子的女朋友，耿佳慧，她手里存了一批笔记本的大货，就指望你们二老帮忙消化一下了！”

那个叫老刘的显然是个直性子，说话很直接，听到这儿，不大满意地冲着佟然摆了摆手：“我说佟然啊，你这人都精到家了吧！你咋儿个还跟我说要从我这儿进一批笔记本供你们集团办公之用，怎么现在却推掉自家的买卖，让我接手呢？是不是打算卖我一个‘好价钱’啊？”

佟然跟这两人的关系显然不错，说话很是随意，那个老张也笑道：“老刘你说得太准了，这小子太精了！你看他前一阵子的那个欧洲电子并购案，空手套白狼的路数啊！愣是让自己的集团股价涨了近一倍！咱俩还真得防着点，备不住佟然又在打什么算盘呢！”

佟然无奈地摇摇头：“一点笔记本，三十万美元的货而已，能坑你们什么啊！都不够二老的一箱顶级红酒钱。”

吕卓儿在一旁听得分明，嗔怪地推了一下佟然的胳膊：“既然你也要笔记本，干吗还要求外人？这不是让小慧见笑吗？”

佟然慢慢地晃着杯里的红酒，略有些无奈地笑道：“我的确是需要一批笔记本，但是担心我这侄媳妇不肯卖给我啊！”

“怎么会呢！哪有这么好的生意不肯做的？你说是不是啊，小慧？别客气，狠宰你叔叔一顿！”吕卓儿亲切地搂着耿佳慧的肩头，开心地笑道。

耿佳慧此时听到佟然故作姿态的声音，心里就有种想要呕吐的感觉，心里在权衡着怎么脱身。

可就在这时，手机里的电子信箱提示音响了，她打开一看，是韩久山的回复，大概的意思是上一批货还没有消化完，这次虽然货好，价钱也不贵，但是资金一时周转不开，只能下次合作了。

收起电话后，耿佳慧知道那韩老头八成是打着揩油的算盘，原本就没有进货的意向。只是这一边落了空，再回绝佟然的话，接下来该如何是好？

想到那高额的罚款，耿佳慧就头痛，白雯雯临行时的话里有话，分明是指自己找了个有钱的未婚夫，根本不用担心罚款的事情，可惜她耿佳慧不是靠男人出人头地的人。

她每个月固定往家里打钱，手里的存款也不过两万元，以备头疼脑热不时之需的。因为结婚的事，爸爸倒是张罗着要给她三万元的嫁妆钱，可是哥哥也结婚在即了，未来的大嫂又嫌弃房子小，暗示彩礼不够，爸妈因为大哥腿瘸的缘故，在女方面前也拿不出强硬的底气，予取予求，生怕女方不满意，用钱的地方太多了！

所以耿爸虽然钱汇到了她的账户上，但她是不打算要的，到时候在二老钱转悠不开的时候，再原封不动地退回去……骨气啊，对于求于生计的人来说，果然是奢侈之物。

既然是生意，那倒是钱货两讫的事情，看那佟然如今也是有恩爱女友的人了，看着吕卓儿那美艳得体的模样，的确不是自己所能比拟的。虽然佟然说了所谓的“穿旧鞋”理论，更多的是对于当年事的耿耿于怀，出气报复吧……

想到这儿，耿佳慧勉强挤出一丝微笑，沉静地说道：“怎么会呢，那就麻烦佟叔叔了。”

这一声“佟叔叔”显然没有取悦佟然，他什么也没说，只是冷笑着举了举杯，将杯中的红酒一饮而尽，饱满的喉结在精致笔挺的衣领上打着战。

那天宴会结束后，还有一场饭局，宴会上西式的冷餐显然不大对佟然的胃口。

他带着吕卓儿、耿佳慧，又带着几位商界的朋友在一家中式的烤鸭店用餐。

耿佳慧本来是有机会溜走的，她借口身体不舒服想要早点回去休息，可佟然说：“合同还没签呢，你就着急走吗？”一句话就点住了她的死穴。

饭桌上的气氛十分活跃，可耿佳慧心里有事，根本吃不下。她看着佟然满脸笑意地跟满桌子的人应酬着，自己默默地从皮包里掏出打好的合同，低着头在合同的空白处写上注释，然后寻个空当把合同递给了佟然。

“那个……把这个合同签了吧，货还在大仓，调出来也要花些时间……”

本以为佟然还会刁难自己，没想到他倒是很干脆地签了字，然后说道：“调货的事情，我会安排人手，晚上去我那儿坐坐……”

耿佳慧当然明白佟然话里的意思，可现在不是跟佟然硬碰硬的时候，她想了想，委婉地说道：“不是本公司的人没法调货，我得亲自到场，估计得在货仓熬一晚上，你就好好陪着卓儿姐姐吧，不用费心招待我了……”

佟然的脸色不大好看了，这个男人现在在商界呼风唤雨的地位，似乎让他更加不适应别人的拒绝了。

他转过脸去，再也没有看向耿佳慧。

饭局结束后，佟然翻看了产品目录，指着笔记本上缠着的腰纸说：“这个腰纸上的 Logo 要换成我们集团的。”

说完了自己的要求后，他似乎还打算给她一次“改过自新”的机会，问道：“有没有需要我帮忙的地方？”

耿佳慧收好了签上字的合同，摇了摇头。这个男人对自己的每一次帮助都像是冥冥中命运对自己无情的锤炼，可造化弄人，她没想到自己居然有心平气和地与这个人签订合同的一天，不过生意就是生意，他付他的钱，她做着自己应该做的事。

因为佟然的集团马上要召开年会，这批笔记本急等着用。耿佳慧在海城本地找了一家印务公司。下订单后，就得赶紧把自己的货从港口提出来，不然每耽搁一天的滞纳金也不是个小数字。

以前都是在办公室电话遥控，耿佳慧压根没有直接来过港口。她就这么顶着大太阳一路走一路问，寻到了港口仓库区。

耿佳慧提了自家的货，雇用了货车，联系了印务公司印刷腰纸，又马不停蹄地打车去了最近的劳务市场，准备招些人换笔记本的包装。

找好了五个女工后，耿佳慧问她们是否知道价钱便宜的仓库。女工们提供了几个地方，电话联系后发现价格太高了，最后一个女工问明是提货换腰纸的活后说不用找仓库，随便在郊区无人的地方停车，把货卸到地上，换完腰纸再装进集装箱就行。

耿佳慧想想这也是个方法，还能省下不少的仓库租用费。她在那个女工的指点下到郊区找到一处人车稀少的地方，给车队打电话让他们送货到这儿。装货的车到了，耿佳慧也把印好的腰纸取来，带着女工开始卸货。

司机打开集装箱大门，里面装得满满当当的，从地面一直堆到二米多高的箱顶。在司机的帮助下，一点点地往下把最外面的纸箱卸到地上，女工们把纸箱子摞起来，踩在上面卸高处的货。本子都是纸，看着不大，却很压秤，一个箱子就有十三公斤左右，耿佳慧卸了几箱胳膊就酸得受不了，只能咬牙坚持。

其间，吕卓儿倒是给她打来电话，问耿佳慧有没有时间一起逛街。

耿佳慧用肩膀夹着手机，边往下拽箱子边说自己这边的事还没忙完，谢谢她的好意了。

吕卓儿倒是有些纳闷："跟你叔叔说一声就行了，一个女孩子家家的在太阳底下忙乎什么啊？"

耿佳慧没有回答，冷淡而有礼地再次道谢后，便挂断了电话。

好不容易把所有的笔记本都贴上了新腰纸。耿佳慧站起身子，就觉得天旋地转，肚子也是一阵阵叫唤，才想起一天都没怎么正经吃东西。

这时，她脚下不稳突然从纸箱上摔下来，手中的纸箱也掉下去砸到她腿上。那疼痛感，差点让她咬断了自己的舌头。

女工们慌忙把她扶起来，搀到集装箱外面，让她平躺在地上。腿上稍稍一碰就是钻心的疼，不知伤没伤到骨头。耿佳慧让女工们继续装箱，自己则半躺在地上。司机看到耿佳慧受了伤，也加入进来帮忙，女工们也加快了速度。半个小时他们就把集装箱装满了。

耿佳慧给女工们结了账，又吩咐司机把货运到亿阳集团，就自己打车去了医院。

此时，已经是临近下班的时间了，她到了医院，拖着伤腿进了急诊室。

就在这时，佟然的秘书马小姐来了电话："耿小姐，你货到了怎么人还没到啊？我们佟总等着你过来签字呢。"

处理室里挺安静，连一旁的医生都听见了话筒里的动静，冲着耿佳慧的手机大声说："人腿都断了，还怎么走？赶紧报工伤吧！"

"啊？耿小姐你受伤了？怎么……"马秘书的话还没说完，电话就被另一个人抢了过去。

"怎么受伤的？"佟然低沉着声音问道。

耿佳慧没想到他就在马秘书的身边，愣了一下说：“哦，没事，搬箱子时砸了一下，已经在医院处理了，一会儿弄完了，我就去你公司签字……”

佟然有些失了耐心，声调略微挑高了些，打断了耿佳慧的生意经：“在哪家医院？”

“第六人民医院！”热心肠的医生干脆大声地替耿佳慧回答了。

那边听完后，也不等耿佳慧回答，便撂了电话，结果这边石膏还没有打完，佟然已经风风火火地赶到了医院。

他进了处理室跟谁也不说话，双手插兜，立在那里安静地看着医生打着石膏。医生也是有些阅历的人，上眼一瞧就觉得这人高马大的主儿，怎么看都不像是什么善类，也不像方才在电话里那么调侃了，低头做自己的事，也不多说话。

佟然横着眉毛看了一会儿，便转身出去，处理室的气氛顿时轻松了不少，那医生抬起头对耿佳慧说道：“你们这老板怎么跟黑社会似的？面相有些凶啊！”耿佳慧微微苦笑，没有回答。

不多时，“黑社会大哥”推了一辆崭新的轮椅进来了。

看耿佳慧已经打完石膏准备金鸡独立地往床下蹦，他大步走上前去，一把将她抱起，耿佳慧还没来得及惊呼，她就被稳稳地放在了轮椅上。

取完了药，打听好在哪儿打针、复诊的时间后，佟然就推着耿佳慧回到了自己开来的 SUV 越野车上。

车内够宽敞，放下后座的话，直接推轮椅进去都绰绰有余。

一路上佟然也没有再说话，就这么面色阴沉地把车开到了一处豪华住宅小区的地下停车场。

这处豪宅小区是一位港城富豪开发的，地处黄金地段，以天价享誉全国，耿佳慧虽是平头小百姓，但也时不时在娱乐新闻上看到又有哪位明星富豪买了这里的豪宅。

这让耿佳慧再次深切地感到，男人如今的确不是那个厚着脸皮，跟她一起挤在平房里的那个李然了。

“这里有我的一处房产，你腿受伤了，住酒店也不方便，就暂时住到我这儿吧！”

“不用了，我明天就坐飞机回去了，还是住酒店方便些……”可是还没等她把话说完，佟然又一把将她抱起，连轮椅都不用了，径直抱着她进了电梯。

“你这人是听不懂我说的话吗？我要你把我放下！”

话音没落，佟然毫无预兆地就松开了手，耿佳慧差点被摔倒在了地上，疼得有些说不出话来。

“耿佳慧，你知不知道你有多烦人？有时候我觉得你要是个哑巴，是不是能稍微那么招人待见点？”

这串恶人先告状，气得耿佳慧嘴唇一阵发抖，说不出话来。

“你这个疯子！谁用得着你待见啦！”

这时电梯已经到了位置。这种高级公寓一层一户的设计，打开电梯便是客厅。佟然也没有搭理她，径直步出了电梯。耿佳慧勉强站起来想要摁电钮下楼离开，却绝望地发现操作这电梯是需要门卡的。

她只好慢慢地挪了进来，一屁股坐在了客厅的沙发上。

这套房子采用的是美式装修风格，没有太多造作的修饰与约束，可沙发家具摆设都透着欧罗巴式的奢侈与贵气，大尺寸的牛皮沙发，肆无忌惮地放大了想要躺在上面昏昏欲睡的欲望。

耿佳慧知道，此时的自己最好保持清醒。

佟然不知道在厨房里忙着什么，不大一会儿，传来了热牛奶的味道，还有一阵阵的菜香味，耿佳慧的肚子叫了几声，瘪在一处的肠胃拼命地提醒她这一天都没有好好吃饭了。

可是饥肠辘辘也阻止不了睡意对她的侵袭。

这连日来的神经紧绷，加上高强度的体力劳动，早就让她有些透支，加上之前在医院打的止痛针的药效起了作用，也不知什么时候，她的头一歪就靠在舒适的沙发上睡着了。

佟然从厨房里端着热好的牛奶和一盘浇好了咖喱酱汁的米饭出来，却发现方才还满身带刺的耿佳慧已经半躺在沙发上进入了梦乡，凌乱的发丝半掩在那苍白的鹅蛋脸上。

佟然放下了餐盘，慢慢地走到了耿佳慧面前的沙发上坐下。绯红色的夕阳透过整块的落地窗毫不吝啬地将整个客厅镀上了一层暧昧的色调。

面前的女孩看上去是那么脆弱，仿佛只需他伸一伸手，便能轻而易举地折断那根细弱的脖子。

事实上，他也真的伸出了手，粗长的手指在那片娇嫩的肌肤上轻轻地划过，然后伸展手掌，将那截脖颈握实……

耿佳慧做了一个梦，一个年代久远的梦，梦中的一切都熟悉得让鼻子泛酸。

还是那个低矮的平房，门口刺槐树上的蝉，知了——知了——知了地叫个不停，午后房东家的大狼狗又发情了，嗷呜——嗷呜地拉着长音儿。自己正在起劲儿地踩着大盆里的被单，四周飞溅起梦幻般的肥皂泡沫，飞在自己面前又悄然破灭，而房东大妈在门外狂敲着门，似乎在声嘶力竭地喊着收房租。

她不想开门，因为掏了掏兜，没有一分钱，可是她还在笑，笑得没心没肺。

因为那个人就坐在旁边，明亮而深邃的眼睛，打着赤膊，也在笑，他在等着自己洗好床单，再把它抖落开来晾起。每到那时，她会紧紧地站在他的身后，搂着他的腰，将自己的脸靠在那厚实的宽背上……

可是不知什么时候，他的额头开始流血，也不知又跟什么人打架打得头破血流，她吓得赶紧停下脚，连拖鞋也顾不得穿，从盆里跳出来往他那儿跑。可是那门响得让人心烦，声声都像捶在心口上，她到底还是先把门打开了，可是门外不是房东，而是她的妈妈，妈妈绷着脸扯着她的手往外拽，边拽边说："你哥的腿被人打瘸了！"

那紧迫的声音都压得自己喘不过气儿来，赤着的脚踩在地上，不知被什么东西扎到了，疼得钻心……她想哭，却不知该哭些什么，这么瘸着腿，一步一步地被拖拽着向前走……

耿佳慧终于费力地睁开眼，此时，夕阳的余晖早已散去，屋子里一片漆黑。耿佳慧眨了眨眼，猛地想起自己是在佟然的家里，一下子就坐起来了，大概是药效的劲儿也过了，腿部一用力，裹着石膏的地方一阵钻心的疼，脖子不知为什么也是一阵发紧的难受。

"你醒了？"佟然的声音突然打破了寂静，"啪嗒"一声，身旁的一盏小台灯被拉亮了。原来佟然就坐在自己对面的沙发上，也不知在黑暗里坐了多久。

她现在不光是腿了，简直浑身不自在！佟然却泰然起身把放在茶几上的牛奶和饭用微波炉热了一下，又摆到了她的面前："吃吧！"

耿佳慧是真饿了，她也知道自己这时没法从这房子里出去，在佟然的目光中，默默地拽过盘子，一口一口地吃了起来。

记忆中一向大男子主义的他是从来不做饭的，只有在她生病时，才会勉为其难地下一次厨房，每次的菜式都是这款雷打不动的咖喱盖浇饭。

咖喱饭辣味不浓，胡萝卜切成了细丁，在熬煮浓汤时，煮得过烂，已经化开在汤汁里了。因为她极不爱吃胡萝卜，菜里但凡有那么一点橘红色，都要被她细心地挑拣出去。为了纠正她的挑食，他总是在做咖喱饭时把胡萝卜切得细细的，再用咖喱盖住胡萝卜的味道，让她想挑都挑不出来。

而每当这时，她都会高声地抗议，说这是烂乎乎的猪食，而他只是用手指轻敲她的额头："不正好喂你这头小猪？"

此时，坐在这间格调高雅，奢华而陌生的公寓里，面前精美的意大利瓷器里摆放的还是这熟悉的味道，唇齿间僵硬的咀嚼，吞咽的如同带刺的往事，想要忘记，却硬生生地划破肠胃，坠得五脏六腑都一阵的痛……

耿佳慧吃了一半，便停了下来，将旁边的牛奶一饮而尽，把口里的咖喱味冲淡后，便拽过自己放在一旁的皮包，想要翻找手机，却发现手机已不翼而飞。

"别找了，你手机没电了，我拿去充电了。"佟然边说边站起来，单手伸向了她，"你浑身都是汗味，去洗澡！"

"不用了，我真的不能在这儿住，佟然，你现在过得很好，什么都有了，事业有成，也有一个可人的女友，就别再纠结以前的事成吗？我那时还太小……不懂事，可能伤了你，可过去就都过去了，你这样，真的没意思……”

佟然似乎很认同耿佳慧的话，他伸手捋了一下她额角的乱发：“你那时的确太小，我们同居的时候，每次你都推开我，我居然也由着你，不知道女人其实口是心非……”说着，他突然一把将耿佳慧扯进怀里，“怎么，自己洗不了？要我帮你洗吗？”

耿佳慧拖着伤腿，哪里能挣脱佟然的蛮力，几下就被抱进了浴缸。这个流氓犯起浑来，还是那个样子，天王老子都阻止不了。

佟然伸手抬起了耿佳慧的下巴，清秀的模样并没有发生什么改变，渐渐褪去了女孩青涩的模样后愈加可人，想到这一切可能都是因为佟晓亮才发生的蜕变，稍微因她而柔软的心又开始变得硬冷起来。

“真脏！”

吐出这两个字后，他拽过淋浴头，调成最大的水流，照着耿佳慧的头脸粗鲁地浇了过去。

耿佳慧气得想要拨开淋浴头，却换来更粗鲁的对待。

好不容易洗完澡后，佟然冷着脸将裹着浴巾的她安置在浴缸一旁的贵妃椅上，用浴巾擦净水渍后，去浴室拿来了一件红色的女式半透明睡袍扔到了她的身上。看着她一脸戒备的样子，他嘲讽道：“看你这瘸腿我就倒胃口，穿上吧！”

那件睡衣上还带着香奈儿香水的味道，与今天上午在吕卓儿身上闻到的一模一样。

想到这件露骨透明的睡衣沾染着吕卓儿和他交缠的热汗，耿佳慧厌弃地将它轻轻地放到一边，说：“我穿自己的衣服就好。”

可是佟然压根不搭理她，径直走向了卧室。

耿佳慧懒得去理会，男人犹如进入更年期一般反复无常的暴躁，她正发愁，难道自己今天真的要在这儿过夜了吗？

佟然去而复返，拿着一件男式的白衬衫说："你的那一套我已经扔了，再挑三拣四的你就光着吧！"

耿佳慧咬着牙，默默地将还散发着洗衣液香气的干净衬衫穿上，下摆正好在膝盖之上，如同睡裙一般。她看到门口不知什么时候放着一副拐杖，便磨蹭着拄着拐杖，在屋子里来回巡视，想要找到自己的手机。

手机没有找到，她却发现整整一层公寓，居然吝啬到只有一张大床。佟然腰间只围着一条浴巾，躺在床上看着电视。

来回转了几圈，手机倒是找到了，根本没有充电，只是被粗暴地抠出了电池，扔在了厨房的料理台上。

懒得跟土匪理论，她将电池放置回去，来电小秘书显示有几个未接来电，除了一个是杨总打来的，其余都是佟晓亮打来的。

耿佳慧叹了口气，略过未婚夫的电话，直接给杨总回拨了过去。她当初给佟然出价的时候，一点都没手软，也没跟杨总商量，直接高过原价一个点。

杨总因为高价卖出了赔钱货，心情大好。话里大概的意思是虽然公司损失了些滞纳金，但是功过相抵，她耿佳慧的那份就不扣了。耿佳慧诚恳地谢过了杨总后，跟他说了一下自己腿受伤的事情，可能要晚几天回公司。

杨总对这位得力的干将表示了关切后，又略微为难地说，最近公司在准备欧洲的展会，各种报价单还有合同都要处理，她身为外贸组的组长暂时还不能休息，回来后，公司会派司机接送她上下班。

老总话都说到这个份上了，耿佳慧当然知道自己该怎么回答，跟老总说会坐明天的飞机回去的。

打完电话后，她想了想，编辑了条短信给佟晓亮，告诉他自己在这边跟客户开会，一会儿还要验货，不方便接电话。

发完短信后，她就把手机关机了。

在这套偌大的公寓里转悠了几圈，她还是相中了那张大沙发，拽着一旁的空调薄毯，枕着靠垫就准备凑合一宿。

过了一会儿，卧室的电视被关上了。那人干巴巴地说："是自己过来，还是我拽你过来？"

耿佳慧闭着眼睛，不想搭理他。

佟然已经走到了沙发边，却半天没有动，耿佳慧慢慢地睁开了眼睛，发现他正半蹲着低头审视着自己："长得真够难看的，我以前是没见过世面，怎么我侄子的眼光也这么差？"

耿佳慧眨了眨眼，想起吕卓儿今儿在酒桌上那八面玲珑的做派，可不是香奈儿香水能遮盖住的，说道："你现在的眼光也不怎么样。"

佟然当然明白她话里的意思，干脆坐到了耿佳慧的身边："怎么？觉得人家没你清高？在我眼里，她可比你高尚得多！"嘲讽完了耿佳慧，他又似乎不经意地问道，"你方才没有给佟晓亮打电话？"

"放心，我会跟他分手的。"耿佳慧不想再跟这叔侄两人有牵扯，干脆说出了自己的打算。

"嗯，快点分手，别拖拖拉拉的。我不希望你影响我跟佟晓亮的关系。"佟然听了她的话，表情明显轻松了许多。

耿佳慧揉了揉自己的眉头，觉得自己明白他话里的意思："我自有分寸，你不打扰到我的家人，我自然也不想惊扰到你的家庭。”

佟然冷哼了一声，然后将她抱起来：“去床上睡吧。你这倒胃口的模样，还怕我把你怎么样吗？”

耿佳慧没有反抗，床很大，两人各守一边，佟然居然真的很守礼，背对着她，好像不一会儿就睡着了。耿佳慧却嗅闻着他身上传来的气息，眼望天花板，在窗外微亮时才合上了眼。

蒙眬的睡眼，隐约看到一双臂膀轻轻搂住了自己……

似乎就睡了那么一会儿，门口的应答器就哔哔地响个不停，耿佳慧惊醒，扭头一看床头的闹钟显示是清晨八点了，她发现自己的身体被佟然搂得紧紧的。

那男人的起床气还是那么重，皱着眉头，不停地往她的胸前拱，她被压得起不来，只能用手扒拉着他的脑袋：“你快起来……喘不上气了……”

这次佟然倒是慢慢地起身了，他怒气冲冲地朝门边走去，恶狠狠地说：“谁！”

可视电话的屏幕里，出现的是一个眼角眉梢都带着笑的男人：“然哥，是我！还没起来呢？昨儿又‘热战’了几个回合啊，悠着点你！”

佟然伸手按了通行键，转身捡了睡袍穿好系上腰带。

不大一会儿的工夫，电梯门就开了，那男人上来后，一眼看到那被扔在沙发上的红色睡裙，笑着搂住了佟然的肩膀：“温柔乡，英雄冢啊，哥，你得振作起来啊，不能只要女人不要兄弟情了啊，怎么样，今儿跟弟弟我去趟欧洲，那边有个商务会议，需要你去帮我镇镇场子……”

话说到一半，那人剩下的话就都含在嗓子眼儿里了，方才由于木质的展架的隔断，他没有看到屋内的情形，现在走到了门口，才一眼扫到了屋里的情形，一个容貌清秀的女孩正坐在床上。

“耿……耿佳慧？”

耿佳慧低头看了看自己，用床单将腿捂得很严实，也算是在狼狈的难堪中捂住了点尊严，她抬头淡淡地打着招呼：“你好，尚轩烈。”

岁月真的很疼惜厚待这些个男人，以前那个出身高干家庭，却总喜欢跟着佟然混场子的小子，早已不复当初轻浮跳跃了。如今，他剃掉了当年染得金黄的一头长毛，搭配一身黑色西装，居然脱胎换骨，有种韩式美男的风范。

尚轩烈惊疑不定地来回打量着她与佟然，然后木着脸说：“佟然，你怎么又跟这女的搅和到一起了？你是好了伤疤忘了疼是吧？”

佟然倒是挺泰然，坐在沙发上喝着咖啡，不以为然地说：“你也太高看她了，就是吃个回锅肉而已，用得着你这么一惊一乍的吗？”

房间太大，可以遮拦的地方却很少，耿佳慧不想听他们说话，只能裹好床单，拄着拐杖，面无表情地越过两个男人，进入了客厅另一旁的封闭式厨房。

“你也不嫌肉臭！……怎么？她知道你发达了，又跟苍蝇似的叮上来了……”尚轩烈发起火来可以媲美帕瓦罗蒂的大嗓门，还时不时地穿透厨房的墙壁。

耿佳慧只当没听见，打开双门大冰箱，在琳琅满目的食品里，挑拣出一颗蛋，又拿了两片吐司面包、起司片与培根。她用小煎锅把培根和鸡蛋煎熟了后，小烤箱里的吐司和起司片也加热好了。

这些食材整齐地罗列堆叠在一起后，再咬一口，比肯德基的猪肉蛋堡还要好吃。

她在外面漂泊了这么多年，早就知道，如果自己不照顾好自己，生起病来就只有闷在出租屋里撞墙的份儿。所以再怎么节省，早餐的营养一定要好好的。

她又给自己倒了杯牛奶，小口地吞咽着，顺着厨房的窗户往外望去，伴着朝阳，远处海城繁华的街景尽收眼底。

看，无论你的人生有多么的混沌，看向窗外，也会发现世界并没有什么天崩地裂的改变，依旧是那么的明朗，就算悲观绝望地一头从这让人不寒而栗的高处栽下去，留下的，无非就是混合着脑浆的一摊污血。

以前总是纳闷为什么那些自绝于世的人对自己那么狠，现在才总算明白过来，敢于咬着牙、含着泪活下去的人才是真的勇士。

客厅的尚轩烈还在大吵，佟然的眉毛微微地皱起来了，向来习惯了被恭维的男人，是不习惯别人这么不留情面地指责的——就算是出生入死的兄弟也不行，按着以往的惯例，要是尚轩烈还是这么不知趣，下场恐怕是很凄惨的。

“我今天得赶回 A 市，我可不可以借穿一下你的衣服？”耿佳慧站在门口，打断了两人的争执。

佟然倒是把这口恶气都喷在了她的身上：“腿瘸成这样，去哪儿？给我老实点待着！”

没有佟然的首肯，耿佳慧是走不成的。

不过他倒是带着耿佳慧去附近的服饰店买了几件衣服。耿佳慧拖着条石膏腿，行动十分不方便，不过到了那儿才发现，贴心的服务员，不但在入门的时候帮着推轮椅，准备了香醇的现磨咖啡还有刚出炉的可颂蛋糕，甚至细心到亲自到更衣间里帮她换衣服的地步。

结账的时候，耿佳慧才知道，原来这些没有标明价格的衣服，件件价格惊人，方才细致入微的服务已经加倍地体现在价格上了，最便宜的，居然也要一万多元。

她开口拒绝，佟然却只当没听见似的掏出金卡说：“这些裙子礼服都打包。”

服务生一脸欣喜，殷勤刷卡并开始整理折叠衣服了。

身处在咖啡香气萦绕的名店中，耿佳慧突然想起，以前他也是很喜欢给她买东西的。

每到月底，她下了课，他会在大学校园门口等着她，然后囊中羞涩的两个人，在夏日夜晚弥漫着麻辣烫和烤肉串味道的夜市里前行，兴致勃勃地在一个个琳琅满目的摊位前淘宝。不过她基本是以看居多，甚至在价格稍微贵的摊位面前都不敢稍作停留。

因为她知道，当月初手头不再这么窘迫时，他总是出其不意地将她看中的那些女孩的小饰物统统买回来，在第二天的清晨，放在她的枕边。虽然都是二三十元的小物件，可每次她都会嘟着嘴抱怨他又乱花钱，心中涌起的却是无限的甜蜜之情……

物非，人也非，那种甜蜜已经在不知不觉中奢侈得再也消费不起了。

当买完衣服后，佟然又把她拉回到了公寓。而耿佳慧消了音的手机早就有些发烫了。佟晓亮一直联系不到耿佳慧，后来把电话都打到了佟然那里。

佟然居然还为难了一下，欲言又止地说：“这……有些事情，我不太好说，你还是等她回去后，听她解释吧。”说完后，他对耿佳慧说，

“跟我去趟欧洲吧。”

耿佳慧震惊地抬了一下头，本想一口回绝，突然想到他应该不是要跟她商量，缓了一下说道：“我……没有护照。”

“你们公司主营欧美市场，你上个月好像还飞了一次德国，没有护照？难道是偷渡过去的吗？”一句话便断了耿佳慧的后路。

最可怕的是，他居然没有跟自己说一声就跟公司的杨总打了招呼，意思是，他在欧洲的合作伙伴有一家连锁大卖场，也需要大量的文具，如果方便的话，让耿小姐亲随他一起去欧洲面谈。

面对佟然许下的大笔的订单，杨总有什么不方便的？直接就说可以，而且还要了佟然欧洲办事处的地址，好方便到时候寄样品。

不过他倒是转身给耿佳慧打了个电话：“你现在腿受伤了，不大方便啊，那个佟总为什么非要让你去？”

公司里的确有业务员为了业绩，很豁得出去，但他知道耿佳慧可不是这样的人，何况新婚在即，夫家也是有头有脸的人家，更不可能为了订单干出出格的事来。

杨总琢磨着这里面应该是有什么猫腻，但是又不好直接回绝大客户，就先来探听下耿佳慧这边的情况，他在电话里说得也很明白：“要是客户有别的意思，你就直接回绝，就说腿受伤了严重得厉害，实在不行给他看医嘱，就说坐不了飞机，但是别得罪了客户，圆滑点，知道吧？”

耿佳慧心里倒是蛮感激杨总的，但她看着从自己接电话起，就冷着脸坐到了身旁的佟然，权衡了一下他上来邪劲儿的浑不吝，把话掂量了又掂量，说：“杨总，谢谢你，我明白你的意思，这个佟……总是我未婚夫的叔叔，所以……”

杨总顿时恍然大悟，连声说：“我明白了、明白了……不过耿佳慧啊，玩归玩，订单可一定要给我拿下来啊！”

显然，杨总把这趟欧洲之行，理解成了男方亲戚给她安排的婚前欧洲血拼之旅了。

亿阳集团的名号太响亮了，如果能借着耿佳慧这座桥搭上这样的大集团，杨总倒还是很乐意的。

耿佳慧挂断了电话，抬头看了看已经在书房忙碌的佟然，拄着拐，慢慢地进了厨房。

不一会儿她又一瘸一拐地出来了，将一杯温好的牛奶放在了佟然的书桌上。

佟然停下笔，瞟着她嘲讽道：“干吗？知道要讨好我了？”他顿了一下说道，“你早上在厨房里弄的什么？也照样子给我来一份。”

耿佳慧闻言又进了厨房，伴着热油的刺啦声，煎出一个形状完美的荷包蛋，不大一会儿的工夫，培根三明治就做好了。

她又一瘸一拐地端着餐盘走到了佟然的书桌旁，还没等把盘子放下，就被佟然一拉，跌坐在了他的腿上。

“喂我！”

耿佳慧拿起三明治放到了男人的嘴边，到底还是有些局促，耿佳慧端起那杯牛奶，也递到了他的嘴边。

女人的鹅蛋脸上此时挂着一丝不易察觉的红晕，总是清淡的表情透着些许女孩该有的娇羞。

明明知道她是什么货色，但还是觉得这个女人居然比那多汁绵软的三明治还可口。

耿佳慧难得的温柔竟然让佟然觉得他俩又重新回到了往日时光。

这一夜，两个人难得平和地在一起看了电视。耿佳慧还给佟然做了晚饭，调制了自己新学的家庭鸡尾酒。

晚上，当佟然酣然入睡后，耿佳慧终于松了口气，带着自己的背包，拄着拐，悄悄地离开了这套公寓。

忽然知佳意

第三章

后来终究会错过

从公寓的电梯下来后，是晚上九点，耿佳慧顺着小区花园的曲径慢慢地朝着大门走去。一辆保时捷卡宴在旁边的车道闪着亮光驶过，本已经飞驰过去，偏又一倒挡，后退着在耿佳慧的身边停了下来。

“你要干吗去？”听到声音，耿佳慧抬头一看，车窗里露出的是尚轩烈不耐烦的脸。

“我……要走。”看到尚轩烈，耿佳慧心中暗叫一声糟糕，就算尚轩烈不会阻止她，但是他一上楼肯定会叫醒佟然，依照她现在的腿脚，恐怕还没到小区门口，又会被那不可理喻的男人抓回去。

“佟然呢？”尚轩烈又问道。

“他睡着了。”耿佳慧冷漠地说道。原以为尚轩烈听到回答后，就应该开车继续向前走了。没想到，他居然下了车，打开车门示意耿佳慧上车。

“佟然不知道你偷跑出来吧？你要去哪儿？我送你。”

耿佳慧犹豫了一下，尚轩烈变得有些不耐烦：“快点！瞎磨蹭什么！我是佟然的哥们儿，当然为了他，也要把你这个女瘟神送得远远的。”

耿佳慧也觉得尚轩烈的话言之有理，她也就不再客套，慢慢地坐进了尚轩烈的车里。

“去哪儿？机场？”

“不了，我没来得及订机票，你把我送到高铁站就好了，我查了，十点有去A市的火车，正好还有空位，去高铁站自动售票处买票就可以了。”

尚轩烈听了，也不说话，一打方向盘，飞速地驶出了小区。

可这车开的方向不对，根本不是去高铁站的方向，倒像是机场。

“你……这是准备……”

“我有私人飞机，正好也要去A市办点事，就顺便把你捎过去吧。”

耿佳慧拦不住他停车，干脆闭嘴安静地坐在座位上。佟然也好，他曾经的小马仔尚轩烈也罢，如今都不是跟她等芸芸众生一个阶层的人了。所以如同明星一般供养着保养费用昂贵的私人飞机，应该也不是什么大惊小怪的事情了吧？不过这么厌烦她的尚轩烈，居然肯用私人飞机载她，耿佳慧倒是很认真地思考着，他会不会在半空中把她推下飞机。

想到了自己突然从半空砸下，吓得四周的人都惊恐大叫的场景，耿佳慧居然忍不住嘴角扬起笑意，就这么扑哧笑了出来。

尚轩烈连看了她好几眼，却只看见她圆润饱满的额头上松散着柔软的碎发，还有鼻尖泛着的亮光。顺着侧面的车窗倒影，他还能看见她那懒散的笑意，有心想问她笑什么，可话到嘴边还是收了回去。

这女人！居然变得比以前更好看了。只要是个男人在身边，她总是有意无意地卖弄着风骚，得让她离然哥远远的……最好离所有男人都远远的，这么想着，心里不知为何有些发痒，他脚下的油门一踩，一路驶向机场。

到了机场，一架闪亮的小型客机正停靠在一旁，上了飞机后，就看见一位衣着得体的空姐微笑着鞠躬示意：“尚总，航线正在确认中，请您稍微等候一下。”

走进舱门，便看见挨着机身的半圆形豪华的真皮座椅，座椅前的小圆桌上已经摆满了各种水果及零食。

耿佳慧的腿不太方便，走过去的时候侧歪了一下身子，尚轩烈伸手扶了一下，还没等她稳住身子，那手就跟接了烧红了的烙铁一样立刻缩了回去。

耿佳慧坐在沙发的一侧，尚轩烈坐在另一边，也不搭理她，自顾自地打开电脑浏览着文件。

她看着那位架势拉得十足的精英范儿，突然想起他以前的德行，好像也是总对自己爱搭不理的。好好的小伙子，一说话就瞪眼睛，最喜欢对她说的口头禅是："我妈都管不了我，你管得着吗你？！"

气得她有好几次都把水杯里的水，一股脑地浇到他那一脑袋的金毛上。

年轻时的约会真奇怪，明明是两个人看电影约会，偏偏要拉上一帮不相干的兄弟，一路吆喝着结伴同行。那时，她坐在佟然的二手摩托车上，尚轩烈的那辆进口哈雷摩托总是老老实实地跟在苟延残喘，吐着浊气的二手摩托车后面。

那时的她，喜欢朝身后的倔小子扮着鬼脸，那小子闷不吭声，就是瞪着她，不远不近地跟在身后。

而现在她试图再去找寻那个当年二愣子的踪影，可惜场合不对，气场也不对，逝去的何止是青春啊，原来曾经的人们都已经大踏步地前行，而她似乎还留在原地。

耿佳慧自我解嘲地一笑，抬头望向飞机的玄窗之外。

飞机到达A市时，天还没亮，尚轩烈的车就在飞机场外候着了。耿佳慧没打算再上他的车，准备自己拦一辆出租车回家。可是尚轩烈二话不说，拽着她又上了车，并打开了导航仪，问道："你家在哪儿？"

耿佳慧不想跟他费太多唇舌，便痛快地说了地址，车子很快到了她家楼下。耿佳慧道了声谢谢，便准备下车，可胳膊被尚轩烈拉住了。

"你……以后不要再骚扰然哥了！"

耿佳慧感觉胳膊被捏得有些痛，心里更是觉得好笑：“你然哥，就算现在已经成了商业精英了，但是骨子里的狠劲儿你比谁都清楚，我只求他放过我就好，怎么敢不知死活地去骚扰他？”

尚轩烈还想说些什么，可最后嘴里哼了一声，意味不明地说了一句“以后再联系”就跳上车绝尘而去。

耿佳慧只当他说的是外交辞令，揉着胳膊，转身坐电梯回到自己的公寓。

打开门，熟悉的气息迎面扑来，因走得匆忙，桌上还摆放着那天早上吃剩的奶油爆浆包，这几日已经养出了一层发绿的霉菌，散发着腐败的气味。放在餐桌上的鱼缸里，两尾大眼金鱼看见有人靠近，立刻急切地甩着尾巴，她拿几颗鱼食投放进去，鱼儿立刻大口大口地吞咽起来。

耿佳慧敲了敲缸边儿，叹气道：“大傻，二傻，看来我们又得搬家了。”

环顾四周，东西并不多，耿佳慧用两个小时的工夫，就把该搬走的东西都利索地收拾好了，满满的三大箱子，就是她全部的家当。

无论是佟晓亮还是佟然，都是她应该丢掉的过去了。所以为了避免无谓的纠缠，还是搬家为好。

早晨，她联系了房东，因为临时退租向房东表达歉意后，商定了见面退房还钥匙的时间。

暂时还没去处，她只能给大学时的好友赵一莉打了电话。

“谁？！”电话里的起床气不是一般的重。

“我……耿佳慧。”

“干吗？！”恶劣的口吻丝毫没有缓减。

“我把房子退了，暂时没有落脚的地方，所以想……”

话还没说完，又被对方粗暴得打断了：“门外的门框上有钥匙，你自己开门进来，别吵醒我啊！”说完那边的电话干净利索地撂了。

耿佳慧叫来了一辆运货的电动三轮车，自己坐在箱子上，抱着鱼缸一路颠簸地到了赵一莉的家门前。

赵一莉家境不错，还没毕业时，当她决定留在这座城市后，家里就出钱给她在这座房价甚高的城市，一次性全款买了一套一居室做毕业礼物。这让许多同学艳羡不已。

因为火爆脾气，相貌也不出众，家里还是县城级别的赵一莉，在大学的恋爱市场行情一向走低，可在她买下房子的那一瞬间，许多“三无”的男同窗立刻升起对她无尽的爱慕之情。

赵一莉居然来者不拒，拉着耿佳慧一连吃了十来顿爱的告白餐，见识了各种路数迂回战术后，抹了抹嘴：“老娘的大学人生圆满了！”

从此挥一挥衣袖，作别一干爱情急速升温的男人。

赵一莉学的虽然是外贸专业，家里本来都给她搭好了路子，做旱涝保收的公务员，但是她死活不干，毕业后，闷声不响地自己找了份工作，做起了少儿培训教师。

她发展得不错，是学校的骨干教师，月薪也过万。在这不上不下的三线城市里，绝对可以傲视群雄了。但当年那串饭吃下来，也落下了“恐男”后遗症，姑娘快二十七岁了，一次正经的恋爱也没有谈过。

当耿佳慧摸到钥匙打开房门后，就看见这屋子里一片凌乱邋遢的惨景，她微微叹了口气，静悄悄地指挥着电动车师傅帮她把箱子搬进屋子里，然后又静悄悄地开始收拾房间。

干得太投入，渐渐地战场便转移到了赵一莉正睡着的床下，耿佳慧正使劲儿地从床下掏着袜子球和零食袋一类的东西，床上棉被裹着的“大茧蛹”总算是露了头。

“大姐！让我多睡一会儿成不？昨天《剑三》下副本，遇到了猪队友，我夜里两点才睡……”话没说完，她一下就看到了耿佳慧还打着石膏的腿，顶着鸡窝脑袋一下子坐了起来，“怎么回事？”

耿佳慧苦笑着说：“出差时受伤了。”

赵一莉这时总算是活动起脑筋来了，不对啊，她就算是房租到期了，有未婚夫不投奔，却偏偏跑到自己这里。她说：“不对吧，你跟佟晓亮怎么了？”

耿佳慧坐在床边，一脸疲惫地说：“我要跟他分手了，而且……也想换换工作。怎么办，莉莉，我这是要一夜回到解放前了。”

“为什么啊？你们前几天还好好的呢。怎么？是你那极品准婆婆又闹什么幺蛾子了？要我说佟晓亮就是个没断奶的孩子，一点也拿捏不住他那个妈，分手也好……”

“佟晓亮的亲叔叔……是李然……”

一句话就让赵一莉从床上彻底蹦了下来。

“阴魂不散了是吧？当年不是说他去了国外，再也不回来了吗？怎么就突然变成佟家的叔叔了？”

听耿佳慧慢慢讲完了来龙去脉后，赵一莉已经靠墙了。

“当年就觉得他长相虽然英俊却透着不善，现在才发现简直是蟑螂一样恐怖不死的魔物。这婚还真是不能结，不然以后相处多尴尬！老公的小叔是前男友，这简直就是狗血泰剧啊！只是接下来该怎么办啊，你不是说下个星期，你爸妈跟你哥都要过来跟佟家敲定婚事吗？佟家的混账事，咱们可以先放到一边，可你怎么跟你爸妈解释啊？尤其是你哥，他听见‘李然’两个字不得红眼睛啊？！”

耿佳慧干脆倒在了大床上，赵一莉一语道破的事情，自己当初却犹豫了那么久，该怎么取舍不是很明白的事情吗？

“我这么对佟晓亮，是不是太坏了……”

耿佳慧转身看着赵一莉：“你要是男的多好，我就嫁给你，帮你收拾屋子做饭。”

赵一莉一翻白眼：“我要是再遇不到我的那个他，还说不定真要变成男的了，到时候一定要收了你这个小浪蹄子，天天给我洗袜子。”

玩笑了一阵，还要直面现实。赵一莉吃完早饭，去上班了。

耿佳慧一个人躺在床上酝酿了许久，终于给佟晓亮打了电话。在电话里她说得很明白，面对婚姻时，才发现两个人之间的差距越来越明显，这样发展下去也不会有什么好结果，倒不如及时割肉止损，在婚礼之前就彻底地结束吧。

这几日一直联系不到耿佳慧，佟晓亮的心里本来就慌了神，在电话里急得说话都结结巴巴了，只说“我马上去找你”，便撂了电话。

那话里的哀求，听得耿佳慧心里也是一阵的难受，硬着心肠说完分手的话后，她又给佟妈赵芳华打去了电话。

她知道，两个人再怎么哭闹着说分手，也只会被人当成情侣之间的玩笑、闹别扭，但是直接通知家长就不一样了，也只有这样才能快刀斩乱麻。

本来儿子这几日的烦乱，就被赵芳华看在眼里，接到了耿佳慧的电话后，心疼儿子的她忍着气儿说：“慧慧啊，我知道我那天说话重了些，但我到底是你的长辈，好听的，你留在心里，难听的，你就应该听过就忘，现在你俩婚期都定了，家里的亲戚也全部通知了，你却突然说不结婚了，你这不但是对我们佟家不负责，对你自己的名声更是不负责！”

耿佳慧低声说：“阿姨，都是我的错，是我跟佟晓亮之间的问题，不关您的事，我给您打这个电话，就是希望您多多开解一下佟晓亮，他以后一定会遇到比我更好的姑娘。”

这话赵芳华也很是认同：“要进我们佟家门的好姑娘的确不少，但我有一句话先撂在这儿，你今天要悔婚，以后想要再进，是连门都没有！”

耿佳慧一连打了两个电话，却好似跑了一场疲惫的马拉松。

放在床头的圆形鱼缸里，那两尾金鱼还绕着水草，一圈一圈地彼此追逐着。

这鱼是佟晓亮在追求她时给她买的。大冬天的，他傻兮兮地守在自己的楼下，耐心地等着自己出门。他将鱼缸用大衣裹住，自己却只穿着薄薄的羊绒衬衫，站在雪地里：“你一个人住多孤单，养猫狗的话又怕你照顾不过来，就养鱼吧，几天不喂也饿不死，就跟我似的，你要是不愿意搭理，我就安安静静地在一边默默地守着你，要是想要搭理我了，使劲喂，没事！怎么喂都成，我就跟那金鱼一样，不知道饱，若被你喂撑死了，我也高兴！”

佟晓亮抽着鼻涕，傻乎乎地笑，却一瞬间感动了她。

耿佳慧知道，此时佟晓亮一定已经到了她以前住的出租屋，想着他拼命地敲门却怎么也敲不开的情景，耿佳慧的眼泪再也止不住，静静地掉了下来。

她站起身来，看着洗脸池上镜子里的自己，一字一句地说：“你是个坏女人！”

梳理完了挠头的佟家，耿佳慧知道，得跟自己的爸妈交代实情了。

可手机拿起来，又放下，不知道该怎么说。最后总算是鼓起了勇气，拿起手机拨打了爸爸的号码：“爸，我……可能结不了婚了。”

在图书馆里当了一辈子管理员的爸爸，被书香浸染得说话的语调永远是不急不缓的，可听到女儿婚事发生了变故，还是急切起来。

耿佳慧说自己与佟晓亮性格不合，两个人经过深思熟虑后才决定分手。耿爸爸是知道女儿脾气的，主意“正”，一旦做了什么决定九头牛都拉不回来。

女儿上大学的时候还太天真烂漫，谈了一场不堪回首的恋爱后，倒是成长了不少，变得更懂事了，一个人在外面从来都是报喜不报忧，现在她既然说出了婚前分手的话，绝对不是女孩子的意气用事。耿爸没有再问下去：“你如果觉得不合适，那婚前分手是件好事，你妈那边我去跟她说。慧慧啊，你受了什么委屈，就跟爸爸说，别在外面闯荡久了，忘了你还有个家……”

跟爸爸聊了半天，手机都有些发烫了，她依依不舍地挂断电话。可偏在这时，手机又响了，耿佳慧一看，是佟然的手机号，在屏幕上一闪一闪的。

耿佳慧没有接，将手机调成静音，甩在了一边，过了一会儿拿起来，佟然发来了一条短信：敢不接电话，有种！

她收了电话一声苦笑，当佟家的叔叔还姓李时，别人最怕从他口里听到的就是这两个字。

通常敢招惹他的人，都是不怕死的英雄，因为得到这句“褒奖”的代价是凄惨的。

佟然的狠劲儿，她是亲眼见过的。从刚开始身边只有几个哥们儿时，把对手堵在胡同里，一个人用拳头把对方打得头破血流，到后来酒吧生意越做越大，他可以稳稳地坐在办公室里，自己不再动手，指挥着一帮属下，运筹帷幄。

现在用这种狠劲儿来对付她这样“傲娇”的柔弱女流，还真有种宰牛之刀错用在杀鸡之途的小遗憾。

佟家的那位大瘟神有上天入地的本事，想避是避不了的，但是想要让佟晓亮彻底忘了自己，还真得远远地离开这座城市了。苦心经营的工作想要放弃，真是跟失恋分手同等的痛苦。

借用赵一莉的电脑，耿佳慧敲了一份辞职信，给负责人事的张姐发了过去。不大一会儿，杨总的电话就打了过来，单刀直入地问耿佳慧辞职的原因。耿佳慧没法说得太细，只是含糊地说家里有事。

杨总倒是没有拐弯抹角，直接说方才佟晓亮去公司找她了，挺大一个小伙子，眼睛都是肿的。

“我说小耿啊，你们年轻人的感情，我这个当老板的没法参与，但是工作儿戏不得啊！当然你是有了好的下家了，我什么也就不说了，准备逃避感情在家待业，可不是聪明人该做的事情。”

耿佳慧知道老板应该是疑心有对头来挖自己，最近公司的几名技术骨干有不少跳槽的，她作为掌管订单和客户的组长，的确手里有不少人脉，突然离职不能不让老板疑心。她连忙解释道：“杨总，我就是因为感情的事，想躲一躲，不然……他总来公司找我，影响也不好。其实离开公司，我也是舍不得的。”

杨总说：“那就好，既然这样……如果换个城市工作，你能接受吗？”

耿佳慧愣了一下，马上反应过来：“有工作自然是好的，杨总，你朋友的公司需要人吗？”

杨总没有马上回答，只是在电话里说让耿佳慧下午有空来公司一趟，办理交接手续。

琢磨着佟晓亮已经离开了那儿，耿佳慧才打了辆车去了公司。

一进门就看见了公司大厅告示板上的白榜，这榜单是专门用来宣布违规罚款名单的。白雯雯的大名赫然其上，被扣了三千元，原因就是因为海城那批没有保险的货。

按理说，她闯的祸，害得耿佳慧忙了几日，该有愧疚，可看见了耿佳慧拄着拐进来，冷淡地一瞥，连声招呼都没有打。

耿佳慧哪有心思去猜测奇葩的花花肠子，她径直走到杨总的办公室前敲了敲门，然后走了进去。

杨总正跟车间主任商讨着下个月的生产排表呢，看耿佳慧进来了，就示意她在一旁坐下。

等车间主任离开后，杨总给耿佳慧倒了一杯茶，这让她有些受宠若惊。

最后杨总说出了正题——在临近A市的县级市，有家业务跟公司差不多的新公司，急需熟悉业务的管理型人才，不知道耿佳慧有没有想法去接触一下。

公司董事局的构成，耿佳慧是略知一二的，杨总虽是管理运营的一把手，可是在他头上还有个不怎么露面的大股东。年前的时候，好像隐约听别人提起过，分红的时候，杨总跟股东们闹得很不愉快。今年年初，公司又多了一位不太管事，但是喜欢满公司转悠的刘总，据说是大股东的亲戚……这新公司……耿佳慧立即想明白了，杨总这是要背着董事们自立门户了。

新公司的一切都是未知的变数，但杨总对她是有知遇之恩的。耿佳慧面试的时候，前来应试的姑娘、小伙子们都是左一个红本，右一个证书，只有她，除了一个毕业证就再也没有拿得出手的了。大学的最后一年，她几乎都是错过的，就连英语四级考试都没有过，更没有学位证书。

几轮面试，都是因为她这不过关的证书，就止步于初步考核了。可杨总对大家递过来的证书连看都没看，只给了面试的几个人，一人一份名单，让他们打电话接受客户的反馈。

最后，只有耿佳慧耐住了难缠客户的刁难，顺利通过面试，所以为了答谢知遇之恩，耿佳慧也得帮杨总这个忙。

这时，公司的其他同事也知道耿佳慧要走的消息，要好的几个同事也出来送她，直说改天大家要一起吃饭聚一聚。

白雯雯这时倒是有些笑模样了，似笑非笑地对耿佳慧说，到时候别忘了给她结婚的请柬，可是耿佳慧刚刚跟相熟的同事说了婚礼取消的事情，她却偏偏装不知道，一句话说得旁边的人恨不得捂住她的嘴。

耿佳慧没有说话，笑了笑，拄着拐，慢慢地走出了大门。

出了大门，耿佳慧准备拦一辆出租车，可当她刚抬手，看见对面的人便愣住了。

“佳慧！”那人冲她摆摆手。

只见喊她的人，不高的个头，在马路边上一晃一晃，不正是她哥哥耿嘉智吗？！

见耿佳慧望向他，耿嘉智便踮着脚过了马路，跟在他身后的是一个皮肤微微黝黑梳着一条马尾辫略显土气的女孩，那是她未来的大嫂——李爱林。

“哥，你怎么来了？”耿佳慧诧异地问道。可他哥的反应比耿佳慧还大：“你这腿怎么了？”

耿佳慧微微苦笑，她的相貌随了自己的母亲，有着北国姑娘的大气与妩媚，而哥哥长得更像父亲，而如今相貌迥异的兄妹俩站到一处，各自的腿脚都有些不利索，还真让人有些哭笑不得。

“我这腿在出差时受了伤，已经打上石膏，过几天就长合了。倒是你俩，怎么突然到了A市？”

耿嘉智扶着她到了马路对面的一家饭店。李爱林手脚麻利地拿过一张菜单，点了几道家常小菜后，耿嘉智才说道：“我跟你嫂子正好赶上休息，就来A市逛逛商场，顺便看看你和未来的妹夫。怎么样？我和你嫂子都有些饿了，先点些小菜垫垫肚子吧，等晚上，你可得让佟晓亮好好陪陪我这个大舅哥喝上几盅。”

耿佳慧听了这话，才明白哥哥并不知道佟晓亮和自己分手的消息。看着哥哥这一脸兴奋的样子，纠结了半天，才轻声地对哥哥说：“哥，我跟佟晓亮分手了，现在不方便见面……”

耿嘉智听到这话，腾地站了起来，差点刮到桌上的杯子：“是谁提出分手的？”

知道是耿佳慧提出的，耿嘉智一拍大腿：“傻妹妹，你这是脑袋进水了吗？条件这么好的男朋友都不要，你想找个什么样的啊？”

李爱林也在一旁帮腔：“是啊，慧慧，你可要想好了啊！谈恋爱的事情哪有舌头不碰牙的时候，为了一点小事就闹分手，以后可有你后悔的！他家条件那么好，我还打算找他帮帮忙呢！”

耿嘉智一把抓起耿佳慧放在餐桌上的手机，点开电话簿就要查找佟晓亮的电话号码。

耿佳慧急了，想要抢过手机，可架不住哥哥力气大，根本就抢不到。眼看着他把电话号码拨打了出去，耿佳慧只能着急地说道："哥，佟晓亮的叔叔是李然！"

这话一出，耿嘉智的手就跟被烟头烫了一下似的，手机突然就掉到了地上。手机话筒里传来佟晓亮一声急促的"喂，慧慧……"就随着手机的黑屏戛然而止。

耿佳慧弯腰拾起了手机，眼角看着哥哥如同触电一般呆若木鸡，心里如被重击一拳，喘不过气来，她甚至不敢抬头看哥哥现在用什么样的眼神望着自己。

年少时犯下的错，为什么不能被荏苒的时光磨平？留下的伤疤触目惊心地盘踞在那儿，让人想忘都忘不掉。而哥哥的伤腿就是盘踞在他和佟然之间躲不开避不掉的伤疤。

回想起来，她和佟然的确有过美好的时光，但像大多数的爱情一样，舔吮掉爱情外面包裹的甜蜜糖衣，渐渐暴露出来的便是面对现实时，难言的苦涩。

当佟然的事业越来越红火，手下的兄弟越来越多时，他变得夜不归宿。就算回来，身上的衬衫也总带着混杂着酒气的刺鼻香水味。

那种味道，就算是倒入整整一袋的洗衣粉都去除不净，蛰伏在鼻腔里，一下下地刺激着她那焦灼的神经。甚至有几次，她亲眼看见佟然搂着浓妆艳抹的女人和生意伙伴在酒吧的包厢内推杯换盏，醉生梦死。

那时年少气盛的她第一次感觉到背叛的滋味，只能用大声的责问、摔砸东西来发泄心中的不满。佟然初时还有耐心，只解释是生意上的应酬罢了。可渐渐地随着争吵次数的增加，伴随着不断升级的摩擦，吐出的话也越发肆无忌惮地伤人。一次大吵大闹时，一向好面子的他再也忍耐不住，当着弟兄们的面不轻不重地扇了她一记耳光。

那是耿佳慧这辈子第一次品尝到掌掴的滋味，从小到大的乖乖女，父母养在家中，连大声呵斥都怕惊吓到的娇养女儿，被打落一地的，岂止是自尊？

那一次，耿佳慧终于被打醒了。她才发现自己一直躲在自己编织成的玫瑰色的少女之梦中。与街头逞勇斗狠的青年的美好邂逅，并不会如包装精美的偶像剧那般如诗如幻。她爱的那个男人，身处在一个复杂的大染缸里，一寸寸地变黑，一寸寸地陌生。而自己偏离了原本花季少女应有的生活轨迹，换得的是尊严扫地的卑微。

她后悔了，后悔自己当初爱得盲目，爱得义无反顾，可是……想要从中抽身又是那么的难。那响亮的一记耳光之后，她决定搬回学校，却被男人一把扯下了行李箱，紧紧地搂住，热切地激吻。

男人一次次在她耳旁重复着："对不起，我是气糊涂了，我错了……再也不会打你了。"

冷却下来的心在这乍暖还寒的温柔中渐渐松软、妥协……然后，便是再一次在猜忌与男人的晚归中反复煎熬。

可是，一次次的容忍，最后酿成的苦果就是当有一天，自己回到出租屋时，屋中的所有家当都被佟然的对手砸得稀烂，而暂时寄居在自己家中的哥哥也遭受了牵连，被打成重伤，倒在了血泊之中。到了医院，医生宣布哥哥的脚筋被砍断，再也不能复原了。她茫然无措，内心充满了对哥哥的负罪。

闻讯赶到的爸妈一下子苍老了许多，心疼哥哥的妈妈，更是足有一个月没有同她说上半句话。耿佳慧不知那时自己究竟哭了多久，深深的自责，足够将她心中还残存的爱意变质腐烂，化成冲散不开的罪恶之感。也正是因为哥哥的负伤，使她终于下定决心彻底地离开佟然，休学一年，与父母回家共同照料受伤的哥哥。

她甚至没有跟佟然说再见，只留下一封诀别信在那被砸得稀烂的平房里。信里写的是什么，她都忘了，大概写了许多恶语毒言，不然为何这次见面，他居然像个怨夫一样，朝自己发泄莫名其妙的怒火？

本以为都过去了，可谁承想，她居然还要在哥哥面前再次提那个禁忌的名字，那是她心里的痛，同样也是哥哥的梦魇。

耿嘉智的手微微抖着，强自从桌上捞过水杯一口饮了下去，目光微颤地问道："他……他……怎么会是佟晓亮的叔叔呢？"

耿佳慧简明扼要地说了一下佟然的近况，语带嘲讽地说："他如今倒是飞黄腾达了。谁能想到一个曾经的地痞无赖，如今变成了道貌岸然的商界新贵……"

话还没说完，耿嘉智已经一把拉住了她的手："慧慧……你要听哥哥的，千万……千万不要再跟他有太多的牵扯。躲得远远的，知道吗？"耿佳慧感觉到那只握着自己的手，力量出奇地大，手心里冒着汗，却是冰凉的一片。

自责让她没有注意到哥哥眼底的神色，与其说是愤怒，倒不如说是惊恐更恰当一些。她反握住哥哥的手，说："哥，你放心，我不会再让这个危险的男人伤害你和爸妈的。我已经和公司老总说了，明天就到外地去，彻底躲开这个人。"

在耿佳慧的再三保证之下，耿嘉智总算是定下了心神，可端上桌来的菜，除了李爱林，兄妹俩都没有什么胃口去品尝。

一顿饭之后，耿佳慧本来想留下哥哥和嫂子，寻一家酒店再好好住上几日。不承想耿嘉智跟被点着了的火箭似的拽着李爱林，就要坐火车回自己的老家去。

耿佳慧想到那个恶魔般的男人说不定什么时候会出现在自己的面前，便也不再出言挽留，只是从提款机里取出两千元给了嫂子，说道："我这腿脚也不方便，就不陪着你逛街了。这点钱你拿着，看见中意的衣服就买些，算是我对嫂子的一点心意了。"

李爱林推脱了几次，见耿佳慧态度坚决，就笑吟吟地接过去了，然后挽着走路一瘸一拐的耿嘉智的手走进了人潮汹涌的火车站。

从背影上看，李爱林微胖的身材，在黑色紧身裤的包裹衬托下，更显得臃肿，而身材羸弱的耿嘉智，就像插在旁边的一根竹竿，迈着蹒跚的步伐，微微摇晃着……

耿佳慧微微叹了一口气，转身回到了赵一莉的公寓。赵一莉已经下课归来，咬着手里的牛肉干，蹲在椅子上一脸惬意地指挥着自己游戏里的人物"秀秀"挥舞着扇子，调戏着副本里的慕容夫人卓婉清。

"莉莉，我要去水源市了。"

赵一莉愣了一下，"秀秀"一个没躲开，被拍死在大殿上。她也不顾队友们的刷屏，只问："你去那儿干吗？穷乡僻壤的，说得好听叫'市'，其实就是个小县城。"

耿佳慧对她说了自己的打算，赵一莉还是有些迟疑："靠不靠谱啊？开国元勋可不好当啊！别支起摊子后，人家卸磨杀驴，给你来个杯酒释兵权！"

耿佳慧听了，一声苦笑："给我足月的工资就行，哪敢奢望什么兵权？总比待在家里强啊！我哥快结婚了，家里用钱的地方多了去了，我能帮助一点是一点。”

两人正说着话，耿佳慧的电话响了，是个陌生的号码，她犹豫了一下，接通了电话。

电话里的声音是个男人，她一下子没有听出是谁，愣了一会儿后才醒悟到，是尚轩烈打来的电话。

尚轩烈在电话里只是酷酷地说：“他已经飞往A市……你注意些。最好避一避，这对你俩都好。”

耿佳慧没想到尚轩烈居然会提醒自己佟然找来了，想了想，回复了一句谢谢，那边却再无动静。

等到她快睡了，手机又蹦出一条：他很生气，你自己小心。这短信让耿佳慧失眠了半宿。

第二天，耿佳慧让赵一莉帮自己买了一张新的电话卡。然后请示了杨总，准备奔赴水源市，杨总却说等一等。

等出发的时候，跟着杨总的还有一个三十多岁的男人，经杨总介绍，耿佳慧才知道，这人叫杨灿生，是杨总的亲侄子。

杨总的意思是让耿佳慧带一带杨灿生，让他学些东西。但耿佳慧心里跟明镜似的，自己到底是外人，杨总这是在自己的身边安插一个耳目。不过这也无可非议，她笑着跟他打了招呼，然后两个人坐上火车向水源市出发了。

到了水源市后，就是选新厂址。接下来几天，耿佳慧和杨灿生又马不停蹄地跑了三个县城，最终把目标定在了高淳县的一块土地上。这么跑来跑去的也好，正好避一避那个不请自来的男人，可是这么几天折腾，饶是耿佳慧都觉得浑身的骨架如同要散了一般，腿伤也隐隐作痛，晚上回到临时租住的公寓，刚掏出钥匙，还没来得及开门，就被一只大手牢牢抓住。

耿佳慧回头一看，佟然不知什么时候竟站在了她的背后，他倒是难得没有西装革履，一身大牌的休闲衣显出了几分别样的年轻俊逸，略带上了几分阳光的气息……

不过男人嘴里吐出的话一点也不阳光：“小看你了，什么时候跟尚轩烈勾搭上的？”

耿佳慧气得浑身冰凉发抖：“你究竟在胡说八道些什么？”

“不是吗？你当我不知道？尚轩烈一直偷偷暗恋着你，不然你当那小子吃饱了撑的，大费周章地亲自用飞机把你送回A市？”

耿佳慧听得心里一惊，尚轩烈居然……不可能，那小子从来都没有给过她好脸，以前是，现在也是！

佟然突然伸手狠狠地掐住了她的下巴：“先是尚轩烈，然后是佟晓亮，你是不是想把我身边所有的男人都勾引到手呢？多可笑！我居然曾经觉得自己配不上你，因为你是那么的纯洁、善良……你就像朵洁白的小花，甚至亲吻你都不敢用力，生怕弄疼了你，可是处处宠着你，由着你，你是怎么做的？给我到处卖乖！还有你那个该死的哥哥，你们这对蛇蝎兄妹居然串通起来一起出卖了我！”

他的话，耿佳慧根本就听不懂，她真想质问他关自己的哥哥什么事时，佟然惩罚性的亲吻已经汹涌袭来。

一吻结束，佟然并没有放开耿佳慧，而是将她拉下楼，说是找个清静的地方好好谈谈。而耿佳慧显然是拉扯不过他的，就这么被他拽上了车。

汽车很快离开了县城驶到了A市，在佟然的别墅前停下。

佟然扛起腿脚不便的耿佳慧下了车，却并没有走进别墅，反而是向那座孤零破落的平房走去。

踢开形同虚设的铁门，熟悉而又透着陌生的庭院便呈现在眼前。曾经晾晒衣服的衣架子，半躺在荒草之中，穿过带着灶台的小厨房，便是卧室。

卧室里倒是很干净，家具摆设，还是她离开时的模样。

连那床上的被子，也是她当初挑选的粉色的碎花被面，还透着她喜欢的茉莉清香，似乎随时等待着主人回来休息。

眼前的一切，都止不住地将收纳挤压的记忆无情地翻出来……记得那时，她含着眼泪，一点点地将打碎一地的残骸扫净，将房间的物品摆放整齐，再将沾上哥哥血迹的床单放入大盆中，在搓衣板上用力地搓动，直到清洗得干干净净。

她白天守在医院照料哥哥，晚上回来等着男人。她默默告诉自己，最后一次等那男人回来，等着他说出原因说服她，帮助她梳理这混乱的残局，可是，她足足等了三天。每一晚，院子门外偶尔有人路过的脚步声，都把她从浅睡中惊醒，奔至门口，再迎来无助的失望……那男人就跟人间蒸发了似的，她能怎么样？只能再次狠狠地嘲骂着天真的自己，留下一封书信，永远地离开了这个曾经她视为“家”的地方。

如今，同一个房间，同一张床，同一床细碎缠绵的花被，同一个男人……只是她不再被奉若珍宝，像件受人厌弃的垃圾一样，被用力地击碎往昔的美好，摔在那床被子上。

耿佳慧无奈地问：“你到底想干什么？”

佟然紧绷着脸，似乎在酝酿着想说的话，可是最后还是毫无修饰地讲了出来：“这段时间陪着我，别想那些勾三搭四的事情。”

若是电视情节，耿佳慧觉得这样的台词可笑至极，这样狂妄自大的男人必须编排个“注孤生”外加受尽苦难的结局才能大大提高收视率。

可真切地发生在自己身上时，她没有半点仰天大笑的欲望，只想给眼前的男人狠狠一巴掌。

“跟你在一起？以什么身份？你的那些亲戚可都认识我，你不怕跟你的侄子撕破脸吗？再说你的正牌女友呢？你要将她往哪里摆？”

在说完了要她陪在他身边的要求后，佟然似乎陡然舒泰了许多，惬意地脱下了外套，舒展健壮的臂膀坐到了她的身旁：“你陪着我，干他们什么事？再说若论起先来后到，可不是我挖了佟晓亮的墙脚，你本来就是我的。”

耿佳慧想哭，却发现眼底已经无泪：“你是想让我做你见不得光的情妇吗？”

佟然搂住了她的肩膀，嘴唇亲贴着她的脸颊道：“给过你正牌女友的身份，可惜你不要，现在后悔想要扶正，就要看你的表现了。”

“表你个大头鬼！”耿佳慧再也忍耐不住，一巴掌扇了过去。

佟然是知道耿佳慧温顺的性子的，难得看她这么泼辣，竟然觉得新鲜。

也许是这个屋子承载了两人太多美好的回忆，面对她的公然挑衅，他竟然连躲都没有躲，生生挨了她这一掌，然后便是顺理成章的惩罚，轻而易举地吻住了她愤怒的小嘴。

身下的女人太过美好，虽然没有了大学时期的青涩，却增添了别样的妩媚气息，光滑的肌肤在碎花床单的衬托下愈加细嫩，裙下纤细的长腿如同白藕一般。

佟然的呼吸陡然急促，唇舌间愈加饥渴。

耿佳慧还要挣扎，可是眼角突然瞥见了床旁柜子上摆放的粉红色的摩托车头盔，它与一个黑色的头盔并排放在了一处。那个头盔是佟然买给她的。记得是个日本的品牌，标榜安全可靠一流，价格异常昂贵。

当年佟然手头拮据，可为了买这个头盔，他居然不声不响地跑去做了一个月的酒水推销，在炎热的夏日，顶着骄阳跑遍了全市的酒店、酒吧。

她还记得当年晒得黑了一圈的他，用两个月的工资买回头盔展示给她看时，还是在校大学生的她，看到价签上接近六千元的价格便心疼得不得了。

“贵是贵了些，但是够安全，你坐在我的车上，我总不能叫我的女人出了意外。慧慧，等着，以后我一定买得起轿车，让你舒舒服服地坐在里面，不用风吹日晒。”

誓言仍在，男人也说到做到，如今他的身价足以买得起任何看得上眼的豪车，可是能在那豪车里幸福微笑的女人，却已经不再是她了。

耿佳慧的眼角再次发酸，挣扎的力量却在这间熟悉的屋子里，在男人热切的鼻息间越来越小。

他索要的，无非是当年的求而不可得吧？既然如此，自己不妨遂了他的意，只当鸳鸯旧梦一场，趁着夜色迷离，任凭情潮涌动，待到天亮的时候，便泾渭分明，至此了无遗憾，各自分道扬镳，其后的人生不必再痛苦纠缠……最后，她闭上了眼睛，伸手慢慢搂住了男人的脖颈。

耿佳慧的回应，让佟然更加的热切，昏暗的空间里，略显狭窄的床上，两道久违的身影交缠重叠到了一处……那一夜，耿佳慧被折腾到了后半夜才得以喘息，疲惫得沉沉睡去。

第二天一早，耿佳慧发起了烧，整个人昏沉得睁不开眼。

佟然半哄着给她穿好了衣服后，便抱着她上了车，吩咐司机回到自己的别墅。下了车后，便有管家迎了上来，佟然让管家去准备些补体力的糖水，然后请家庭医生上门问诊，他抱着耿佳慧来到了二楼的卧室。

佟然拿来了一瓶珍藏的白酒，权当酒精使用，给耿佳慧擦拭胸口与四肢降温。这还是当年耿佳慧教给他的法子。

耿佳慧闭着眼，抽离了自己的意识，任凭他清洗摆弄。

佟然看着她烧红的脸，终于开口说了一句类似于道歉的话：“要是知道你是第一次，我会温柔些的……”

温柔？耿佳慧心里一阵冷笑。这几年他的温柔不知分给了多少女人。相比较下来，自己的洁身自好倒是会让他误会。该不会是以为她是替他守身如玉吧？想到这儿，她竟有些后悔没有跟佟晓亮进行到底。

怪不得有人说，第一次是对少女时代彻底的诀别，她诀别得毫不留恋，断裂得彻彻底底，至此一生，梦中再也不会徘徊在那栋冒着泡沫的小院，再也不会没心没肺地冲着那个人露出笑颜……可惜内心所有一刀两断的念头，全败给了这纤弱的身体，这一发烧，竟然昏睡了整整一天。

等醒来挣扎着要去上班时，才得知，佟然已经擅自做主替她跟杨总请了假。佟然出面，杨总自然点头应允，只叫耿佳慧好好静养。

耿佳慧觉得应该跟他谈清楚，便委婉表达了一下两不相欠，互不干扰的意思。

佟然刻意的温柔在她说出撇清意味浓厚的话后，立刻烟消云散，绷着脸，瞪着一双深邃的眼睛，最后阴阳怪气地表达了一下“还没吃够，你再忍忍”的意思。

既然谈不拢，耿佳慧决定将非暴力不合作进行到底，立意不再跟这个不可理喻的男人说话。

佟然碰了一次冰冷冷的钉子后，倒是不再废话，转身收拾妥当，听了秘书汇报行程后，便转身出门去了。

耿佳慧倒是表示理解，毕竟他现在身价非凡，怎么肯在男女情事上花费太多的时间？他若是有所留恋，也不过是彼此年少时残存的那点美好罢了。

她倒是真希望他能放过她一马，不要下手太狠，将那往日的回忆撕裂得破败不堪。

可惜总裁虽然很忙，总会有适合的人手处理他顾及不到的琐碎小事。

半晌，卧室门开了，耿佳慧眼睛微微睁开一条缝，看到进来的居然是一个长发披肩的女人，一身得体的香奈儿裙装，将她的身材衬托得分外婀娜。

这个人，曾经是她无话不谈的大姐姐，也是佟然的干姐姐，以前酒吧的经理——童亚红！

她心疼地看着半躺在床上的耿佳慧：“阿然可真是的！简直连毛头小子都不如，太不会照顾人了。慧慧，咱们不生气，先把身体养好了再说啊！若是需要什么我帮你弄。”

可惜，耿佳慧已经不是当初那个初入大学校门的无知大学生了，曾经被童亚红身上散发出来的成熟与历练深深吸引，无限崇拜的她早已经成长成熟。

隔了这么多年再见，又是在这么尴尬的情况下，也仅仅是微微地点了点头。

童亚红见她并不热络，也没有介意，依然态度亲切地坐下。可是聊了几句，看到她不大热切的样子，童亚红笑意微微收拢："阿然要面子，有些事不爱说，当年跟你在一起时，他正是创业阶段，自然没有校园里无所事事的男学生那么浪漫周到。可你也该好好想一想，当年你和你的哥哥对得起他吗？他受的苦楚又该找谁主持公道呢？"

耿佳慧的火腾地一下就上来了："我和哥哥对不起他？就是因为他在外面四处树敌，导致我哥哥被仇家寻上门痛打了一顿，落下终身的残疾。为这事，我妈妈好一阵子和我形同陌路，现在好了，一家人的关系再也无法回到以前那样。每一年我最盼着的，最难受的，就是回家过年的那几天。本来是无话不谈的家人，现在却落得客客气气，斟酌着说话的窘境……这些我都没有找过他，管他要过一分钱的医疗费，你居然说我们对不起他！"

童亚红惊愕地抬起头，看着她，说道："你这说的都是什么？你哥那浑蛋没有跟你说实话？……原来你根本不知道当年的事……"

"我不知道当年的什么事，你说啊！"耿佳慧紧抓着被角，皱眉问道。

"你哥哥那时候迷上了赌博，经常出去玩，光是从阿然那儿借的钱就足有一巴掌厚了！阿然怕你上火，从来没有对你提起过，要不是看在他是你哥哥的分上，依着阿然的脾气，他的那两只手是保不住的……”

童亚红说得并不假，耿佳慧现在还清楚地记得，哥哥那个时候沉迷于麻将，她劝说了几次他也不听。后来哥哥倒是好了，主动提出要去佟然的酒吧帮忙，可被佟然一口回绝，自己当时还气得跟他大吵了一架……

“阿然的一个仇家知道了你哥哥和然哥的关系，设计接近你的哥哥，又让他去了一趟澳门，欠下了大笔的赌债——整整五百万啊！”

耿佳慧听得倒吸了一口冷气，脸色愈加惨白。

童亚红坐在床边的椅子上，点燃了一支香烟接着说道：“他们抓住了你哥哥的把柄，威胁着他按照他们的话去做。你哥哥找到然哥，说想在阿然那儿戒赌打工。阿然同意了，他能不同意吗？他那时就怕你生气……你那时真年轻，到底是小姑娘，生气时可以不管不顾地大吵大闹，不又顾及后果，不用考虑他的面子……”红姐的话虽然是调侃，但也隐含了些许对她年轻鲁莽冲动的不满。

“其实那时候，阿然已经意识到在社会上混没有出路，为了让你毕业后有安稳的生活，他有意退出那些不干不净的事情，专心做酒吧生意。因为缺少资金，然哥将酒吧抵押出去借了一大笔钱。

“结果，你哥哥竟然将然哥用酒吧抵押来的不记名支票从保险柜里偷了出来。他的胆子是有多大啊？兑现了支票后，居然提着钱想要玩个不告而别，远走高飞！结果被然哥仇家堵住打了一顿，钱也全被拿走了。阿然丢了钱款，酒吧也被人收走了，还要面临银行高额的赔款。佟然是有多生气？你哥那畜生被人砍伤了倒也好，省得他动手了，可他躲着你，他怕自己在不理智的情况下再迁怒于你，只能闷在我的家里，一瓶接一瓶地喝着闷酒。

“最后，阿然居然谁也没有知会一下，自己一个人喝醉了酒，找到那个仇家，将他打成重伤，自己也被抓住，关进监狱……

“我们那时都急疯了，幸好尚轩烈托人找律师，又是找关系，最后他又以回家继续上学为条件，从家里借了五十万，总算是赔了对方的医药费。可佟然还要在监狱里服刑……他那时有多苦，打不通你的电话，还一个劲儿地催促着我们去找你……你呢，留下一封信，字字戳心，居然说什么又有新的对象了……你们兄妹俩真是彻底地毁了他。他在监狱里过的是什么日子？他是怎样自暴自弃的？入狱不到一个月，就在监狱里与人群殴，被人刺中了腹部……他那次在医院里足足躺了有一个月啊！人几次踏入鬼门关，差点就再也回不来了！几次在昏迷的时候，他喊的都是你的名字，可叫断了肠子，又有什么用？你那时已经消失得无影无踪！”

耿佳慧的身体已经摇摇欲坠了，她听得脑袋嗡嗡作响，只觉得自己的世界坍塌一片……

“他在监狱里关了足有一年！其间，你去见过他一次吗？他从监狱里出来后，就跟变了一个人似的，阴冷得连我们这些老相识都不敢随便同他说话。

“他母亲在美国的亲戚没有子嗣，给他留了一家小汽车修配厂。他几乎是从零开始起步，重新考文凭，一点点将小汽车修配厂变成了连锁企业，又一步一步地发展到了现在的规模，你觉得是什么支撑着他呢？他想去找你，可又不愿找你……这其中的原因，你能想到吗？因为他怕自己找到你，会把你这个负心的女人撕扯成一片片的碎末……他居然还是不忍心……他只能守在那栋破旧房子前，一遍遍地看你买的那些小家子气的摆设，一遍遍地回味着你们往昔美好的回忆，然后努力地压制着对你的恨意……有时候，我还真怕他克制不住自己，找上门去，将你们兄妹俩怎么样的……他的手不能再沾血了，尤其是你们耿家的血，因为，你们不配！耿佳慧！佟然他不欠你什么！倒是你欠他的，你还得起吗？”

童亚红说完后，她望向那个摇摇欲坠的小女人，心底却是一声惋叹。这两个人，怎么会走到今天这个地步？

过了好久，耿佳慧终于开口：“红姐，谢谢你来看我，我想睡一会儿，你出去的时候帮我关上门就可以了。”

童亚红看她恍惚的样子，也不忍心再说什么，点了点头，起身捋了捋裙角，便转身出去了。

耿佳慧颓然地倒在了床上，她想给自己的哥哥打电话，质问他是不是真的就像童亚红说的那样，可是所有的质问，涌到了喉咙里，转悠着又慢慢地沉淀了下去。

真的是这样，又有什么可质问的？又能改变什么？

哥哥的腿落下了终身残疾，父母的心已然是伤透了，而吃尽苦头的他对自己的爱也千疮百孔，往昔的爱意已被消磨得只剩下随风而逝的尘土，而她只能回望着身后的巨坑，望着卧在坑中早夭的爱情残骸，要么也跟着躺下，要么掸落尘土继续前行……

躺了一会儿，擦干脸上不知不觉又流淌下来的眼泪，她起身来到浴室里，洗了下脸，让冷水镇一镇有些发肿的眼睛，将凌乱的头发梳理整齐。

晚上，佟然回来了，并没有急着进来，站在花房前，抽着烟，望着远处。耿佳慧主动下楼去花园里找他，挨得近些，便闻到他身上浓浓的烟味，看见脚下一圈狼藉的烟蒂。见她走过来，他将嘴里的香烟扔到了地上，用力地一踩，又叼起了一根。

脚下一个不稳，她的身子有些踉跄，佟然转身扶住她："你怎么起来了？我扶你进去吧。"

此时月色如水，不时传来蟋蟀的叫声，耿佳慧摇了摇头："这儿挺好，屋子里有些闷。"

佟然叼着烟，也不说话，但在耿佳慧不再硬冷而随和的回答下，他脸上的表情也变得平和了许多。他伸手去扶住耿佳慧的肩头，在耿佳慧的小声惊呼下将她抱起，来到花房附近的凉亭里。

别墅的庭院设计走的是中国风，亭台楼阁样样俱全。佟然把她放下，这时保姆也拿来了厚厚的软垫，铺在了凉亭的木质靠椅上。

耿佳慧坐定后，佟然接过了保姆递过来的保温桶："我让人现炖的红枣莲子羹，补血的。"

他将汤水倒入瓷碗里，试了试温度后，递给了她。

耿佳慧伸手接过，慢慢地喝着散发着淡淡清香的汤水。佟然看着她慢慢地喝着汤水，说道："你先前的腿伤还没有恢复好，不用急于上班，何况你老板给你安排的事情哪里是女孩该做的？过两天跟我回海城吧，要是伤好了，闲不住，就去我的集团挂个职，总好过现在这样风里来雨里去的。"

她就这么静静地听着，并没有打断佟然对自己未来的规划。直到他说够了，她又喝了几口后，放下了碗："我还是不去了，你也有自己的生活了，我……不想再打扰你。红姐把当年的事情都说了……是我哥哥对不住你，他欠你的，我会想办法弥补的……"

"当啷"一声，瓷碗被佟然一下子扫到了地上，在地上滚落了几圈。

“我还真想听一听，你准备用什么来弥补？你哥哥的那条贱命？还是你们家的房子土地？”佟然微笑着，洁白的牙齿泛着寒光。

耿佳慧捏了捏自己的手指：“我有工作，有手脚，钱赚得不多，但是总会一点点还清哥哥偷去的钱的，你对我的恨，我现在都知道了。可是恨也解决不了什么问题，你这些年来从没有主动找我们家要钱，我是要领情的，我……我也不配……你的感情，就这么给我们的陈年往事画上一个句号吧……”

耿佳慧的话还没有说完，就被佟然的笑声打断了：“领情？你就是这么领情的？难道当年我爱你爱得还不够吗？你哥哥被打，你自动给我定了罪，事后怎么……怎么就不会主动到酒吧，到尚轩烈那儿，再不然去红姐那儿打听一下我？慧慧，是我不配！是我这个当年被家族扫地出门，只知道逞勇斗狠的小子，是我！不配得到你高高在上的垂爱！”佟然狠狠地抓住了耿佳慧的肩膀，“这些年来你想过我吗？哪怕想过一次？为什么只有我总是沉浸在过去出不来，而你呢？你的生活就还像以前那么干净？我设想过无数次我们相遇时的情景，可你呢？你始料未及地站在我的侄子边，手挽着手，如同天造地设的璧人一般，出现在我的眼前，现在居然说要赔偿我？怎么赔？你拿什么来赔啊！”

在佟然的咆哮声中，耿佳慧的眼泪到底还是落了下来。

就算知道了当年的真相又怎样？她的父母，是绝对不会同意她与他有任何牵扯的。爸妈年岁大了，禁不起这些折腾了。她的爱情在现实面前，脆弱得禁不起考验……就算没有这些事情，他们的爱情也不会有结果。

就像《后来》那首歌里的描述，当时的她和他虽然相爱，却不懂得如何相处。最后再美好的爱情，也会彼此错过，渐行渐远……

也许是猜到了她心里的想法。佟然的眼圈是红着的，可是他的眼底没有眼泪，他重重地推开了耿佳慧，拼命地吸了一口气：“既然这样，那我倒要看看，你是准备怎么好好地工作，替你的浑蛋哥哥一点点地还清欠我的债的！”

第四章

没有谁非爱谁不可

那天之后，佟然就在别墅消失了，没有再露面。耿佳慧也识趣地主动离开了别墅，回去继续忙自己工作上的琐事。

手头的事情，如同潮水一般涌了过来。耿佳慧喜欢这样的状态，脑子里被大事小情填得满满的，什么都不用想，也没有时间想。

可是，杨总一脸的为难，几次试探后才问道："那个佟总是不是有什么误会？我们原先谈好在他旗下贸易公司选购的设备，却被无故延后，要是设备不到位，没法生产，银行的贷款可是会拖死公司的啊！要不，你亲自去跑跑看，毕竟你跟他还是相熟的。就算没嫁给他的侄子，也算是熟人好说话啊！"

耿佳慧自然知道佟然为什么找碴儿，他是在等着她去求他。

所谓"屋漏偏逢连夜雨"。这边耿佳慧绞尽脑汁琢磨着怎么跟杨总推脱去海城当说客的差事，那边爸爸的电话又来了："慧慧啊，怎么回事？佟晓亮的妈妈来我们家了。"

耿佳慧也摸不着头脑，只能问："她？她跟你和妈说了什么？"

"说什么啊？人都哭成一团了，佳慧啊，你和晓亮到底是怎么分的手啊？人家根本就不同意啊，说是什么连面都没见一面，你就突然来了这么一下子，那孩子也是死心眼，到处找不到你，自己越想越憋屈，居然吃安眠药闹自杀了！"

耿佳慧听得浑身一哆嗦，一屁股坐到了床上："他……"她想问佟晓亮的生死，话却含在口里，她怯怯地不敢接着问下去。

耿爸接着说道："幸好被他们家人发现，及时送医院洗胃抢救过来了！"

耿佳慧这才松了口气，可是现在佟家妈妈赖在自己家里不走了，求着耿佳慧去见他儿子一面，当面把话说开了，耿佳慧的爸妈怎么好往外撵人，只能赶紧给女儿打电话，让她回去收拾烂摊子。

耿佳慧揉着太阳穴好声地安慰了爸妈，让他们跟佟家妈妈说，自己会尽快赶回去的，这才撂下电话。

她真是没想到佟晓亮会走极端，她突然想起以前，男朋友半开玩笑时说过的话——“你要是不要我了，我就蹲在咱们A市的火车站门口，就跟电视里报道的那忠犬似的，你不回来，我就天天守在那儿，饿死在门口，等着人给我糊成雕像！”

现在再回想这“玩笑”，这样幼稚且固执的处事方式真让人啼笑皆非。

耿佳慧躺在床上，揉了半天的头，最后到底是收拾了行囊，先奔赴海城，然后再回老家。

下了飞机，到了亿阳集团公司大楼不远处，只见这栋新式建筑巍峨耸立，时刻彰显着无与伦比的存在感。

她没有打车，虽然已经不用拄拐，还没有痊愈的腿走起路来还是微微有些发痛，她步行朝着亿阳大楼走去，一路上都在反复地琢磨着怎么跟佟然开口。

那个男人吃软不吃硬，如果生硬地指责他给自己下绊子，只会适得其反。这么一路想过来，不久便到了楼下。

跟前台小姐通报过后，接待员很有礼貌地说：“对不起，您没有预约，今天恐怕很难能见到佟总。如果预约的话，可能得等到一个月后……”

这时，杨总的电话也打来了，本来脾气就火爆的人，此时电话里更是一片烽火燎原，很远就能听见听筒里传来的声音：“耿佳慧，我跟你说，这批机器要是拖个一年半载不能到位，那我可是要倾家荡产了，倾家荡产你知道吗？佳慧啊，你可一定要说服佟总啊！”

耿佳慧知道杨总现在已经急火攻心，只说了一句：“杨总，你放心，这件事我会解决好的。”

耿佳慧坐在前台大厅的沙发上，思来想去，第一次拨打了佟然的私人号码。她屏息凝神，等待着电话那边的回应。可是钢琴曲《卡农》来来回回响过几遍，便是电话无人应答的语音提示声。

耿佳慧想了想，问过前台佟然今天的确来公司后，便耐心地守在大厅，等着他外出时再跟他碰面。

可是一直等到前台小姐都准备下班了，还是不见他的人影，一问才知道，原来他们总裁有出入的专用通道，直通地下停车场，早在三个小时前，他就已经走了。

耿佳慧心底的火慢慢地冒了上来，如果要躲她，干吗还要大费周章地算计着这一千万的设备？

该死的男人，臭无赖！她心里骂了千万遍，可还是得硬着头皮接着去找他。

最后，她来到佟然在海城的那套高级公寓所在的小区前，在门口转悠了几圈，心里很是忐忑，耿佳慧知道，就算再不情愿，她也要硬着头皮闯一遭了。

耿佳慧深吸了一口气，终于鼓足勇气往小区的大门走去。

这次倒是没有什么阻碍，门口的保安问清她要拜访的住户后，便轻松放行。来到电梯前打开门进去，她按下了佟然的门牌号按钮，只听对讲机传来了“咔嚓”的按门声，不一会儿电梯就自动上升，打开电梯门后，耿佳慧再次站在了那间宽敞富有格调的客厅里。

站在屋里，她便一眼看见在脚踏布旁放着一双羊毛的白色女式家居拖鞋。

房间的冷气开得很足，脱鞋之后踩上去，绵软温暖得让人舍不得抽出脚来。

耿佳慧试探地喊了一声“佟总”，可是整个大厅空荡荡的无人回应，也不知道那男人去了哪儿。

走了几步，便听到厨房传来了动静，耿佳慧朝厨房的门口走去。

看见那个身着黑色紧身T恤配牛仔裤，勾勒出一身肌肉曲线的高大男人，围着深蓝色的围裙，正在灶边煎着牛排。

“你饿了吧。在餐桌边坐着等一下吧，牛排马上就好了。”

耿佳慧望过去，发现餐厅靠近落地窗的餐桌上已经摆上了餐盘刀叉，甚至开胃的前菜都已经整齐漂亮地摆放在了桌上。

“佟……佟总……不用了，我不饿……我今天是来跟你谈公事的。”

佟然忙碌的手并没有停下来，也不去看她，只是忙着将牛排装盘，摆上薯条小番茄，还有橄榄叶等碟头装饰后，又淋上了酱汁。

他满意地看了看自己的成品，然后端着两个盘子来到了桌子前。放下盘子，他拉开高背椅子坐下：“我很饿，坐下来边吃边聊吧，我不习惯自己吃东西，别人在一旁看着，不然的话，你改天再来。”

耿佳慧没有办法，只能拉开椅子，在他的对面坐下。这时，佟然已经把自己面前的牛排利索地切割成整齐的小块，然后将盘子递到了耿佳慧的面前。

那牛肉的颜色真好看，色泽红润，顺着切开的刀口望进去，中间的位置是羞怯的粉红，流淌着如宝石般晶莹的肉汁，这是恰到好处的七分熟。将肉块含在口里，轻轻一咬，就能感受到菲力牛排鲜嫩的肉质按摩口腔的极致触感。

如果不是亲眼所见，耿佳慧真不敢相信，这个只习惯用西瓜刀的男人，会烹制出这样专业的美味。

佟然看着耿佳慧露出微微诧异的表情，笑着给她的酒杯倒上了殷红的酒液。

“以前你就爱吃牛排，说是有情调，可惜那时的我，对于每次两百元的餐费都捉襟见肘，所以跟你说还是自己买牛肉回家煎着吃吧，你笑着说好。于是我在农贸市场买了一大块牛肉回去，却把它煎成了肉炭，可就算是那样，你也一口一口地把它吃完了，还笑着说比牛排店的好吃。”

耿佳慧默默地咽下口里香软的牛肉，顺手拿起酒杯喝了一大口。她不想接续着佟然口中的往事，可还是忍不住想起，那天晚上，两个人都吃坏肚子的情景——大半夜，两个人拿着手电筒，轮流在平房外的公共厕所里“上岗”。

“还记得我们那天晚上，吃坏了肚子……”

“佟总，我听杨总说设备的事情，所以我这次来是想跟你继续商讨一下合同的细节问题。”耿佳慧快速地从自己的背包里掏出了文件，急促地打断了佟然的话。

佟然居然没有面露不悦，只是伸手接过了那份文件，低头看了看，然后问道：“这份文件并没有对设备做出具体的日期规定，还有许多亟待解决处理的环节……这样吧，我看能不能把你们公司的订单往前排一排……”说着他看了看自己的手机日历，“就……明年九月份吧！”

耿佳慧一听急了，她想再接着说，却被佟然一个冰冷的眼神制止住了。

“你应该知道佟晓亮住院的消息了吧？”

耿佳慧没想到他居然会提起佟晓亮，微启着嘴唇说：“我……才知道，他……”

“太傻了是不是？说起来，我们叔侄其实有很相似的地方，在感情方面很容易死脑筋，偏偏又都爱上了一个一旦决定前行就决不会回头的无情女人。”

耿佳慧听不下去了，虽然拼命在脑子里说顺着佟然的话意才好，但还是忍不住提醒道：“我与他分手的原因，你该清楚！”

佟然微笑着转动着手中精致的酒杯，他微笑时，微微化解了平时凝聚的戾气，看起来散发着成熟男性优雅的魅力：“就算没有我，他也只有迟早被你甩了的份儿，就像我俩之间，就算没有你哥哥的事情，你不是也有了离开我的念头吗？这是我这段时间，反复琢磨，终于想明白的一件事。”说着，他站起身，来到了耿佳慧的身边，“佟晓亮那孩子处处都想学我，可惜有一样，他永远也学不会，那就是——狼性。”

耿佳慧眼看着他伸手抚上了自己的脸颊，想躲却没法控制自己不知为何突然变得有些绵软的身体。

“那个软蛋还真是提醒了我，与其自己一蹶不振地倒在病床上要死要活，倒不如把你牢牢地绑在身边。对待你这样的女人，不能心软，只有狠狠地抓紧你的脖颈，将铁链穿过你的锁骨死死地锁住……”

耿佳慧现在也被这叔侄俩折磨得没了气力。她就像是夹心饼干，被所有的牵绊夹得喘不过气来。这些日子她都没有好好地睡上一觉。

现在面对这个男人的蛮横不讲理，她干脆一句话都懒得反驳了。趁佟然接电话的工夫，她寻了那张看起来就很舒服的牛皮沙发，像上次一样抱着靠枕便倒在了上面。

肚子里的牛排很金贵，她想要好好睡一觉消化掉现实里的“狗皮倒灶”。至于谁要穿狗链子，谁要死要活，那就爱谁谁吧！

旁边的沙发一沉，男人坐到了她的身旁，大掌抚摸着她的头发道：“说你没心没肺，你还真是……回去后跟杨总辞职吧，至于佟晓亮的事情，我来处理。”

得了佟然的话，耿佳慧可以回去跟杨总交差了，也要回家给爸爸解释一下佟晓亮的事情，不然佟家人来闹，她的父母可招架不住。

她离开海城回家的时候，佟然虽然没有跟去，但是派了司机在机场迎接，并送她回了老家。佟然没跟来，她心里松了一口气，剩下的也就由着他了。

当耿佳慧来到自家楼下时，便看到在自家的楼栋前停着两辆高级轿车。

她拖着发酸的腿往楼上走。到了门口，她敲了敲门，前来开门的是爸爸。爸爸看她回来，长出了口气，小声说：“你可算是回来了，她们都在这儿三天了。”

耿佳慧将皮包放在门口的鞋柜上，顺着门朝客厅望过去，能看见佟晓亮的妈妈赵丽芳就坐在沙发的主位上，而晓亮的姑姑佟莉也在一旁作陪。

佟莉与赵芳华的关系不是很好，虽然大面儿上还是过得去的，但是仅止于表面的客套。当初来A市看病时，佟莉没有住在自己的哥哥家，这点就可见一斑，但今天，不知为何，她陪着赵芳华来找耿佳慧了。

如同往常一般，赵芳华有着些微褶皱的脸上化着精致的妆容，但是眼角眉梢都是遮挡不住的愁容。一看见耿佳慧走了进来，她立刻站了起来，勉强压制住怒容，露出一丝微笑说：“慧慧，你回来了。”

耿佳慧不知该对前男友的妈妈说些什么才好：“阿姨……”

赵芳华却一把抓住她的手：“慧慧，算是阿姨求求你，你回去看看晓亮吧！”

耿佳慧柔声说：“阿姨，你先坐下，我知道你现在的心情，可是，我已经跟他分手了，现在不方便去看他。”

话音未落，赵芳华的脸色都变了，她腾地一下又站了起来，要不是佟莉拽着，她可能上手去扇耿佳慧的脸。

耿佳慧看着赵芳华的怒容，神情未变，继续说道：“我跟佟晓亮已经分手了，我要用什么样的身份去？是继续绝情地刺痛他，还是给他一个假象？去了，不过是饮鸩止渴，还需要他自己解开心结才行。”

耿佳慧是了解佟晓亮的：富贵人家的独子，从小到大，要风得风，要雨得雨，他是爱着她的，但是更重要的是，这种骤然失去的挫败感，让他钻进了死胡同。如果这次他以死相逼，她去见了他，那接下来呢？接下来只能是无止境的纠缠，虽然不去见他，在别人看来，她太过心狠，可是这其实才是对佟晓亮最好的回应，让他彻底地对她绝望，最好痛恨她。

别人哪里知道耿佳慧的心境，佟莉拼命拽着自己的嫂子，也一脸不赞同地对耿佳慧说道：“你这样的道理得说给那些撞了墙就知道回头的人听。小亮那孩子就是个傻子，居然闹起了绝食，得天天打营养针，你去见他一面，是好是坏，也得当面说清楚，也不能这样在电话里说了一句就分手了。别说那傻孩子，换成是我一时也想不明白啊。”

赵芳华见小姑子帮腔，她就不再说话。可一想到自己儿子现在的模样，她眼泪又流了下来。

耿妈妈本来对女儿就窝着一肚子火，现在男方的家长找上门来，要死要活的，这两天也煎熬得心力交瘁，见耿佳慧还是低着头一副不言不语的样子，那肚子火更是别提有多猛烈了，此时只能出声说道：“要你去一趟，你就去一趟，人家又不会吃了你。是好是坏，你总得当面说清楚了啊！闯了祸，就这么逃避算是怎么回事啊！”

妈妈开口了，耿佳慧更是头痛，可是这内里的错综复杂，她说给谁去听啊？这么轮番轰炸下来，耿佳慧终于松口，答应第二天去看佟晓亮。

好不容易送走了佟妈和佟莉姑姑，耿佳慧又接着听了一番妈妈的唠叨后，终于可以回到自己的房间。关上房门，倒在自己的床上，房间里的一切都发生了变化，床单是俗气的玫瑰红色，床边的衣架上挂着的也都是嫂子的衣物。虽然哥哥和嫂子还没有举行婚礼，但在这个城市打工的嫂子早已堂而皇之地住进了未来婆家。哥哥的房子还在装修，嫂子就住进了小姑子的房间。如今躺在这被嫂子改造得面目全非的屋子里，耿佳慧突然有种不知身处何地的错觉。

怎么跟佟晓亮解释分手的事情呢？更挠头的是，她又该怎么摆脱佟然？

这是一块煮不熟、切不开的滚刀肉！她觉得自己被佟然带入了一个无路可出的迷宫。

她当初与佟然一见钟情，陷入热恋后，好朋友赵一莉对她反复说：“你啊！没发现自己的毛病吗？就爱坏男人！说好听点，叫寻找刺激，说难听点就是作死呢！”

当时的她不以为然，只觉得好朋友根本不了解自己的男友。

从来没有恋爱经验，却如同开悟老僧一般的丫头，摇着头说了这样一句话：“这样的男人呢，对你好的时候能把你宠上天，可你要是跟他分手，他能要了你的命！”

想到这儿，耿佳慧懊悔地将脸埋进枕头，可闻到的是嫂子身上那种廉价的香水味，微微有些洁癖的她只能坐起来，对着白墙发呆。

就在这时，哥哥打开门闪了进来。细瘦的个子，走起路来总是微微有些驼背，他笑着对耿佳慧说：“你可总算是回来了，晚上跟我出去吃饭吧，不然在家里，妈还得唠叨你。”

说完，他开始絮叨着这几日来，赵芳华在家里的情形，然后又问起了耿佳慧的近况，摆了一圈龙门阵后，他终于小心翼翼地说出自己真正想问的问题：“那个……李……佟然没有再去找你吧？”

耿佳慧定定地看着自己的哥哥，起身把房门锁上了，然后转身问道：“哥，当年为什么佟然的仇家会来打断你的腿？”

耿嘉智的表情一下子就慌乱了起来：“他……他们错以为我是佟然，就……”

“哥，我碰见童亚红了，她把实情都跟我说了……”

耿嘉智一听，脸上露出的并不是谎言被戳破的羞愧，反而是一种大祸临头的恐惧。他没有狡辩，一下子哭了出来，然后“咕咚”一声跪在了地上，几步爬上前去，抱住耿佳慧的大腿说：“慧慧，救救我，你一定要去求求阿然放过我，我当初也是被逼的，我根本就不想坑阿然啊，慧慧！”

耿佳慧没料到哥哥居然会是这样的反应，只能将哥哥拉拽起来：“小声点，别拿你那些破烂事去烦爸妈了！”见哥哥总算是站了起来，可还是眼泪鼻涕一起淌的样子，耿佳慧突然有种恨铁不成钢之感，“看你的样子，他又没怎么样你，你至于吓成这样吗？”

“佳慧，你根本不知道佟然是什么样的人？他的心狠着呢！

“那个当初下圈套害他的是上游汀的海哥，当时佟然朝着他的大腿砍了几刀，虽然流了点血，其实也没怎么样，他让医生开出了重伤证明，证明了落下了残疾的后遗症，然后法院重判了佟然。

“大家都以为阿然进了监狱，这件事就过去了，你看这都多少年了，可是就在去年，我听别人说，海哥后来被人连连报复，多年的老底耗光了，把所有的产业都变卖了，带着全家搬回了乡下……慧慧，我这一年来夜夜都做噩梦，你一定要求求佟然放过我啊！”

耿佳慧听得手脚都是冰冷的，她气急反笑，对着自己哥哥说：“你倒是说说，我拿什么去求他？”

耿嘉智愣愣地看着妹妹，似乎也醒悟过来：“也是，他佟然现在家大业大，什么样的女人没有。”

耿佳慧打开了房门，对着哥哥冷冰冰地说：“你！给我出去！”

这一刻，她真希望自己没有这个哥哥。

第二天一大清早，佟家派来的司机开着车过来了。

耿佳慧的爸爸怕女儿一个人去人单势薄，万一男方家里为难起来，也不好收拾，所以决定带着自己的儿子，和耿佳慧一起过去。

可是耿嘉智听了爸爸的这个提议之后，脑袋摇得跟拨浪鼓似的，只说了一句：“我今天有事。”然后早饭都没吃，穿上衣服一瘸一拐地开门就走了。

耿妈妈气得在后面大喊：“你有什么事？比你妹妹还重要吗？”耿佳慧没有吭声，她当然知道哥哥是怕见到佟然。

她淡淡地说："爸妈，你们谁都不用去，我一个人去就行。"耿妈妈一边盛着稀粥，一边说："你省省吧，在道义上，你闯下的祸，不能撂挑子就走人，咱们高低得走这一趟，但是你一个人去可不行，咱们耿家又不是没人了！有我和你爸在，他们家也就不敢怎么过分为难你了。"

耿佳慧听得心里一暖，她知道自己的妈就是刀子嘴豆腐心。

最后，耿爸耿妈跟着耿佳慧一起上了汽车。

耿佳慧发现汽车并没有朝佟晓亮的家驶去，而是开往省城的市郊。此地原本是有名的花果之乡，一到春天，漫山遍野的梨花，一簇簇随风摇摆，加上树枝间的黄鹂鸟的鸣叫声，真有些"高枝百舌犹欺鸟，带叶梨花独送春"之感，所以有不少富人在乡间地头买下地皮盖起了别墅。

耿佳慧曾听佟晓亮说过他的奶奶是在这里居住。一问司机才知道，佟晓亮出事之后，便被送到了奶奶的家中，佟家的奶奶开解自己的孙子。

很快，汽车就在一面高墙旁停了下来。耿佳慧沿着铺着鹅卵石的小径穿过一片浓密的树林，便来到了一栋附带小花园的三层别墅前。进了大门，她便看见一个上了年纪的妇人坐在锦缎面的沙发上，修剪着面前的一处盆景。

只见她一头齐耳短发被染成了酒红色，还烫着微微蓬松的发卷，被嵌着珍珠的发夹整齐拢到耳后，虽上了年岁，但眉眼依然用黑色的炭笔轻轻地描画过。身上穿着一件墨绿色的旗袍，领口的盘扣能看出是铂金包钻的定制纽扣。与其说她是佟莉的妈妈，倒不如说像佟莉的姐姐。

当她微微抬起头时，那眼里冒出的精光让人有种从心里发冷的感觉。耿佳慧突然意识到这个人不但是佟晓亮的奶奶，更是佟然的继母。

看见耿家人走进来，佟莉和赵芳华移了过来，而佟家的奶奶并没有站起来，只是放下了手中的剪刀，对着三人微笑。

赵芳华带着耿佳慧直接上了楼，而耿家爸妈则留下来跟老太太攀谈。推开二楼的一间房门，便走进了佟晓亮的卧室。

往床上一望便看见深陷在绵软大被里的青年，原来圆润的娃娃脸，如今紧闭着双眼，颊肉深陷呈现出难掩的病容。

耿佳慧见他这般模样，心里难免又是一酸，慢慢地走到了床前，轻声说道："晓亮……"听到耿佳慧的声音，佟晓亮却还是紧闭着双眼，眼泪却从眼角里溢了出来。

耿佳慧叹了口气："你要是不想跟我说话，那我就走了。"说着，她站起身来就想走出房门，手却被佟晓亮一把抓住。

"佳慧，你到底有没有爱过我？"佟晓亮又气又急，哽咽地问道。

"晓亮，我们不合适，这是我深思熟虑的结果，你的条件不差，肯定有比我更合适的对象，我承认，分手的方式有些唐突了，可是无论怎么来一遍，我们的结局还是一样的，你现在不吃不喝，把自己弄成这样，让家人多担心啊！"

"我究竟哪里不好，你倒是说出来啊，我改还不行吗？！"

耿佳慧真是头疼，她突然觉得，自己真应该坚持不来。这样下去，只会让佟晓亮继续钻牛角尖。

就在这时，门突然"咚"的一声，从外面被人踢开了。

耿佳慧诧异地回头一看，一个高大魁梧的男人，半挽着黑色的衬衫衣袖，几步走到了病床前，一把将佟晓亮从床上拉了下来，拽着他就往门外走。

“啊，叔，你要干吗？！”佟晓亮几天没吃东西，脚下打晃，简直是被蛮牛一般的男人拖着走的。

耿佳慧的心也跟着猛地一跳，她不知道佟然为什么会突然出现，更不知道这个男人要干什么。

只见佟然几步就把佟晓亮从二楼拖到了三楼的露台，两手一提，拽着佟晓亮的脚脖子，轻松把亲侄子提到了露台的栏杆外，来了个“猴子捞月”。

这栋别墅地基较高，别看是三层，都赶上一般楼房五层的高度了，这么毫无心理防备地被人“倒栽葱”，惊悚的程度可想而知。

“啊——妈！奶奶！救我啊！”佟晓亮的身子在半空中晃悠着，有种随时掉下去的错觉，吓得嗓子都喊破音了。

此时，身处在一楼的众人已经纷纷跑到了院子里，被眼前的情景吓得目瞪口呆，赵芳华更是身子一软，直接倒在了小姑子的身上。

倒是佟家的奶奶沉得住气，但表情也有些慌乱：“佟然，你这是干什么？快把亮亮拉回去！”

佟然却冲着佟晓亮说：“咱们佟家的男人，没有你这种为了女人闹绝食，像个乞丐一样冲人摇尾乞怜的可怜虫。与其看你在那儿丢人现眼，不如叔叔送你一程，咱们一次就摔过去，别这么见天儿地折磨着全家人。”

佟晓亮从小就有轻微的恐高症，平时还好，但从来不敢自高处往下望。现在血往头上涌来，再加上几日没有进食，难受劲儿就甭提了。可他心里觉得，叔叔应该不会放手，嘴里便继续硬气地说道：“佳慧不要我了，是死是活对我来说都没关系了。

佟然道：“好，果然有志气！”

佟然回头问耿佳慧：“我侄子已经这样了，你也给个痛快话，到底还和我侄子好不好了？”

耿佳慧站在一旁，根本就不敢去拽这个疯男人，生怕他一松手，把佟晓亮扔下去。突然听到佟然阴阳怪气地把“球”踢给了自己，真是恨不得生出一百张嘴来，咬死这个疯子！

“你……你快把他拉回来吧！万一手滑，真能闹出人命来！”

佟然似笑非笑地看着耿佳慧，一只手却突然松开，改成两只手抓住一只脚腕。

“晓亮，你要是改主意了，可要快，叔叔的手酸了，有些握不住了，到时候想把你拉回来都难了！”

这时，楼下的女人已经叫成一团，纷纷准备冲回别墅爬上三楼。可是门口被佟然带回来的司机与保镖堵了个严实，哭喊声一片，就是进不来。

佟晓亮自然看到了下面的一片混乱，在半空打晃的身体更是将他仅存的胆子也晃散了。

饿死，他并不怕，气息柔弱地缠绵于病榻之前，在心爱的人面前，绝望地发出爱的心声，是何等的感天动地？可是被人像猴子一样倒栽葱地扔下去，一路哀号着摔得脑浆迸裂，是何等的惨不忍睹？

最重要的是，他根本就不敢确定叔叔到底会不会松手，这个从小就离家出走的叔叔，充满了传奇色彩，进过监狱却能绝地逢生，成就一番商业奇迹，这是可以写成传奇小说的神话。这让从小在温室里成长的他憧憬不已，心里更是起了对他狂热的崇拜。

可是，崇拜之余，他总是有种感觉，叔叔对家人恭敬有礼的背后，有种说不清道不明的距离感。这样的叔叔，他心底还是藏着隐隐的畏惧。

这场“空中飞人”，以佟晓亮的全线溃败而宣告终结。

事实上，当佟晓亮被拽上来时，睡裤的裆间都隐隐地有了湿意，想到自己在心爱的女人面前被吓得失禁，佟晓亮真希望自己的胆子再大些，直接翻越栏杆摔死在地上算了。

耿佳慧的爸妈也被吓得一愣一愣的，耿佳慧心里庆幸，当年爸妈并没见过佟然，认不得他，加之他们只知道“李然”这个名字，不然这场面该是多么高潮迭起，精彩纷呈。

当佟晓亮被叔叔拽下一楼坐在餐桌旁，不情不愿地小口喝着煮好的小米粥时，赵芳华满口的怨气也不好说出口了。可亲儿子差点被摔死的惊吓，让她的脸色一直不大好看，没了以往的热络，看都不看佟然一眼。

佟家的主母倒是还那么从容，拉起了佟然的手说：“之前叫你回来劝劝晓亮，你只说忙，怎么突然回来搞了这么一出？这屋子里大多是女人，会被你吓死的。”

佟然没有回答，微笑着看佟晓亮喝小米粥，淡淡地说：“一会儿吃完了饭，就滚回楼上睡一觉，明天给我去公司报到！”

耿家人现在是多余的存在，耿爸耿妈提出回去时，佟家人并没有多做挽留，只是佟家主母对耿妈说道：“我说的话，你再跟孩子说说，考虑考虑。”说完，就派司机送他们一家三口回去。

在车里，耿妈说，佟家老太太的意思，大概就是之前她的儿媳妇赵芳华是稍有怠慢的，他们佟家这么大的产业，娶孙媳妇更是不能马虎，如果佳慧肯回心转意，她会在省城的黄金地段，给小两口买一栋价值四百万的复式商品房，婚礼仪式也全照着女方的心意来，聘金五十万，再给佳慧购买一辆汽车，总之不会让女孩有半点委屈的。

这样的条件，在富豪之家并不算丰厚，但是对于普通人家来说，已经是很阔绰了。耿妈觉得男方的诚意很大，要不是最后对方的叔叔闹出那么一场来，她是很有心劝劝自己女儿的。可是现如今，她发现男方的家人还有这么不靠谱的一位，心里隐隐有些怯意，总不好劝女儿考虑了。

耿佳慧见妈妈没有再劝，心里倒是松了口气。三人一路无语地回到了家中。

不过赵芳华心里的怨气却一时难以平息，等到只剩下她与自己的婆婆时，开口抱怨道："妈，就那么个小门小户的女人，真是给她脸了，你干吗还要给她那么丰厚的聘礼？"

佟家老太太轻揉着自己的太阳穴，冷冷地说道："晓亮那孩子，就是随了你，眼界太浅！你当初要是反对这门婚事，就应该反对到底，结果答应了，又轻慢人家，弄得人家有了把柄，临门一脚，让我们佟家下不来台！现在喜帖都发出去了，我们还能怎么样？要是下个月的婚礼不照常举行，外面该把我们佟家传得多难听？你啊，有千百个不愿意，也得吞到肚子里，给我忍着。只要能哄着女方来圆场子，那点房子、车子，对我们佟家来说算什么？

"等把她娶进门，圆了场子，解了晓亮的心魔，她是圆是扁还不是由着你这个当婆婆的来？记住，我们佟家从来不怕女人闹离婚！进了这个门，聪明的女人都知道该如何好好地守住这个位置，受了气，就要闹着走，只是给外面大把的女人腾位置罢了，只有安分地过自己的日子，当好佟家的媳妇，才能守得云开见月明！”

赵芳华听得心里一惊，她突然明白，这话不但是说儿子的婚事，更是在敲自己的边鼓。

最近因为佟自在外面跟女人厮混的事情，她一连哭闹了好几场，婆婆显然是听到了风声，在有意地敲打自己呢。

被婆婆不动声色地敲打了一顿，赵芳华也不太敢埋怨了，只能小声地嘟囔了一句：“妈……你看那佟然，今天也太过分了，万一……”

“要不是佟然，被你惯坏了的儿子还在楼上一哭二闹三上吊呢！现在佟自海外的企业也在做大，他们哥俩相互扶持的地方多着呢，你别用那些家长里短去烦你的小叔子。”

说这话时，佟老太太又拿起了修剪盆栽的剪刀，一下下地修剪面前的那株盆栽，将枯萎的枝节一点点剔除干净……

耿佳慧送爸妈回去后，并没有在家里多住一个晚上，借口单位忙，她就急匆匆地往水源市赶了。

可是刚从家里拐出来，就有一辆车停在了马路边，耿佳慧认得那是谁的车，头也不抬还是往马路对面的车站走去。

那车一路跟到了车站，大大咧咧地停了下来，车站等车的人不少，都眼巴巴地盯着这辆停下来的豪车。

深色的车窗摇下来后，一张帅气十足的脸便露了出来，迷倒一旁等车的两个高中女生，只听她们叽叽喳喳地小声议论着：“哇，也太帅了，跟杂志上的明星似的。”

耿佳慧不爱去看那张招摇的脸，在财势的熏陶下，佟然的确看上去更有魅力了。

身边兴奋得一蹦一蹦的小女生们，多像是自己往日的缩影啊。

记得她与佟然初次相遇，是在刚上大一的时候。骤然离家的兴奋感，让拘禁了多年的学子们一下子变得疯狂起来。她那时跟赵一莉还有几个室友逃课，去了位于市郊的森林公园野餐，却遭遇到了几个地痞流氓的调戏，吓得她们连东西都来不及收拾，就急忙从僻静的地方往人多的地方赶。

容貌姣好的她却被几个流氓拦住，嬉皮笑脸地要跟她交朋友，赵一莉想要拉着她走，却被一个小地痞狠狠地打了两个耳光，女孩们吓哭作一团。

就在这时，恰好佟然和尚轩烈经过，看见一帮小痞子拽着年轻的女孩往林子里去，便出手将那帮小痞子打跑，替她解了围。

现在想起来，佟然下手多重啊，一拳下去，能让人吐出血沫，里面还带着几颗牙。可在那时的自己看来，这个高大沉默的男人充满着雄性的阳刚之味，同龄的小男生们怎么能跟他比呢？

当两个男人一路护送着惊魂未定的女生们到了学校门口时，一个花痴的室友大胆要下了佟然的电话，并给了他自己的宿舍电话。

室友一连拨打了几次他的电话，可他都没有接。过了几日，佟然居然主动把电话拨打到了宿舍里，不过他找的是耿佳慧。记得听到听筒里传来男人低沉的声音时，自己的心紧张得都要蹦出来了。在室友们羡慕嫉妒恨的目光中，她就拉着赵一莉跑到了校门口，看见佟然和尚轩烈一人一辆摩托车，在校门口等着她们。

那时她居然一点危险意识都没有，望着男人深邃的眼眸，勇气倍增，毫不犹豫就跨上了他的车。当她用手围住男人结实的腰身时，生平第一次有了坠入爱河的兴奋感……

可是现在，破旧的摩托车已经被限量进口的豪车替代，男人的阳刚之气更胜往日，她却再也没有了少女一般的欢心雀跃。

佟然的眼神开始变得不耐烦。耿佳慧知道，再不上去的话，他就要亲自下来拽人了。她无奈地挪动着脚步，在小女生们艳羡的目光中上了车。

当她坐到佟然的身边时，他很自然地搂住了她的腰，仿佛是拥住了自己的所有物一般。

“你折腾了这么大半天，还没吃饭的吧？一会儿我带你去吃点东西吧。”说着佟然吩咐司机把车开往一家高档的饭庄。

“我不饿，一会儿还要回去处理一些工作上的事。”耿佳慧边说边躲避着佟然印在自己脸颊上的亲吻。

搂住自己腰间的手臂一紧，耿佳慧“啊”的一声被男人按倒在了沙发的后座上。

他一边抚摸着她的头发，一边漫不经心地说道：“不是让你辞职吗？收拾一下你的东西，搬到我那里，我平时忙，你要是也忙，我们岂不是睡不到一起去？你不腾出时间，怎么好好‘赔偿’？”

耿佳慧的好涵养在这个男人面前连渣都不剩了：“不要脸……你要什么赔偿？”

佟然笑了：“你口口声声说要替哥哥赔偿我的，难道只是轧马路、看电影、逛游乐园？你是当自己是小姑娘呢，还是当我是以前的那个傻小子？也是……佟晓亮那小子也是个没长大的，应该特别愿意跟你来那套吧？不过，这样的‘恋爱’咱俩也谈过了，没什么意思！这样，让你的佟叔教教你大人之间应该怎么处对象。”说完，他又道，“你愿意给资本家卖命，我也不反对，你那破工作愿意折腾你就折腾去吧，但是跟那个杨总说好，不加班，每周双休。每个周末待在家里等我，你自己识点趣，把时间给我空出来，别逼着我去你公司拽人，到时候，你就真别工作了，一天二十四小时给我待在家里！”

“你女朋友知道你这么……”

佟然有些不耐烦了，说：“我没有女朋友。”说完就不再解释了。

耿佳慧知道，现在的他身价斐然，身边那些逢场作戏的女人更是不少。就算不给正牌女友的身份，那些女孩子也会趋之若鹜。可自己这算什么？还真像他说的成了他的周末情人？

愿意谈的，才叫谈判，耿佳慧知道佟然可没有跟自己商量，他是在直接宣布自己的决定。更何况，的确是耿家亏欠了他的，总是要有人还的。

佟然似乎也觉得自己口气太冲，于是缓了缓说：“慧慧，别总是那么急着离开我，这次我们好好相处行吗？”

耿佳慧低下了头，并没有反驳他。

佟然总算是还有点说话算数的地方，把耿佳慧送到了水源市后，就回去了。

只是那天下班时，佟然的车子准时停在了耿佳慧的公司门口。因为车窗并没有摇下，所以从公司门口出来的同事们也只能看见一个大致的轮廓，但也能感觉出来，那车里坐着的人并不是耿佳慧的前男友佟晓亮。有从以前公司出来的人小声地说：“真神啊，又搭上一个有钱的，她前男友也够可怜的。”

耿佳慧拎着皮包，硬着头皮上了车，又快速地关上了车门。其实不用去听，她都能想到从以前公司出来的同事们会议论些什么，过两天又会有女同事变着法儿的跟自己“取经”了吧？

“这是要去哪儿？”昨夜失眠的后遗症有些上来了，耿佳慧揉着抽痛的太阳穴问佟然。佟然早就看出了耿佳慧白皙的脸蛋上挂着的黑眼圈。

“几个哥们儿约好了打球，推不掉，一会儿我给你安排个包房，我们玩我们的，你去睡一会儿。”

等到了高尔夫球场，天色已经渐黑了。不过大片的球场里还是灯火通明。

这种“灯光球场”其实最考验玩者的球技，对这项运动稍有了解的人便知道——晚上打球，影子是最大的敌人。看到自己影子的时候，发挥一般都要受到影响。如果有灯光照射不到的地方，还需要盲打的技术。

可见这群大晚上来打球的老板们都是个中高手。

耿佳慧在四五个男人中，一眼认出了尚轩烈。他穿着一身咖啡白格的T恤搭配白色的修身裤子，显得双腿笔直修长。由于是晚上，没有太阳的照射，他并没有戴球帽，很Fashion的韩式短发遮住了饱满的前额，露出乌黑的眉眼。

看见佟然搂着耿佳慧的肩膀走过来，他并没望向耿佳慧，只是挽着身边女伴曼妙的腰肢，冲着佟然说：“然哥，等你半天了，快去换衣服吧！”

这群男男女女中，耿佳慧又发现了两张熟悉的面孔，是在海城酒会上，佟然曾经向他们推销过笔记本的老张和老刘。

他们当然也认得耿佳慧，更清楚地记得佟然当初介绍说是侄子的女朋友。可是现在这相处方式……两个人对视了一下，随后了然暧昧地笑了起来。

佟然笑着跟大家打了招呼，然后低头跟耿佳慧说：“走，跟我换衣服去。”

当他们分别从男女更衣室出来的时候，佟然换了一件浅灰的半袖运动T恤搭配黑色的修身长裤，而耿佳慧换上了一件连身的运动白裙。

老板们个个都带着女伴，可除了耿佳慧，几乎所有的女人时不时地瞟向佟然或尚轩烈。要知道，在一群事业有成的秃头大肚子的老板中，这两个堪比男模的镶着金钻的大帅哥，真是养眼的存在。

耿佳慧不会玩高尔夫，同那些老板的女伴也无话可说，同大帅哥们儿的抢眼相比，简直是尴尬的存在。看着他们潇洒地挥杆击球，脑子里翻腾的是一堆解不开的乱麻。

她干脆跟侍者要了一杯饮料，避开那群议论着港城、欧洲购买尖货心得的女人，一人来到室内休息室，倒在一排浓密的热带树丛后的躺椅上，眼望着天棚透明的玻璃罩上满天璀璨的星斗，眼皮一沉便沉沉地睡了过去。

不过心里有事，睡得还是不踏实，半梦半醒地工夫只觉得身上一沉，勉强半抬起头一看，自己的身上多了一条浅格子的毛毯，抬头望去，映入眼帘的是尚轩烈急匆匆往外走的背影。

此时球场上一阵掌声，佟然刚才显然发挥得不错，一记漂亮的一杆进洞，把众人的比分大大地甩掉了。

老刘看见尚轩烈回来说：“真可惜，你方才去洗手间了没看见，佟然这小子的角度太刁钻了，坡上一杆进洞啊！完了，老王跟他赌了一辆雷克萨斯超跑，刚买的车，还没开上两天呢，就得割爱给佟然了，人家都说‘情场得意，赌场失意’，佟然这小子简直是左拥右抱还赚得沟满壕平啊！”

老王虽然输了一辆价值五百万的名车，但是颇有些大将风范，愿赌服输，只是笑着说：“大家记住了，以后千万别跟佟然打赌，这小子从来不打没有把握的仗，太滑头了！”

在说笑声中，众人上了球车，三三两两地向坡上开去。佟然跟尚轩烈坐的是一辆车。尚轩烈笑着恭喜道：“恭喜然哥啊，一杆子就赚了一辆车。”

佟然也在笑，笑意却并没有爬上眼睛：“阿烈，你是我一辈子的兄弟，是吧？”

尚轩烈点了点头：“当然，佟哥你这话……”

“既然当我是你的哥，那么你就要记住耿佳慧也是你一辈子的大嫂，无论我跟她将来怎么样，她都是你的嫂子！”

说完，佟然用力握了尚轩烈一下肩膀，然后长腿一跨下了车。

尚轩烈回头往后望去，远远地能看见透明玻璃墙的休息室里，灯火通明。那个女人已经从躺椅上起来了，披着浅格子的毛毯，朝着自己望了过来。显然，自己方才给她盖毛毯的情形被佟然看到了……

那天从球场回来，耿佳慧就发现佟然阴沉着脸，他私底下的坏脾气倒是丝毫未变，同以前一样，在外面装得再云淡风轻，只剩下两个人时就毫不掩饰，东西重拿重放，摔摔打打的。

若是多年前，她自己早就走过去，偎在男人身边，伸手替他按摩僵硬的肩膀，抚平眉间的皱纹，再柔声细语地问他发生了什么事。

不过，现在她也懒得做善解人意的解语花。在摔得山响的噼里啪啦声中，自己一个人舒舒服服地洗了澡，然后裹着大浴巾坐在梳妆台前自顾自地吹干头发。

佟然叼着烟，吊儿郎当地半靠在床上，看着不远处正在梳拢头发的俏丽女人：“行啊！长脾气了啊！”

耿佳慧弄好了头发，也来到床上，看着佟然说：“都这么多年了，你别这么幼稚了行吗？以后你要是觉得我勾引了谁，你就直接冲上去打死奸夫，别老跟我阴阳怪气的。”

佟然倒是笑了，咬了一口她的胳膊道：“奸夫，那你是承认我是你的丈夫了？还说没勾引？你今天看了尚轩烈多少眼啊！把那小子的魂儿都勾没了，还特意跑去给你盖毯子，以后再跟他见面，你可给我注意好了分寸，别让那小子继续惦记你了！”

耿佳慧还想据理力争，可是剩下的话，都被那男人的唇舌堵住，一起塞进被窝里了。

当耿佳慧再次睁开眼睛，让窗外灿烂的阳光洒遍盖着薄被的全身时，应经是第二天上午十点多了。

因为是周六，不用急着赶去公司，耿佳慧虽然醒了，还是懒洋洋地躺在床上。

佟然在县城里置办的小公寓面积不大，只有七十平方米，按着佟然一贯的嗜好，是半开放的设计，越过床对面的书架缝隙，可以看到男人只穿着睡裤，光着膀子坐在书桌前处理着公务。不过敲打键盘的动作却不怎么精英，二指神功上下跳动着，透漏出他并不太扎实的电脑基本功。

佟然书读得不多，他年少时大半的精力都是用来逞勇斗狠了，可是他的头脑有多聪明，她是再清楚不过的了。当初，刚认识他时，他只是在酒吧看场子的。酒吧原来的老板因为经营不善，没多久就低价盘出去。

佟然把他爸爸留给他的那点儿财产——娶媳妇用的房子卖掉，再加上存折里的老本儿，把那酒吧买了下来，又在他的手里起死回生，变成下金蛋的旺铺。

有些人真是天生的经商奇才，如果他当年没有走那段弯路的话，商界名人榜上说不定也会有他的大名。

其实那段时间，她虽然没有参与酒吧的生意，但还是从这个男人的身上学到了不少做职场的窍门，只是这学费太过昂贵，她不知道自己什么时候才能付清。

耿佳慧起身披上睡袍想要去洗手间，可是经过书桌的时候，被男人一把拉到了腿上："醒了？帮我看看这段是什么。"

佟然拿着的是一张英文的进出口大单。就算是在外国待了许多年，又混了几张文凭，他的口语依然马马虎虎，书写也过不了关。也不知道这位大老板高薪聘请的秘书都到哪儿去了，居然没有体贴地帮老板翻译成中文。

耿佳慧半抬起眼皮扫了一眼大货单子，突然就定住了。这张货单是再生皮料进出口的明细表。

生产高档的笔记本，封皮一般都要使用再生皮，国产的皮料虽便宜但是质量不够好，所以他们原来的公司都是从意大利进口材料，质量最好的皮料与 LV 等名牌的皮具是一样的，价格却是天差地别，一个名牌包包价格往往万元以上，而最好的皮料也就四十元一米而已。

可是在佟然拿着的这张进货单里，再生皮的价格居然能够做到三十元一米的低价，这不能不让耿佳慧感到吃惊。

她扫了一眼出口的公司，是 TTU 皮料公司，他们以前之所以没有从这里进货，是因为这家公司有门槛，只有数量到达大宗的程度才会接单，而他们公司的进口量太小，人家根本不可能接单。

耿佳慧看着单子愣神，想着里面蕴藏的商机。佟然也没有闲着，伸手摸向女人。

耿佳慧顿了一下，“啪”的一声把单子又放回到了桌子上，推开他又被他搂在了怀中。男人会管这种进口皮料的小事？他这是明摆着拿这个跟她邀功呢！

可惜再爱岗敬业，她耿佳慧也还没有用肉身做出成绩邀功的“业界良心”，他的“大礼”，她敬谢不敏！

不过耿佳慧心里倒是有了个模糊的念头，原本新厂是要交给杨总的侄子杨灿生管理的，可是新厂筹建以来，他状况不断，大部分都是耿佳慧主动承担，给他揩屁股。

在商言商，杨总不希望自己的家底被侄子败光，最后杨总做了决定，他开口说道：“佳慧啊，我原来是怕你太年轻了，挑不起这摊子，所以找来杨灿生帮一帮你，但是现在看来，我还是低估了你的能力，高估了他的素质。现在我想让你挑起这新厂的摊子，不知道你的意思如何？”

类似的，杨总以前也暗示过，可是这一次倒是直白地挑破点名了，耿佳慧却再也没有了第一次听到这话时的激动，她依然平静地微笑说：“如果杨总信任我，我当然愿意试一试，不过……”

杨总眉头一挑，等着耿佳慧的下文。

“不过杨总，我不打算要工资。”

杨总一听这话，一阵大笑：“我说佳慧啊，你不要工资是什么意思？难不成还准备义务奉献吗？”

“我不想要工资，但是希望杨总能够同意给我这家工厂一年净利润的百分之二十。”

杨总这下惊得有些合不拢嘴了，他没想到耿佳慧居然提出了这样的要求。他说道：“现在新厂的效益还真不好说，你也知道，干实业的都有‘头三年认赔’的说法，要是赔钱的话，你可就要白干了。”

耿佳慧笑着说：“所以，为了我的年底分红，我也要努力工作，赚取我应得的那一份啊！”

杨总用打火机敲打着桌面没有再说话，耿佳慧知道他的心里在算着账。如果工厂赔钱的话，他没有什么太大的损失，赚钱的话，估计杨总在原来公司的股份就要往回撤了，到时候他坐镇新公司，也只有一年的赚头，这是稳赚不赔的一笔好买卖。

果然杨总最后答应了，虽然耿佳慧说不要工资，但是杨总还是每个月给她三千元的生活费。

对于一个工厂的高级管理者来说，这点钱连奖金都算不上，杨总也是乐得大方的。

不过三天的工夫，工厂的管理层便大换血了，杨灿生收拾完东西，灰溜溜地走人了，耿佳慧成为新任耿总。

刚刚升官，好友赵一莉就来探班了，可她听完了后，气得用手去敲耿佳慧的额头：“这里面住的是谁啊？不是空的吧？你个傻妞！不趁这个机会邀功请赏涨工资，居然玩起了励志小青年的深沉！《读者》看多了吧你！要是能一个月一万的工资，加上年终奖金的话，也要差不多十五万的年薪了好不好？你原来的那家公司减去七七八八的，一年才多少的净利润啊？五六百万吧？百分之二十的话也就二十万而已！你这家新工厂，年利润一百万就偷着笑吧！”

耿佳慧拽了拽赵一莉的耳垂：“是！我是傻子！居然还想找你分享我的好消息！这么给我泄气！看我赚了钱会请你吃饭才怪！”

不过好朋友有一点说对了，如果只是任工厂常态发展，生产着杨总偷过来的订单的话，的确是“杨白劳”的下场。可是她还有一笔巨额欠债在身，哥哥欠下的钱，总是要还给佟然的，免得他老是拿着这个要挟她，所以，容不得她老神在在地赚死工资。

耿佳慧决定再飞一次海城，因为她要主动出击寻找客户。

她的目标是同利华融公司！它是老牌的文具代理商，凭借以前积累的客户和工厂的渠道很快就成了行业内的领头羊，现在和欧洲很多大型文具店、超大型超市，如 TESCO，AUCHAN 都有良好的合作关系。

只要成为同利华融的供应商，一年不做个五百万美元你都不好意思说自己是搞出口的。行业内人士都说就是头土产的菜猪跟同利华融拉上关系都能赚钱。

耿佳慧为了给公司做个漂亮的开门红，对这次会谈做了精心的准备，不但对同利华融的客户群做了了解，还设想自己是同利华融的话会对哪些资料有兴趣，可能提出何种问题，甚至预约的时间都是特意选择的。

做足了一切的准备后，她下了飞机，连酒店都没有去，便急匆匆地赶往同利华融公司在浦东 CBD 船舶大厦。

正值下午，耿佳慧走进了船舶大厦。与那些高雅而清冷的办公大厦不同，这里虽然也是大理石柱子和地面，金碧辉煌的，却没有一般写字楼的平静气氛。穿着或商业或休闲的人群在大门里快步地进进出出，虽然都不说话，但这走马灯一般如同农贸大厅的气氛实在和这CBD不太搭调。

进了电梯，耿佳慧更觉得不自在，宽敞的电梯挤满了人，足有二十个，外面还有很多人在等待，要不是超了电梯人数上限估计还能进几个。耿佳慧心里清楚，这些电梯里的都是来拜码头的供应商，待在电梯外的，个个恨不得电梯肇事，一口气多摔死几个劲敌！

接待台上一穿着浅蓝色职业套装长相甜美的女孩，不时对着麦克风说一声“请某某公司代表到第七会议室，请某某公司代表到十五会议室”。

耿佳慧虽然也是见过些世面的，但这样的阵仗也是第一次经历，不觉手心微微有些冒汗。她低头看了看自己为了一路舟车方便而穿着的牛仔T恤，实在是不够体面，便匆匆忙忙跑到大厦的女卫生间里，拽出大包包里的真空压缩袋，取出里面的黑色裙装套服。她脱下自己的牛仔T恤，手忙脚乱地换上裙装，最后把球鞋脱掉，换上了尖细的黑色高跟鞋，整理妥当后，在镜中呈现的是职业丽人的优雅风范。

头发利落地盘起后，耿佳慧将旅行包拎起，自信地走了出来。还没走几步，就听到有人在身后喊自己的名字。

扭头一看，居然是尚轩烈，他也没想到会在这里遇到耿佳慧，眼底的惊艳与诧异一闪而过。

“你怎么在这儿？”尚轩烈走到她面前，开口问道。

“我来谈业务，你……我赶时间，以后再聊。”

说完，耿佳慧转身就想走，没想到尚轩烈的一只大手却扶在了她的腰间：“别动！”说完伸手就往自己的臀部摸去。耿佳慧都吓傻了，她没想到一向冷漠的尚轩烈居然在这窗明几净的办公大楼的走廊里做出如此轻薄的举动！

她正想挣脱，却听见金属细碎的摩擦声："你裙子后面的拉链没有拉上。"粗大的指尖若有似无地摩擦过裙内的肌肤，然后快速地缩了回去。

耿佳慧有些尴尬，她想要表示感谢，却觉得他其实只要开口提醒就好，何必做出这样逾越的举动呢？

"你是因为同利华融他们公司的招商会来的吧？同利华融的老总是我的舅舅，我也有他们公司一部分的股份，所以我有时会过来看一看。你跟我走吧，如果要排队的话，估计你今天也见不上招商业务主管的。"说完也不等耿佳慧回答，伸手接过她手里的大包，开始大步流星地往前走。他这么自顾自地往前走去，耿佳慧只能一路小跑跟在了他的后面。经过一道透明玻璃的隔墙时，尚轩烈突然停了下来，他顺着玻璃墙往走廊外的一楼宴会大厅望去。

耿佳慧也顺着他的目光望了过去，大厅里显然在举行一场异常热闹奢华的宴会，男男女女在舞池间自由滑行。

俊男美女是这类宴会的焦点，所以当她看到那个熟悉的身影正伴着一位佳人被人群围拢也是再正常不过的事情了。

威风八面的男人正该如此，无论是在厅堂还是朝野，都霸气十足。女人对于这样的成功男人来说，就像精致的手工衬衫上画龙点睛的袖口饰扣一般，看似不经意，其实也是精挑细选，并且要准备多款，再分清场合逐一佩戴的。

偎依在高大帅气的男人身旁的，这个千娇百媚的女人，叫什么来着？叫……如果她没有记错的话，应该是叫吕卓儿吧？

只见她身着巴黎定制的高级性感低胸礼服，高挺的胸脯，若有似无地滑蹭着她紧搂着的男人的臂弯。

而男人慵懒地喝着杯子里的红酒，也不时地低头冲着她微笑，真是看得旁人有些只羡鸳鸯不羡仙。

若是当年的她，一定会冲过去大声质问，气得泪水直流。可是现在她收回了视线，然后问道："同利华融的办公室在 B 座吧，你要是不方便的话，就不麻烦你了，我一个人从走廊穿过去就到了。"

尚轩烈看了耿佳慧一眼，拎着她的大包继续向前走。可是耿佳慧跟他上了电梯才发现，他们的目的地根本不是同利华融的招商办公室，而是尚轩烈自己的办公室。

"我这儿有表格，你先在我这儿填写吧，不然你就算在那儿排一整天队，等到的也无非是个填写表格的机会。"说完他吩咐了自己的秘书，很快送来了几份表格。

耿佳慧是不愿沾染这帮男人的好处的，但是现在非要坚持着去排队，也有些矫情了，所以只能坐在尚轩烈拉开的座椅上，拧开钢笔盖，开始逐一填写。

"然哥是真的爱你。"尚轩烈突然开口说道。

耿佳慧没有抬头，表格上要求填写的数据非常烦琐，稍不注意就会填错。

"可你们真的不适合对方，然哥是天生做大事的人，不拘小节，男女之事，他其实从来没有放在心上，可你不一样，就算勉强和他在一起，你也不会觉得快乐，以后受伤最深的也只能是你。"

"刺啦"一声，耿佳慧把写废了的表格撕了，然后扔到了脚边的纸篓里，然后低着头，屏息凝神重新开始填写。

"有些话，不应该是我该说的，可是眼看着你们又把当年分手的事再重复一遍，我……”

“你不知道该怎么说，所以把我带到走廊上看得一清二楚，是不是？不过你要弄清楚，我对你然哥的爱，就像这团废纸，早已经丢弃得找都找不到了，现在是他在纠缠我，如果你能说服他放过我，那么我只能对你表示不尽的感激。”糟糕，又写错了，耿佳慧半咬着嘴唇，懊恼地又撕掉了一张表格。

尚轩烈站在耿佳慧的身侧，低着头，望着她。因为她将头发利索里绾成了发髻，便露出饱满光洁的额头和微微抿起的粉嫩的嘴唇，就像一朵悄然绽放、沾满露水的粉色玫瑰一般娇艳丰盈，不知不觉地散发着让人抵抗不住的魅力。

“慧慧，我跟然哥不一样，我只会对你一个人好，绝对不会伤你的心，只要你愿意，我保护你，不让然哥伤害你分毫！”

尚轩烈唐突的话语，让耿佳慧一点心理准备都没有。

她懒得再多浪费口舌，连自己的大包包也不要了，转身就往外跑，可跑到门边，扭着门锁的手被尚轩烈从背后一把握住了，人更被紧紧地揽入了怀中，男人紧抱着她不肯放手。

耿佳慧深吸一口，告诉自己不要生气，然后慢慢地转过身来，伸出手指捋了捋鬓角的碎发：“我只当你现在在发疯……你不怕招惹佟然，我可不想夹在你俩中间。”

虽然没有说破，但是尚轩烈知道她话里的意思，他的佟哥真的发起火来是什么样子，他心里是有数的。当初他跟佟然也是不打不相识，一个叛逆期的小子与混迹社会的老大在台球厅相遇，言语不合就大打出手。

他那时是打遍三大主校区无敌手的不良少年，被劝退无数次了，可这一次算是遇到狠角色了。

佟然也是打着打着，突然有了伯乐之心，觉得遇到了可塑之才。要知道，臭小子的小帅脸蛋都被打成迷彩熊了，居然一句软话都没有吐，最后两个人砸烂了台球厅的三张台球桌子，然后互相挽着胳膊，带着伤去大排档喝起了啤酒。尚轩烈从此成了佟然鞍前马后的小弟。

尚轩烈是连自家老子都不服气的人，但就是对佟然言听计从。记得耿佳慧后来从佟然的嘴里知道两个人相识的经过时，曾经冲着尚轩烈逗笑道："你这就是皮痒，我真应该告诉你爸，别留着劲儿，狠揍你一顿就能打出一个乖儿子来！"那小子也不说话，聊起眼皮还狠狠地瞪她呢！

不过他们哥俩的感情可不像这个有些粗暴的故事描述得那么简单，男人间的友情也是讲究气场的，佟然镇得住尚轩烈！

但是显然没镇住他这个好兄弟的心，尚轩烈似乎觉得自己接得下大哥还没有玩腻的女人呢！

"只要你点头，然哥就算打死我，我也不会放手，只当我这个兄弟对不起他一次了。"

就在这时，门突然从外面被"咚咚"地敲响。尚轩烈根本就不理会外面有人敲门，依然死抱着耿佳慧不放。

她没招儿了，只能用自己的鞋跟往后踹门，也撞得门咚咚山响。

这门声此起彼伏的，弄得门外的人也有些摸不着头脑了，只能高声地喊道："阿烈！干吗呢？赶紧给我开门！"

一句话就将门里的两人定住了。门外的声音，他俩都识得——是佟然！

尚轩烈看着耿佳慧，深吸了一口气。

耿佳慧无奈地揉着自己的额角，然后小声说：“你这儿有隔间吗？我进去避一避。”

这么做倒不是怕佟然，实在是她来这里的目的，不是陪着两位大情圣玩“两王夺一后”的！如果这边同利华融的码头拜得不顺的话，她手里还有几个客户要跑呢！她是真的不敢陪这些不愁吃穿的大爷啊！

尚轩烈这次倒是铁了心要摸老虎屁股，他深深地看了耿佳慧一眼，伸手就把门锁拧开了。

耿佳慧的心里无力地顿了一下，尚轩烈是破釜沉舟的架势啊，看来他是铁了心要跟佟然捅破了这层窗户纸。

佟然正一脸笑意地站在门口，看见尚轩烈衣襟有些凌乱地开门，还打趣道：“你小子，大白天的在门里玩什么呢？是不是藏着一个小阿娇？”

当他看清在尚轩烈身后的女人俏丽明艳的脸庞时，嘴里的话一下子就顿住了。

佟然的血一下就往上涌，他眼睛通红地瞪着尚轩烈和那个“不知死活”的女人，嘴里生硬地吐出了几个字：“你在他的办公室里干什么？”

耿佳慧欣慰地看到男人的自控力的确长进了不少，要是换成以前，此时不用等解释，尚轩烈恐怕已经是飞出窗外了吧？

可惜尚轩烈一点也不珍惜他的然哥来之不易的控制力，居然“火上浇油”地说道：“然哥，我从来没有跟你要过什么，但是这一次，算我对不起你，你把她让给我吧！”

佟然仅存的一点理智，被兄弟“爱的告白”砸得一点都不剩了。

“你行！有种！”

冷冷的话音未落，他已经一拳就把尚轩烈打得飞到了办公桌上。尚轩烈在耿佳慧的面前，不肯失了面子，一骨碌爬起来，解开西服扣子就跟又扑上来的佟然扭打在了一处。

看得出，这两位富贵了以后，砸在健身房里的时间精力也不少。耿佳慧根本就拉不开他们，只能倒退着来到门口，正撞上也要进来的吕卓儿。

吕卓儿是见惯了佟然的绅士风度的，毫无心理准备地看到这样的场面，吓得哇哇大叫，花容失色，拽着本来打算趁乱要撤的耿佳慧的手问："他……他怎么好好地跟尚轩烈打起来了？怎么……怎么办？你别走，快去拉人啊！"

耿佳慧没挪地方，默默地看着两人南拳北腿的过招，身上都带着不少伤了后，看着尚轩烈终于气力不济被他的然哥死死地按在身下，一拳一拳地照着脸开揍后，她才慢慢地绕到了办公室一角的饮水机旁，拿起插花的敞口大花盆，扔掉里面的插花和花泥，接了满满一盆热水。然后照着两人一股脑地泼了过去。

"啊——"滚烫的水，浇得两人，一个在地上打滚，一个蹦起来大叫。然后一起瞪向了耿佳慧。

"你怎么这样啊？叫你劝架，谁让你拿开水泼人了？！你傻不傻啊？！"吕卓儿居然是最先回过神来的，心疼地看着自己的爱人烫得直跳脚，她立刻冲着冷场的"功臣"大叫着。

耿佳慧没搭理他，冲着还躺在地上的"迷彩熊"说道："我的表格填写完了，麻烦你能爬起来的时候交给同利华融的招商部，我还有事，你们慢慢接着打，我先告辞了。"

说完耿佳慧拎起自己的大包，从容地绕过张大了嘴巴的吕卓儿，出了办公室，朝着电梯走去。

佟然甩了甩被水烫得发红的胳膊，狠狠瞪了站不起身来的尚轩烈一眼，转身追了出去。吕卓儿倒是一把拉住他的胳膊：“天哪！你的胳膊都烫破皮了，我带你去医院，哎呀！”

吕卓儿被佟然狠狠地一甩，狼狈地扑到了地上，紧身的礼服扯开了一条大口子，可是楚楚可怜的模样，也没有换来男人的半点儿注意。

她只能眼睁睁地看着佟然朝着电梯口追去，然后看着电梯门在他的眼前关上，又看着他如同一阵狂风一般绕着步行梯追了下去。

耿佳慧眼看着佟然没有追进电梯，着实松了口气。

可是到了一楼，刚出电梯门，他就带着一身水，阴沉着脸出现在了她的眼前。

她心里暗叫不好，人果然不能太过心善，方才就该让他俩狗咬狗，打趴下一个该有多好！

没等耿佳慧开口，佟然像钢钳一样的大手已经恶狠狠地夹住了她，扯住了她就开始往外走。

耿佳慧知道跟这种盛怒的男人没有什么道理可讲，她连忙冲着大厅里的保安高喊：“快！救命！来帮帮我！”

保安看着一个娇弱的女人被个一身狼狈的主儿拽着，的确是挺瘆人的！

但是他们都认识佟然，更知道这是一位什么样的大爷，根本没人敢上前去拦。

“你不是挺有种的吗？喊什么人！”当她被佟然硬塞进车里时，才发现挂着一脸伤的他笑得满脸杀气！

“一眼没照顾到，你就去招惹尚轩烈了！居然能让那个闷骚的小子吃了熊心豹子胆跟我叫板！怎么样，我没说错吧？你这样的就应该被我用锁锁起来，哪儿都别去！”

说话间，耿佳慧纤细的手腕就被盛怒的男人死死地一把握住：“他碰了你哪里？我得好好地给你洗一洗！”

面对这样狂怒的男人，说心里不怕那是假的，但是当他将耿佳慧拽入他的怀中时，香奈儿香水那若有似无的气味又萦绕在鼻间，成功地驱散掉她心中刚刚升起的那么一点惧意。

“你以什么样的身份质问我？把你的手拿开，我还嫌你脏呢！”

佟然气极反笑：“嫌我脏？停车！”

司机在路边把车停下，他从车里拽出耿佳慧一把抱起她下了公路，来到了一处茂密无人的树林里。

除了风吹动树叶的声音，林子里静极了，佟然捏住了耿佳慧尖细的下巴，像是要捏碎一样，那双深邃的狼眼里泛出吃人的光。

“你要干吗？你这个龌龊、恶心的臭流氓！你把我当什么了？快找你的那些莺莺燕燕去，你要是敢在这儿动我，我就……呜呜，放开……啊！”

一不小心，耿佳慧崴了脚，疼得直不起腰来。

佟然再大的怒火，看见她疼出了眼泪，也得收一收。之前被妒意蒙住了心智，现在倒是有些琢磨过味来了。他猜出尚轩烈那小子一定是带着耿佳慧去了宴客大厅，看见自己跟吕卓儿逢场作戏的一幕。

耿佳慧上了车后，努力地平复方才哽咽紊乱的呼吸，紧靠着另一侧的车门，拧着脖子望着窗外，尽力与那个男人，还有他身上那刺鼻的香味保持距离。

本以为佟然会让司机开到她之前去过的那套高级公寓，没想到汽车却驶向了市郊，最后开进一栋富于江南风情的小院。

当汽车驶到院内时，大门自动开启了又自动关闭。佟然自顾自地下了车，快步走进了屋中。耿佳慧也下了车，她下车扭头想推开院子的大门，发现这是一扇高级防盗门，就像公寓大门一样没有密码根本打不开。

天空依然飘着蒙蒙细雨，她却直挺挺地立在院内，一点也不想走进屋内，就在这时，偏偏一早就飘下来的雨点渐渐转大，雨点黄豆般砸了下来。

耿佳慧没有办法，只能快步向屋里走去，结果脚上穿着的纤细高跟鞋又出幺蛾子了，鞋跟正好卡在碎石小路的缝隙里，脚一扭，稍不留神就坐到了地上。耿佳慧感到刚刚崴了的脚此时又扭了一下，一阵钻心的疼。她想爬起来，可脚根本就使不上任何力气。

就在这时，佟然去而复返，皱着眉看着坐在地上的女人，他拉着脸，蹲在女人旁边，伸手把她细瘦的脚从高跟鞋里抽出，然后从石子路上拔下鞋子，再一把将她抱起快步地向屋里走去。

等进了屋，他将她重重地扔到沙发上，又阴沉着脸拽出药箱，从里面找出一瓶药油。拧掉瓶盖，佟然将药油倒在左手上，右手一把握住耿佳慧受伤的脚腕，在她的惊叫声中拽到自己身前，再把药油均匀地涂抹在双手上，接着在她的细白的脚腕子上做起按摩来。

他按得很大力，耿佳慧本就疼的脚再被他用力一按，一种骨裂般的痛差点让她哭出声来。她想要抽回自己的脚，却被他死死地握住，她皱着眉头，拼命抵住嘴边的呻吟，只能任凭他大力地将药油揉在自己脚上。

好不容易按摩完毕后，佟然才去处理自己身上的伤口。

尚轩烈估计也是好不容易逮到痛殴大哥的机会，下手一点都没留情。虽然脸上没有什么伤痕，但是脱下衬衫时，大片青紫就不用说了，耿佳慧冷眼看着他的手背，上面除了刚才和尚轩烈激斗时留下的伤疤外，还有一排醒目的水泡，她刚才挠破了一片，不过还有几个没有出水的。

佟然让管家拿来长针后，用打火机燎了几下，毫不迟疑地向手上的水泡扎去，边扎边说道："今天的这次酒会上有些应酬，吕卓儿是海城一家有名的礼仪公关公司的策划，我们公司的酒会一向是她负责的，和你在一起后，我就只有你一个。"

虽然没有开口道歉，但是这样的解释从佟然的口里说出来，就相当于是表达歉意了。

最起码同几年前相比，他还真是进步不小！

耿佳慧心中自我解嘲，当初，每次因为类似的事情吵闹时，他总是说："不就是跟那些女人搂抱一下吗？走走场面而已！难道你要我带着你去应酬吗？然后让生意场上的老板们看着你闹别扭赌气？"

"你现在也可以左拥右抱，跟我没什么关系！"

说完这句话时，耿佳慧看见佟然手里的针刺破了他的皮肤，冒出了殷红的血珠，他没再说话，挑破了水泡后，往伤口上洒了些消炎的药粉便草草了事。

他的手机响了好几次，应该是尚轩烈打过来的，尚轩烈好像追到了佟然的市区公寓那儿，却发现没人，便打电话过来问他在哪儿，要跟他当面谈谈。

佟然没有避开耿佳慧，当着她的面冲着电话里说："没什么好谈的，你自己以后保重，只当没有我这个大哥……干吗着急见我？她是我的女人，我跟她之间的事情用不着你操心！”说完就把手机扔到了中式茶台上刚刚烧开的一壶热水里。

“这里的管家叫王妈，你要是找什么东西只管跟她要，衣服什么的她也会替你去市区买回来。”说完这句话，佟然起身就要走。

耿佳慧连忙说：“不用了，我还有工作上的事情，得走了！”

“走？”佟然抬头看着她，冷冷地说，“你哪儿也不用去了，给我老老实实地待在这儿！”

耿佳慧急了，她知道如果佟然铁了心关住她，那她一直以来的努力真的都要化为泡影了！再说他那一脸的伤……

她只能拐着脚站起身来问：“你……要去哪儿？”

她一把将佟然拉到沙发上，打开药箱拿出了药油和药粉，用纤长的手指解开佟然刚刚扣上的衬衫，将药油轻轻地涂抹在他瘀青的肌肤上，指尖温软的触感让他怀念。

他的心底不禁荡了一下，她到底还是关心他的。他甚至有一种错觉，仿佛又回到从前，每当他受伤时，耿佳慧脸绷得紧紧的，却又心疼地替他涂抹包扎伤口。

想到这儿，他的语气变得柔和起来：“酒会还没有结束，我这个东道主离场这么久已经是失礼，我得回去……”

耿佳慧还是不放开他的手，敛着眉眼：“你是急着回去跟吕卓儿解释吧？怎么，把我关在这儿，就碍不到你的眼了吗？”

要是换到以前，佟然会一脸的不耐烦，可是现在，耿佳慧呈现的醋意，却让佟然脸上露出了一丝笑意。他反手轻轻地揽住了耿佳慧，然后说道：“是在吃醋吗？”

耿佳慧说：“我也要去，反正别关着我。”

佟然的态度也开始软化，见她的脚踝肿得并不是那么厉害，终于肯带着她上了车。

返回宴会大厅的途中，他还进了一家名品店，给她买了一条合身而又高雅的黑色小礼裙，搭配带亮片的浅口黑色平底鞋。

忽然知佳意

第五章

纠缠不清

当佟然挽着耿佳慧再次出现在会场时，两人的亲密举动引得在场的宾客一阵窃窃私语。大家都知道吕卓儿是佟然的固定女伴，而现在吕卓儿还在宴会的会场，可是佟然身边的女伴突然又换了一位，这内里的八卦文章让许多优雅的贵妇精神为之一振。

耿佳慧在众人如探照灯般的目光下，也浑身不自然。她暗自告诉自己，一会儿寻一个机会就偷偷开溜。工厂那边离不开人，她只有两天时间，如今已经被尚轩烈和佟然这两个浑小子耽误了大半天的工夫，实在是耽搁不起了。

正在她心里盘算着怎么找机会离开时，吕卓儿也穿着一身临时换的衣服，摇曳生姿地走了过来。

当来到佟然跟前时，她像没有看到佟然身边的耿佳慧似的，身体贴了上去，挽住了佟然另一边的胳膊："你去哪儿了？给你打电话，你的手机怎么还关机了呢？"

像吕卓儿这样的女人，稍微琢磨，怎么能猜不出方才楼上激烈的打斗跟佟然的这位侄媳妇有着千丝万缕的联系呢？但是，就这么当着众人的面黯然退场，可不是她吕卓儿的做事风格。

她赌佟然也是个场面上的人物，这又是他自己主办的酒会，应该不至于给她难堪。可惜，她的算盘没有打在点子上，佟然不漏痕迹地抽出胳膊，然后淡淡地开口道："我刚才走到门口时，并没有看到侍应生给提前离场的贵宾派发纪念品，你去门口好好安排一下，看看都有谁提前离场，事后务必将赠品送达每一位提前离开的宾客手中。"

吕卓儿听得脸色发白，因为佟然这样的口吻，显然是以老板对待雇员的态度发布命令。他是在提醒她，现在只需要发挥公关公司礼仪策划的职能便好。

能混成今天这个样子，吕卓儿也不是脑洞大开的女人。她立刻收回了手，矜持地微笑着冲佟然点了点头，示意自己明白了，转身快步向门口走去。

安排好了佟然刚才交代的事宜后，吕卓儿转身来到了大厅外的一处拐角，从手包里掏出手机，快速地查找了一番号码后，便将电话拨出，然后微笑着说道："您好！请问是佟光集团的佟董事长吗？我是吕卓儿，不知您还记得我吗？在这里我得先跟您道一声歉，佟然今天举办的庆功宴会由我来策划，可是秘书太粗心了，居然在宾客名单上落下了您。前几天您跟我说过，您这几天带着您的儿子在海城出差，不知您是否有空参加宴会，也让我能当面向你表达歉意。"

电话那边的正是佟然的哥哥佟自，他前几天带着刚刚从病床上爬起来的佟晓亮来海城，因为发展业务还跟吕卓儿碰了一面。他自然知道吕卓儿是自己弟弟现在的女朋友，现在听了她的邀请满口答应。吕卓儿满意地挂断了电话，嘴角闪过一丝恶毒的微笑："想这么简单挤掉我，做她的春秋大梦去吧！"

吕卓儿望向了会场，一脸怨毒地看着那个高大英俊的男人揽住那个女人的腰，在会场游走……

耿佳慧并不知道到风雨即将来袭，她趁佟然跟人寒暄的工夫，偷偷地拎着同样从名品店里购得的包包，低着头准备开溜，结果没走几步，便被他一把拽住："去哪儿？"这男人的眼睛仿佛装着GPS，没等耿佳慧多走几步，便立刻如影随形地跟了过来。

"肚子有些饿，我去吃些东西，你忙你的。"耿佳慧心里虽然急得不行，但是面上还是波澜不兴，可他当了真，揽着她来到了冷餐桌旁，拿起餐盘帮她捡了几样精致的餐点，然后拿着叉子去喂她。

旁边的一圈人都看着这一幕，有几个跟佟然相熟的，都心里重新掂了掂这位姑娘的分量。

这位佟总在女人圈里虽然抢手，却是出了名的大男子主义，对女人出手是大方，但是对女人的细心照料是从来不屑一顾的，像这样一口一口地喂食，让人有种错觉，这女人该不会是欧洲上市集团的外派CEO？而佟然是准备毒死这女人，再趁机吞并人家集团吧？

耿佳慧一口一口地吃着佟然喂食的糕点，嘴角不小心沾上些糕点末，那模样反而增添了几抹稚气。佟然见惯了她斯文沉稳的样子，突然起了调戏之心，将她揽在自己的胸前，顺势将她逼在墙角，低下头来啄吻着她嘴角的残渣。

这样虽然在身后看不出端倪，但也能猜出他们究竟在做什么。

"佳慧……你们！"一道错愕的男声突然在他们身后响起。

佟然闻声回头望过去，一眼就看到他的大哥佟自还有他的那个傻侄子站在不远处。佟晓亮却并没有看他，而是直直地望向了嘴唇被吻得红润的耿佳慧，而他叔叔的手还搭在自己最心爱的女人的腰上，两副身躯贴合在一起，大大超过了男女之间应有的界限。

再面的瓜儿，也有爆瓜瓤的时候。也就是呆愣了那么几秒，佟晓亮一下就明白过来，猛地大喝一声，便直冲了过来准备将耿佳慧拽过来。

佟然的反应多快啊！立刻伸手就把佟晓亮拦了下来。佟晓亮眼神激愤地看着自己一向敬仰的叔叔，又看了看曾经觉得无比纯洁美好的女友，她被他那么自然地搂在怀里，仿佛天造地设的一双，这简直是双重的背叛！前半生美好阳光的世界一瞬间分崩离析，这种绝望让他猛地伸出了无限的胆色，居然挥出了拳头，照着叔叔的脸直接揍了过去。

佟然能被这样的菜瓜打中吗？他轻松地一挥手，就把佟晓亮拨拉到一边，佟晓亮打了个趔趄又往上冲。

这时，他的爸爸佟自反应倒是很快，一下子就拽住了自己的儿子："晓亮，你要干什么？他是你小叔！"

"我没有这样的小叔！爸，难道你没看见吗？他居然亲我的慧慧！他居然亲我的……唔……"剩下的话被他爸爸的大手一下子死死地捂住了。

佟自可是久经事故的老狐狸，他自然知道，这样的场合，任凭儿子胡闹下去的后果。那些围拢过来的人群，可是个个都支着耳朵，等着佟家的丑闻爆发呢！

在死死地捂住儿子的嘴时，佟然的几个保镖也过来了。佟然指了指楼上，他们立刻心领神会，帮着佟自将佟晓亮迅速地拽出了会场，上了电梯，去了楼上的休息室。

人群中这时传来了一阵阵窃窃私语，虽听得不大真切，但可以想象里面臆想的繁复精彩。

有几句还是飘到了耿佳慧的耳底："这是个小狐狸精，勾引完小的，再勾引老的，啧啧……"

佟然循声望过去，却发现会场所有的人似乎都在异样地看着他身后的耿佳慧。

佟然皱着眉，看了看远处吕卓儿正在一群贵妇中轻笑低语的样子，又低头看向一直愣愣地靠在自己怀里的女人。

她脸色苍白，半低着头不知道在想什么。

宴会很快就结束了，佟然有礼貌地向宾客道别后，拉着耿佳慧先行离开了会场。

“你到隔壁的房间等着我，我处理完佟晓亮再来找你。”说着，他朝一旁的保镖示意。

可是刚踏出电梯，就看见佟晓亮正大吵大闹地从房间里出来。当他看见佟然正拉着耿佳慧的手时，情绪再次爆发了。

“耿佳慧！你就是跟了我小叔，才要跟我分手的吧！你的心也太狠了！我们可是差一点就要登记结婚的了！他可是我的亲叔叔啊！你们怎么可以在一起？！”

这时，佟自也追了出来，到底是心疼儿子，他也满腔怒火，只是方才在众人面前不好发作，现在在僻静无人的走廊里再也不用压抑掩饰了：“佟然，你也太胡闹了，就算你平时爱玩，不拘小节，可也要有个限度，玩女人都玩到自家人的头上了，就算她主动投怀送抱，你也该知道，为了这种女人伤了自家的和气，真是太不应该了。”

这话说得极有内涵。一方面谴责了佟然，另一方面也暗示叔侄两人，为了一个人尽可夫的女人，搅得家里不和，实在是不应该。

“耿佳慧，你跟我过来，我要跟你好好谈谈。”佟晓亮还是一心只想着将耿佳慧拉过来，他的心中突然闪过了一丝光亮，他当然知道自己的叔叔私生活是多么的糜烂，叔叔再次与家中联系以后，他就看到叔叔身旁的女伴都没有重过样。甩起女人来，像甩抹布一样潇洒。

慧慧一定是被叔叔成熟多金的样子迷惑住了，只要他让慧慧了解叔叔是多么的不靠谱，她是不是就能回心转意……

“啪！”佟晓亮的脸上被击了重重的耳光，他捂着脸，错愕地望向一脸怒容的父亲。

“还在那儿执迷不悟！你跟她有什么好说的？像这样的女人，根本不配进我们佟家的大门，你倒是真应该感谢你叔叔，要是没他替你挡一挡，你这个傻子就要被这种女人玩弄于股掌之间了！”

佟自的话极尽刻薄，可是耿佳慧没有出声反驳，事实上，她又能说什么呢？说是你叔叔强迫我的？说如果没有他，也许我们早就结婚了？忍住不说，不是怕打扰了佟家的家宅安泰，只是单纯心疼佟晓亮罢了！

她喜欢那个总是一脸阳光，无忧无虑的青年，那是她缺失的一段灿烂美好的人生，也正是他的这个特质，吸引了她，甚至让她产生了与他共度一生的念头。

可是现在这份美好，被她，被身边这个可恶的男人无情地打破了，那一脸的激愤，满眼的怨毒，不是那个青年该有的表情。

如果就此，佟晓亮能彻底地对她死心，也未尝不是件好事。

可惜，佟然见不得有人出声污蔑自己怀里的女人，虽然曾经他冲着耿佳慧说过更加恶毒的话，但是“只许州官放火，不许百姓点灯”一向是佟然的人生写照。

“哥，别这么说佳慧，她本来就是我女朋友，我们之前有些误会，分手了几年，后来见了面，旧情复燃是很正常的事情，只是佳慧一直不知该如何跟你们说，就这么拖到现在。”

“佳慧！你怎么能跟他好？他身边的女人多得连他自己都记不清……”

“行了，闭嘴！”佟然被揭了老底，脸面上开始挂不住了，冷着脸呵斥住了佟晓亮，“她以后就是你的婶子，别直呼她的名字！”

这种抢完了东西，还不许正主儿惦记的态度，简直要把贤侄的肺气大一圈了。

“你胡说！她是我的未婚妻，有你这么……”接下来佟晓亮又说了些什么，耿佳慧再也听不到了，因为她被佟然推进一旁的休息室里。佟然拉着还在哇哇大叫的佟晓亮去了另一间房，实木大门一关就再也听不到里面的声音了。

耿佳慧在休息室里坐了一会儿，起身想要出去，却发现保镖守在了门外，根本没有放行的意思。

她又折返，坐在沙发上，慢慢地揉着太阳穴，尽量不去想以后一连串的烂摊子事。她前任准婆婆那脾气，能任由自己的儿子吃亏吗？前任准婆婆会不会再闹到她的家中去骚扰爸妈……

走一步看一步吧！

耿佳慧心里嘟囔着，却发现这好像是最近自己最常自勉的一句话，走一步，看一步。要是眼前无路可走了呢？

过了一个多小时，佟然终于回来了。

耿佳慧望向他，无声地询问着事情的结果。

偏偏他只字不提，只是拉起她说："走，吃饭去。"耿佳慧知道他是不想对自己说，再多问也无趣，只能站起来，被他拉着走出门外。

看起来佟自与佟晓亮早就走了，走廊里静悄悄的。

出了大楼，耿佳慧再次跟佟然提起，要先行离开，可佟然不松手，拿手指撩拨了一下她的头发，说道："为了你，佟自那老狐狸可是从我的手里生生撬走了一家新购的贸易公司，填补我那傻侄子受伤的小心灵。你是不是也得好好地填补一下我呢？"

就在这时，吕卓儿已经摇曳生姿地从门口追了出来："佟总，宴会结束了，这是宴会的明细表，请您签字。"

佟然转身看了看她，伸手接过那张纸，在上面签了名字，然后对吕卓儿说道:“知道我生平最恨什么吗?我最恨别人在我背后捅刀子。”

吕卓儿当然知道佟然的意思，她早就想好了托词：“佟总，我是在你和耿小姐回来之前就通知了您哥哥和侄子的，没承想耿小姐会突然出现在宴会上啊！”

方才在宴会上，双方剑拔弩张的情形，她都看在眼里，佟然估计忙着跟他的哥哥和侄子解释都来不及呢，根本不可能拿这鸡毛蒜皮的小事跟他哥哥对质！吕卓儿是拿捏准了这一点才会有恃无恐。

耿佳慧立在一旁默默地看着，心里突然同情起吕卓儿来了。枉她跟了佟然这么久，这男人到底是什么德行，居然一点数都没有。

这个男人的骨子里根本不是个循规蹈矩的商人，不是随便拿个理由就能蒙混过关的。

在他的眼里，只有对得起他的人和对不起他的人，记仇的程度令人发指！一旦开罪了他，就别再想逃出生天。那个当初害他入狱的男人的下场，就是最好的例子。而她没经过他的准许，就私自分手，居然还能好好地站着呼吸，真可以算得上是蒙主恩宠的奇迹了。

果然，佟然对于吕卓儿冠冕堂皇的解释只是微微地冷笑，然后说道：“方才，宴会还没结束，很多宾客就对我们佟家叔侄争一个女人的家世了解得十分详尽了，想必是有位尽职尽责的解说员在不遗余力地给大家答疑解惑吧！我还真小看了你的本事，上华的老总詹姆斯很欣赏你，管我要了好几次人了，一会儿我让司机送你过去，好好表现吧。”

吕卓儿听完，脸都白了，她吓得哭出声来：“我……我不去！”

“不去？那好，你以后别再想出现在我的眼前！”

吕卓儿权衡了一下，主动跟司机走了。耿佳慧虽不知道内里的详情，但是看着吕卓儿临走时望向自己的怨毒眼神和吓得边走边哆嗦的身子，也猜出了佟然做了极不好的事情。

而佟然却笑着问她：“既然窗户纸都捅破了，有时间，我也去看看你的爸妈吧！”

这话让耿佳慧猛地抬起头，她紧盯着佟然的眼睛，发现对方也在专注地望着她：“见我爸妈干吗？”

佟然自然看得出耿佳慧眼底的戒备，放大到她的心底就是一块压得她极不舒服的铅块。

也是，她听了这话怎么会高兴？她的父母，还有那个软骨头的哥哥一直是他掣肘于她的重要砝码，不然的话，她只怕也早早地就逃离他的身边了吧？

不知为何，他又回想起当初耿佳慧与他的侄子牵手的情形，她在没有看到他之前，笑得是那么开心，沉浸在幸福爱河里的女人自然而然散发出光晕。可是现在，这女人的脸上再无半点那时的快乐模样。

跟他在一起让她半点也不开心吗？就算是从监狱里出来时，面对已经一无所有的现实，他也没有像现在这样强烈的无力感。佟然没有回答耿佳慧的问题，他只是把目光掉转向窗外，目光阴沉可怖。

耿佳慧到底没有走成。

那天佟然好像无事可做，就像以前在街头厮混时一样，拉着耿佳慧的手，在海城的大街上闲逛。他们先是去逛了位于最繁华地段的高级百货商店，就像以前那样，只要女人的目光在某样东西上稍作停留，他就会立刻注意到，指挥服务员将东西包好，再掏出金卡付账。

可是无论是名贵的包包，还是精致奢华的珠宝，放在手里都是沉重的负担。当别人投来艳羡的目光时，耿佳慧甚至暗自庆幸，幸好佟然不是肚圆头秃的暴发户，否则别人看过来的目光会更加异样。

也许是看出耿佳慧兴味阑珊，当夜幕低垂时，他又带着耿佳慧去了海城的昌里路。在人头攒动的市场口，佟然停下了车。下车后，他拉着耿佳慧的手便往夜市里走，路旁的美食摊传来阵阵的香气，尤其是烤肉炭火冒出浓烟滚滚，夹裹在热浪里更加显得肉香迷人，直接飘送进人们的鼻孔里。

走了几步便看见，几张小桌子正在供应烤小龙虾和冰镇啤酒。佟然拉着耿佳慧在一张小桌边坐下，叫来老板，要来一盘蒜蓉扇贝，还有麻辣小龙虾和一扎啤酒。可是两人的衣着与这闹市显得格格不入，一个身着手工西服，一个身着剪裁合体的黑色小礼服，偏偏坐在油腻的小桌边吃着廉价小吃，真是让人侧目。

佟然脱下西服放到一边，然后挽起衣袖，松开领口，半露出结实的胸肌，精心包裹后的斯文便一扫而空，剩下的是只有嵌在骨子里的狂野和粗犷。

当扎啤上来时，佟然倒了一大杯放到了耿佳慧的面前，然后自顾自地抓起龙虾，将外面红辣的外壳剥掉，放到耿佳慧的小碟子里。耿佳慧没有胃口，只能抓起筷子应付似的往嘴里放。那辛辣之气猛地冲入口中，不得已她只得拿起扎啤倒入口中，冲掉那辛辣之味。

他开口说话了："还记得我们那时候吗？你每次嘴馋都嚷着要来夜市。我们每次都从街头吃到街尾，我那时笑话你的肚子像个无底洞，可你总是噘着嘴对我说你还在长个子，所以得多吃……其实你吃得并不多，要的东西也无非是一块钱的臭豆腐、两毛五的凉皮之类的东西而已。那时我就在心中暗想总有一天，我要飞黄腾达，让你过上衣食无忧的富足生活。在那种格调高雅的餐厅里用餐才配得上我的慧慧……”

佟然说得很慢，手中剥虾的动作却很快，因为对海鲜过敏，这些东西他是吃不得的，剥好的虾肉很快就在耿佳慧的盘子里堆成了小山：“可是现在，我能满足你的一切要求，你却……”他没有再说下去，他抓起那一大扎啤酒咕咚咕咚地喝了下去。

耿佳慧知道他在说什么。现在的他拥有了一切，她却什么都不想从他这里得到了。

佟然空着胃一杯接一杯地喝着啤酒，耿佳慧只能是默默地低着头，小口小口地咀嚼着辛辣的虾。

当夜色已深，四周的人逐渐散去时，耿佳慧才发现佟然已经喝得有些醉意了。他趔趄地坐到了耿佳慧的身边，粗重的手臂紧紧地搂着她纤瘦的肩膀，醉眼迷离地说：“慧慧，来，再陪我喝几杯。”

耿佳慧皱了皱好看的眉头，低声说：“看看你现在的样子，哪里像个集团老总？”佟然打了个酒嗝，低着头要去吻她，耿佳慧没了办法，只能架着他的脖子，高声喊道：“老板，结账！”

“一百三十四元，收你一百三十元。”老板说道。

耿佳慧身上没带钱包，用力从佟然的手臂中挣脱出来，拿过他的手包，从中掏出两张，递给老板，接过找回的零钱塞进手包，拽起已经坐不稳的男人向街口走去。

耿佳慧没有注意到左边隔着三张桌子的四个穿着背心，胳膊上文着龙虎图案的小青年盯着她拿钱的整个过程，随后互相看了一眼，站起来结账。

耿佳慧知道街口有很多出租车在等活儿，想把男人随便扔到一辆出租车上就自己走人，不去管他的死活。走了一阵，她发现这条路的路灯越来越少，周围也愈加僻静。耿佳慧停了下来，四处看看，感觉好像走错了，转过头往回走。

走到一处小巷子，迎面走来四个小青年，正是刚才吃饭的那几个。耿佳慧吃了一惊，感觉情形不太妙，但前后都没人，回头走也来不及，只能硬着头皮往前走。当那些人走到耿佳慧面前时，把耿佳慧和醉酒的佟然围住了。一个光头小青年说："把包掏出来。"

破财免灾，佟然对这些小钱不会在乎，耿佳慧一点犹豫都没有，直接将佟然的手包递了过去。

光头青年接过手包，打开后看了一眼，两眼冒光哈哈笑了两声，又仔细看了一下耿佳慧，这才发现对面的女人居然长得甚是标致："小娘们挺识抬举的。来，让哥稀罕稀罕。"

其他三个也笑着说些不干不净的话。耿佳慧没想到财去了，灾却未消，这下真的有些惊着了，后退了两步。光头又上前走了两步，突然伸出手来拉扯着耿佳慧。

没想到站着都有些不稳的佟然，听到了耿佳慧异样的叫喊声后，酒倒是醒了不少。睁开眼时，他见着有男人嬉皮笑脸地把耿佳慧往自己的怀里带，那酒精顿时化成激汗从毛孔里往外冒，红着两只瘆人的眼睛。他突然一伸手掐住了光头的脖子，光头"哎呀"叫了一声，没等他和其他三个人反应过来，佟然一拳头已经狠狠地打在了光头的脸上。"啪"的一声，光头感觉嗡地一下，脸像跑步撞到墙上了一样，鼻子都要碎了，刚张开口，第二拳就到了，将他刚刚发出的呼声打回喉咙里。

其他人连忙上来，对着佟然连打带踢，而佟然就像小孩儿找到了心爱的玩具一样，死也不放手。

终于佟然松开光头，任光头滑倒在地，又全力对付三个人中的瘦子，对其他两个人的拳脚不闻不顾。四个小青年都是普通混混，哪有佟然这资深“前辈”的资历和手段，不一会儿就被放倒了三个，最后一个梳着杀马特发型的青年看到同伴都被打倒，知道自己不是对手，忙掏出一把小刀，奔向耿佳慧，想拿住个人质。

佟然的眼角早就扫到了他，可是在酒精的作用下，脚下还是有些打晃，伸手夺刀时，用力过猛，自己把刀插在了腿根处，鲜血一下就浸染了裤子。

都这样了，那些混混眼看着这个醉汉像没知觉了一样，拔出了刀后，狠狠地插在了杀马特青年的腿上。

这几个小青年都是外地人，在海城打零工，因为迷上了赌博，输掉了手头的钱，才出来想要走走偏门。本以为一个小姑娘加上走路打晃的醉汉，应该没什么难度，没承想这位打起架来跟怪物似的，那三个受伤不严重的居然不顾同伴的死活，呼啦一下就撒丫子跑了。

而此时的佟然也打累了，腿上还淌着血就一屁股坐到杀马特青年的身上，看那意思，跟没事人似的，闭上眼睛又要开始大睡了。

耿佳慧急得跪在了佟然的身边，伸手去捂他的伤口，然后要拿他的手机打算报警叫救护车。可是手里一乱，不小心碰到了快捷键，一下就打到了尚轩烈的手机上，还没等她撂下电话，那边已经有人快速接通了。

“然哥。”电话里传出尚轩烈低低的声音，估摸是猜不出佟然打电话的意思，只短促地招呼一声后，便不再言语。

手中紧捂着的伤口正冒着温热的血液，她的心都跟着紧缩，佟然一动不动地倒在那儿，也不知是死是活，听到熟悉的声音，耿佳慧强自表现的冷静和镇定顿时有些轰塌，开口时已经有了哭腔："尚轩烈，我和佟然遇到一伙流氓，佟然受伤了。"

尚轩烈一听，急促地问道："佟然伤在哪里？重不重？你还好吗？"

"佟然腿上挨了一刀，现在……"耿佳慧又看了一眼已经发出呼噜声的佟然，不知该说他昏过去了还是睡过去了，"我没有事。"

尚轩烈听耿佳慧支吾着略过佟然的状况，误以为伤得很重，心中焦急，快速说道："你们在什么地方？我这就报警，你们待在原地不要动，我和警察马上就到。"

尚轩烈知道耿佳慧大概位置后挂了电话，马上又拨给相熟的警员，请他立即安排人去寻找佟然和耿佳慧。

耿佳慧和尚轩烈通过话后，心情平定了不少，蹲到佟然身边想给他止血，可是身上连条丝巾都没有，只能用双手使劲按住伤口，让血流得慢一些。

佟然的酒劲彻底上来了，伤口被按住了居然也没痛醒，依然呼呼地睡着。也许是觉得耿佳慧按得太紧，他伸手在伤口处摸了摸，握住了耿佳慧的手便不放了。耿佳慧不敢松手，只得任他握着。看着熟睡中的佟然，也许是失血过多的缘故，脸色有些泛白，耿佳慧禁不住想，有多久没有见到他这么安静平和的面容了？

警察速度很快，不到十分钟耿佳慧就听到了警笛声，不一会儿一辆宝马 SUV，加上几辆闪烁的警车、一辆救护车就开了过来。

车还未停稳，宝马 SUV 的车门就打开了，尚轩烈跳了下来，跑到耿佳慧面前，蹲下来问道："你怎么样，有受伤吗？"

耿佳慧说道："我没事，受伤的是佟然。"

救护车的随车大夫和护士抱住佟然的腿和腰，小心地将佟然平稳地抬到救护车上，将地上躺着的混混也一起抬上了救护车。佟然依然没醒，握住耿佳慧的手也没有松开。尚轩烈脸色微变，伸手想要将佟然的铁掌掰开，佟然感受到手上的阻力却越握越紧，疼得耿佳慧叫出声来，尚轩烈只能作罢。任由他握着，耿佳慧也坐到了救护车内，救护车一路急驰到了医院。

几番折腾，加上睡了一大觉，佟然的酒倒是醒了，睁开眼，打量着四周，便冷声问道："我这是到哪儿了？"

耿佳慧一路来都被他紧握着手，寸步不离，现在看他终于有些清醒的样子，才说道："医院。"

过了一会儿，估计他也有些回想起来当时打斗的情景了，不再说话。耿佳慧这才将手从佟然的手掌中挣脱开来，细白的手上已经留下几个乌黑发青的指印。

这边医生刚刚给佟然处理缝合完伤口，那边佟然已经转过脸来，阴沉沉地看了自己好哥们儿一眼："你来做什么？"

尚轩烈也不说话，只是问医生他的伤势怎么样，医生说："幸好就医及时，虽流了很多血，但是养段时日就好。算他运气好，要是当时刀尖再往里偏上一寸，就要影响他以后的夫妻生活了。"这话一出，旁边人的脸上都有些微妙的变化。

尤其是佟然，在自己的情敌面前被医生这样贬低男性的雄风，有些挂不住脸，那双眼睛瞪起来，让人不寒而栗，看得医生心里都有些发怵，连忙又补充上一句："幸好佟先生身强体壮，没什么大碍，康复以后一定生龙活虎，愈战愈勇。"

这医生说完，还觉得自己这一语双关的话甚是幽默，自己呵呵地笑了起来，却没发现旁边的尚轩烈和耿佳慧脸色大变。

尤其是耿佳慧听了那句“愈战愈勇”，脸蛋都要炸开了。她听说佟然并无大碍之后，便快步走出了病房。她长出了一口气之后便想转身就走，又一想，自己的衣物都在佟然的郊区别墅里，手里的包中除了一只补妆用的唇彩和几张卸妆用的化妆棉便再无他物。身处异地他乡又身无分文，她也不知要往哪里去。

这时尚轩烈从后面追了上来，问道：“你要去哪里？”

耿佳慧踌躇了一下，终于鼓起勇气对尚轩烈说道：“你能不能借我些钱？”

“多少？我现在手头只有一百万元现金，够吗？不够的话我再想办法。”

耿佳慧听了有些发蒙，才想起这些人都是身家成千万上亿的老板，“脑回路”和她这草根人士完全不同。长出了一口气，耿佳慧说道：“五千元就好，我在这儿跑完业务后，要坐飞机回单位，给我个账户，我回去后就还钱给你。”这样客套又生分的话让尚轩烈脸色不好看起来。

耿佳慧看着尚轩烈骤变的脸色，想到以前他对自己默默地照顾和情意，心中不忍，但她实在没有那种想法，也不希望他就这么耽误下去，继续说道：“中午你才和佟然打了一架，可一听到他受伤就又跑前跑后地帮忙，看得出来你们两个的感情真的很好，我觉得没有必要两个好哥们儿为了一些误会闹得不愉快，尤其是为了一个并没有多大交情的‘朋友’。”

听到耿佳慧说到“朋友”这两字，尚轩烈的脸色已然十分难看：“我并不恨然哥，但我也是真喜欢你，这跟我和然哥的交情没关系，我就是光明正大地和他公平竞争，然哥他不适合你！”

“那你确定你就适合我？在我看来，你跟佟然是半斤八两。”耿佳慧硬着头皮，开口说道。就算是面对不喜欢的人，这样的回绝方式也是太过直接，让人下不来台的，可是，有时候只有下猛药，才能让人清醒。

她跟佟然之间已经够乱的了，实在不需要再加入一个尚轩烈来搅局。

果然这话，让尚轩烈本来就被揍得乌青的脸越发阴郁，他直直地盯着耿佳慧，也不知心里在想什么。

就在耿佳慧转身想走时，他僵硬地掏出钱包，打开来从中掏出一沓现金，也没看有多少，就递给了耿佳慧。

耿佳慧觉得这样的情景尴尬极了，自己刚刚暗示完只跟他是不大相熟的朋友，又冷嘲热讽地挖苦一番，转身又要在人家的手里借钱。这得是心多大的人才能干得出来啊，幸好尚轩烈冷漠惯了，居然没有趁机挤对她几句。

她讷讷地刚要伸手接过，就听到“咣”的一声，一旁病房的大门被一把推开，佟然光着脚站着，腿上包着绷带，一脸戾气地看着她：“不许接！”

佟然的眼睛都要冒火了，他觉得自己的死亡报告的死因只能有一个，便是被这个女人气死的。真当他已经伸腿归西了吗，居然就在他的病房外伸手去接从尚轩烈那小子钱包里拿出来的钱，他光着脚丫，一瘸一拐地走上前去，问：“你管他要钱做什么？”

说话的工夫，刚包扎好的腿又渗出血来。耿佳慧心知他既然已经出来，她怕是走不成了，只好先回了病房。然后佟然看着尚轩烈，目光里百感交集，而尚轩烈也望着他，似乎也不知该如何开口。

病房的门关上了，耿佳慧听不到佟然后来又跟尚轩烈说了些什么，过了好一会儿，病房的门被推开了。

此时，佟然的脸色倒是恢复了些正常。

他慢慢地挪回病房，坐到病床上，冲着耿佳慧招了招手。耿佳慧坐在沙发上没动，佟然恨恨地说道：“真够狠心的啊，我这边刚醒，你就想着走了？”

耿佳慧按了按太阳穴：“佟然，你这一晚上该闹够了吧？喝醉成那个样子，差点闹出人命来，你看看你哪里像个成熟稳重的成年人？”

佟然站起来，一瘸一拐地走到了她的面前，坐到了她身边。他也不说话，只是拽着她的胳膊腿仔细地看了又看，发现每一寸肌肤还是好好的水嫩光滑，并没有在之前的打斗中磕碰掉皮，这才放下心来。他搂着她的肩膀说：“怎么？到我这儿就嫌幼稚了？我还以为你现在就是喜欢佟晓亮那样往死里作的调调呢！”

耿佳慧顺着这话，想了想佟晓亮顶着一张娃娃脸撒娇耍赖时的样子，真是怎么想怎么可爱。可换成眼前这凶神恶煞似的主儿，玩起少年般的爱之不得的忧郁，玩得“脱线”不说，真是让人战栗得汗毛都立了起来，心底揣测着大爷心里到底卖的是什么药。

佟然也发现自己没有大侄子天生“卖萌”的优势，就算是为了保护她受伤，也换不来她半点儿的好言安慰，心里顿时更加阴郁，绷紧了下巴说道：“好久不打架了，手艺都生疏了，一不小心，让那几个孙子占了便宜……你要是烦，当时就把我撂在胡同里好了，慢慢地流干了血，自然就没有人再烦你了。”

这话题，对于年少时的耿佳慧来说，是再熟悉不过的了。那时候，佟然对于逞勇斗狠简直达到了痴迷的程度，隔三岔五就要带上一些伤，就算他趁她深夜熟睡，偷偷摸摸地进来，那味道也会让她在一阵突然加快的心慌中立刻清醒。要是那时她就能狠下心来，让佟然把血流干，该有多好……可是这磨人精的属相好，命长着呢！他流了那么多血，在沙发上搂抱着她没说几句正经的话，又开始摸摸索索，也不知是不是被医生大哥鼓励了，居然还真想“越战越勇”一把！

“你干吗？浑身的臭味，离我远点！”耿佳慧推不开他，只能捂着鼻子说道。

这话倒是不假，一身的酒气和血腥味，就算换上了病号服也没有挥散干净。可是耿佳慧说完就后悔了，因为这男人居然磨着她给自己擦拭身子。

“你要是不肯也行，不过别指望我松手了，你就这么跟我睡在一张病床上，到时候要臭咱俩就一起臭！”说这话时，男人像块大膏药似的黏在了耿佳慧的身上，用微微长出胡楂儿的下巴使劲地蹭着她那柔嫩的脸颊。

耿佳慧被缠得没了办法，只能皱着眉，红着脸，将男人弄回到床上。在豪华病房附带的浴室里将毛巾用热水打湿，拧干，她又回到病床前，看着那个可恨的男人半靠在床边，等着她给自己脱衣服。

她从来没有主动替男人解过衣衫，此时在男人炯炯的目光下，手微微颤抖，感觉轻飘飘地使不上劲，简单的纽扣似乎焊死了似的怎么也解不开。在一番努力之后，纽扣解开了，耿佳慧一边将毛巾展开一边给自己打气，不能让这男人看出她的不自在，不然他只会变本加厉地调戏她，现在他就是个差点被拔牙的老虎，想要耍流氓也是力不从心的……

等将毛巾展开时，她脸上已经恢复了平静，将佟然浑身上下擦了一遍。

耿佳慧擦干净了他身上的污血和汗渍后，看到了男人邪气的眼神，她先是一愣，顺着目光扫到自己的胸前，气得一把将毛巾扔到佟然的脸上，气鼓鼓地说道："看来你血流得还是不够多！"她气呼呼地走了出去。

佟然受伤的三天时间，他在夜市被袭这件事很快就在海城的商圈里传开了。当然五花八门，什么版本都有。

虽然他没告诉自己的哥哥佟自，但是佟自从相熟的老友那儿知道了这个消息。站在母亲住的别墅阳台上，看着别墅外面郁郁葱葱的大树，佟自的心情是怎么也好不起来，楼上不时传来赵芳华跟母亲哭诉的号啕声，让佟自的脸阴沉得没有一丝亮色。

如果说耿佳慧最初宣布分手给了佟晓亮狠狠一击的话，那么几天前宴会上发生的那一幕，则把佟晓亮彻底从父母给他支起的安逸享受的名为"幸福"的游船上掀了下来。不同于前一次的寻死觅活，这次回来后他便一蹶不振，宛若重度抑郁症患者。佟自向来不是个慈祥的爸爸，儿子灰心丧气，他只能把佟晓亮带到了佟老太太这儿。

耿佳慧居然不声不响地勾搭上了佟然，这样的消息真是一石激起千层"愤"。赵芳华在愕然之余还跟佟莉狠狠地大吵了一架，直骂她这个做姑姑的，把什么样的货色介绍给了自己的侄子！

佟老太太倒还沉稳，可是听了自己儿子的处理方式后，怒气冲冲地责骂了儿子一番，中心思想就是：实在不该贪图蝇头小利，借着这个引子撬来佟然的一家小贸易公司。

当然，佟老太太的人生座右铭可不是家和万事兴，她只意味深长地跟自己的大儿子说了一句话："你啊！小不忍则乱大谋啊！"

一句话就提醒了梦中人，佟然早已不是他们可以不闻不问，任其自生自灭的那个"古惑仔"了，自家的关系网和很多生意都倚重他。尤其是现在，佟家的生意是越做越大，在资金周转上犹如吃不饱的饿兽，急待活钱的注入。而这个浪子回头的弟弟，就是最好的资金来源。思来想去，加之母亲的提点，佟自还是不得不按下心头的怒火带着媳妇赶去海城探望弟弟。

耿佳慧正坐在病床边的椅子上，给佟然喂她刚切好的苹果。之所以照顾得如此精心，是因为佟然终于过了浑劲儿，不但替她联系了几个大客户，还让秘书帮她预约了与客户洽谈的时间，不至于让她这次海城之行空手而归，但是佟然的好心也是有条件的，那就是她绝对不能跟尚轩烈再有公私方面的任何交集。

其实不用佟然吩咐，耿佳慧也不想再联系尚轩烈了，对于佟然半邀功半胁迫的话，也就是面上不咸不淡地应了，每天无所事事地守着他，只盼着他赶紧出院，好放了自己。

正叉了块苹果往佟然的嘴里送，听到敲门声，她抬起头看到佟自和赵芳华走了进来，心中一惊，苹果都掉到了被子上。她连忙站了起来，虽然脸上是一如既往的镇定，可只有她自己心里知道，此时的惶急像是做了亏心事一样，讷讷地一时不知如何跟他们打招呼。

赵芳华看到耿佳慧也在这里，想到佟晓亮还在家里床上起不来，就像一口吞了只苍蝇一样，吐不出口，又窝在心里难受异常。佟自却是有个心疼弟弟的兄长样，几步走到病床前，一脸关切地问："小然啊，你这是怎么了？那天我们见面还好好的，怎么现在弄成了这个样子？"

佟然抬头看了一眼自己的哥哥和嫂子，淡淡地说道：“哥、嫂子，我一点事都没有，你们怎么还特意过来一趟？来，过来坐。”

佟自轻扫了一眼耿佳慧，便收回目光，走到佟然身旁，坐到凳子上，说：“听说你受伤了，我和你嫂子都很担心，所以过来看看你。”

赵芳华也知道现在不好说什么，把手中的花篮和水果放到桌上，也坐了下来。想着来时佟自的耳提面命，她勉强挤出些家嫂的温婉，绵里藏针地说道：“是啊，妈一听说你受伤了，担心得跟什么似的，要不是在家看着晓亮怕他做傻事，早就跑来了。你在医院里，当然得自家人照看着，妈说你哥和我就是你最亲的人了，必须看护好你。”

佟然笑了笑，没有说话。耿佳慧听到说起佟晓亮，更是头也抬不起来，脸上一阵针刺的感觉，站起身低声说：“你们先聊，我出去打水。”说完，她也不管这高级病房内饮用水一应俱全，拿过桌上的暖壶就逃也似的离开了病房。

而病房里，佟然和他哥哥、嫂子随便聊着。过了一会儿，赵芳华站起来说：“我去问问大夫情况。”转身也走出了病房。

耿佳慧没走几步，便被身后的赵芳华叫住了。转过身时，她看见赵芳华脸色铁青着疾步向自己走来，想必是在里面时就忍得不耐烦了，此时不在佟家兄弟的身边，倒是无须强忍着了。她讽道：“我还真是轻看你了，没想到你居然这么有本事，你这是要搅得我们佟家鸡犬不宁吗？”

此时走廊里没人，耿佳慧知道跟她也争辩不出什么头绪，只是简单地说：“阿姨，我也不想这样。”

说完转身就想走，她的胳膊却被赵芳华一把紧紧地攥住了：“我以前就跟你说得很清楚，你拒绝了佟晓亮，以后我们佟家的门就不是你想进就能进的！你现在该不会是准备以晓亮叔婶的身份迈进我们佟家吧？我劝你还是省省那份心吧！”

赵芳华这样的疾声厉色，耿佳慧并不是第一次见到。她第一次跟着佟晓亮上门见家长时，这位赵阿姨就是这样不假辞色，如今心知儿子被这个自己先前就瞧不上眼的小家子女人当了踏脚石，自然是话拣着横的往外扔了。

耿佳慧的手被她拽得有些疼，一时也不想跟她撕扯，只是尽量和缓地说道：“阿姨，原先你就是看不上我的，如今我跟晓亮已经分手了，你该松口气才对。佟然是我以前的男朋友，这次我能与他重逢也是始料未及的。您的这位小叔子是什么脾气，您应该比我还了解，你们当兄嫂的话，他要是能听进去是最好的，要不然的话，我现在也没什么办法。”

耿佳慧的话句句属实，可听到赵芳华的耳里，简直是拿着佟然当挡箭牌，耀武扬威地跟自己叫板呢！

“你以为勾搭上了佟然就能一步登天？告诉你，佟然的女人多着呢，轮也轮不到你……”说这话时，她的一只手就这么扬起来了，恨不得一掌下去，给这女人娇俏的脸上增添几道血印子。

“我都不知道自己有这么多女人，嫂子你费心了，还替我数着！”冷冷的男声在身后响起。

佟然不知道什么时候居然也出来了，他身后的佟自也一脸怒容地瞪向了自己的老婆。他这次来本来是跟佟然修复关系的，偏偏他这个心胸狭窄的老婆又来了这么一出，简直是火上浇油，他真恨不得给她一记耳光让她滚回家去。

“芳华，你拉着佳慧干什么？他们之间谈恋爱的事，你跟着瞎掺和什么？！”佟自边说边给老婆递眼色。

赵芳华被佟然冷冷地盯着就后脊梁冒冷汗了，举起的手也慢慢放了下来。

她嫁过来的时候，佟然就不怎么在佟家大宅出现了，但是自己丈夫腿肚子上有道伤疤，听他说过，是弟弟佟然十二岁的时候，将已经成年的大哥按倒在地一顿好打后，给他划伤的。看见那伤疤的狰狞样子，可以想象佟然当时下手有多狠。后来，冒犯兄长的佟然被父亲扔到堆放旧物的小仓库里，言明了什么时候给哥哥道歉认错，什么时候才能放出来。可是关在小仓库里面足有两日，水米未进，也没听里面有告饶的声音。到了第三天，还是大人们熬不住了，打开门一看，黝黑细瘦的男孩儿瞪着滚圆的眼睛，就那么直挺挺地坐在地上。

那诡异的情景，就算是他亲老子，看得也是头皮发炸，抓起来又是一顿好打，只喊这股子倔劲儿到底是随了谁！

婆婆也提醒过她，佟然的脾气很不好，千万别跟他起正面冲突。可是佟然后来返家后，倒是成熟历练了不少，最起码长幼有序的礼节，他是恪守得不错的，见到了大哥大嫂也是一副恭敬的模样。可现在他瞪着自己的眼神活像是个吃人的野兽，随之而来的戾气顿时将脑海中，关于这位小叔子以前的黑暗历史全勾起翻涌了出来。

她讪讪地松开手：“我就是想跟她说几句话，晓亮那孩子又有些想不开了，你们这样……不是要逼死那孩子吗？”

佟然走过来，淡淡地说：“大嫂，你平时也太娇惯着晓亮了，让他明白男人要是没本事，什么也捞不着、守不住不是很好吗？要是他还是个男人，就振作起来好好地发展自己的事业，别三天两头管他爸妈、叔叔要钱就是好事。”

做了亏心事，还能理直气壮地损人也就这位独一份了，偏偏赵芳华被他暗损得有些抬不起头来。

前段时间，佟晓亮跟耿佳慧谈恋爱时，为了炫耀，隔三岔五地换车，又给女友买东西什么的，顿时捉襟见肘。自己不中意儿媳妇，故意克扣儿子的零花钱，可儿子倒是有主意，转身管他叔叔伸手要钱，如今倒是落下了口实，弄得自己像是故意要儿子去占叔叔的便宜一样。

佟自倒是圆滑得很，走过来打了个圆场后，便拉着老婆匆匆告辞了。

走出医院时，佟自劈头盖脸地把老婆一顿骂："我都在家里跟你说得好好的，你干吗又来这么一出？我当时是太震惊，过后经我妈一提醒，倒是觉得他要是娶了耿佳慧，也是好事情！"

赵芳华本来想出气，却被小叔子一个眼神吓得憋回去了，本来就窝着气，现在被丈夫一顿数落，顿时又翻转上来："我还说不得她了？你还想着她嫁进来？疯了吧你！"

佟自用朽木不可雕也的眼神狠瞪了她一眼："你还真傻了？你忘了之前，恒泰的黄总跟我说了什么？"

经老公这么一提醒，赵芳华顿时回过神来："他不是想把自己的女儿黄琦琦嫁给佟然吗？找你来试探口风……"

"对啊，恒泰集团的财力多么雄厚，要是佟然真的跟他家联姻，那不是跟恶虎装上了利齿吗？你别看那小子跟我现在毕恭毕敬的，那是因为他现在的财力跟我们家不相上下，生意上也要互相帮衬着，要是他一步登了天，你就知道这混世魔王是什么德行了，吞了我们一家老小，连骨头渣都不剩！"

听老公这么一说，赵芳华也如梦初醒。想要破坏豪门联姻，最佳的利器是什么？无非就是另寻亲事啊！想通这一点，赵芳华突然心情大好！她甚至有些同情耿佳慧了。自己儿子虽然没什么建树，却是个知道心疼女人的情种，可那个佟然呢？虽然样貌英俊、财力雄厚，可是私底下脾气暴躁，阴晴不定，得是什么样的女人才能降住这样的野性男人？耿佳慧财迷心窍，居然弃良玉而就朽木！以后有她有苦难言的时候！

这么想着，赵芳华从容大气的贵妇范也就回来了，好生赔不是安抚了丈夫后，她心里又有了个模糊的念头，不知道那个黄琦琦有没有缘分成为自己的儿媳妇呢？

耿佳慧尽心尽力地照料着金贵的病号，总算是劳苦功高，佟然终于“开恩”准许她在保镖的陪同下，出去见一见他事先给她安排好的客户，然后晚上回到市郊的别墅好好休息。

耿佳慧现在就是一副逆来顺受的样子，对男人亲自策划的行程安排毫无疑义，听话地坐在车里，如同走过场一般，见了这个总、那个董事的，所到之处，合约都安排得妥妥帖帖，耿佳慧逐一签下。

佟然对于耿佳慧不再跟自己闹别扭了，也很是满意。女人嘛！要强的样子是情趣的点缀，太过刚硬反而失去了女人温婉的味道，哪个成功的男人希望自己的女人整天忙碌奔波，忽视自己、忽视家庭呢？但是，他乐得举手之劳，让女人的业绩提升一下，她依附着自己的感觉还是不错的。

回到别墅后，她从大包里掏出手机，跟杨总汇报了一下订单的情况，杨总喜上眉梢，对她又是一顿大加褒奖。

耿佳慧撂下了电话，毫不在意地将白天签好的天价订单甩到了一旁。喘了口气，犹豫了一会儿，她想起佟然曾经说过要见父母的话，从他嘴里冒出来的绝不是一句玩笑话。想到嫁给他，涌上心头的却没有半点甜蜜与温馨。

他和她之间的平和，也不过是暂时的假象而已。

佟然哪会在医院里安稳地待着？耿佳慧一走，他转身让医生又彻底检查了一遍后，就办理了出院手续。提前从医院回来时，耿佳慧刚撂下电话，就看见保镖扶着他下了车，正往屋里挪呢。

男人一贯走霸气路线，轮椅那种暮气的东西哪有这么一瘸一拐地横着走路威风？尽管腿瘸了，速度倒很快，不一会儿的工夫就上了楼。

进屋看见耿佳慧衣服都没换，就这么半靠在贵妃椅目不转睛地看着几大单签好的合同。不用想也知道，女人托自己的福接了这么大手笔的买卖，心里一定在汹涌澎湃，就这么舍不得放手地看呢！这么想着，他觉得很得意，心里琢磨着她要是好这口，以后一定再多介绍些生意给她，既然她爱走白领小丽人的路线，他就顺水推舟帮一帮她的忙，更何况她也忙乎不了几天了，以后还得生养孩子，哪里顾得上在外面瞎折腾？

经过了这么多年，佟然觉得有些东西，还是握在手心里，紧紧地攥住要牢靠些。

“今天还顺利吗？”佟然状似不经意地问道。可是耿佳慧听出了这话里的潜台词——我这么帮你，你该怎么谢我啊？

耿佳慧倒是实在地说：“都挺好，你介绍的这几位老总挺能囤货，光他们这几笔，车间的生产计划就能排到年末了。”

佟然听女人亲口说出来，心里的那股子得意又有些扶摇直上了，他发现自己居然有种完成天价订购案的喜悦。

他又说道："明天我们回省城，老太婆要过寿了。"他嘴里的老太婆自然就是他的继母，不同于在人前的毕恭毕敬，此时毫无敬意，说完就倒在了床上，"你也跟我回去见见亲戚们吧？"

这话让耿佳慧顿住了，与赵芳华见面时的不愉快犹记在心，他偏要提着她去见那一家子的虎狼之师，这里面怎么也看不出好意来。

不过，能回去倒是正合她意，再不回去估计公司里就要变天了……身在飞机上，耿佳慧如是想到，又握了握拳，此时身在千尺高空之上，正如同她此时的心境，悬在半空不知道下一刻是平安落地，还是摔得粉身碎骨。

男人打的什么算盘，耿佳慧倒是看出个一二来，借着亲戚齐全的工夫，她跟着他去堂而皇之地露了脸，这鸠占鹊巢的勾当就算是坐实了。从此以后，这差一点成为侄媳妇的女人身上盖的就是他的大印了，至于他的继母和哥嫂是什么样的想法，全不在他的考量之内。而她到时候的难堪与尴尬估计他也没有太多同感吧。

去宴会之前，耿佳慧被一堆衣服首饰包围了。佟然嘴上说这寿宴没什么了不起的，可在行动上丝毫没有轻视着这次耿佳慧亮相的诚意。

请了专业的化妆师和服装造型师不说，客厅里那一排挂着防尘袋的"锦衣霓裳"一看就知道都是些价格不菲的。

造型师来回举着衣服在耿佳慧的身上比来比去，最后选定了一件Lasposa的晚宴礼服。虽然不是顶级的牌子，但衣服的颜色不错，烟熏色的缎面，上半身有些深V的设计，从半胸开始往上，是半花的刺绣并逐渐透明，镶嵌着闪烁的水钻。衣服衬得耿佳慧的皮肤更加莹白，而下半身鱼尾的设计将腰臀的曲线延展得更加修长。

当耿佳慧换上这件晚礼服的时候，不得不承认人靠衣装的道理，她本来只是小家碧玉的气质，可是换上这件礼服后，倒是隐隐有种贵妇的派头。

造型师也很满意上身的效果，因为衣服够闪烁的了，头发的造型就简单了，只是从中间分出发线，梳成干净光洁的发髻，将她饱满的额头线条充分地展示出来。化妆师又给她化了干净透明的妆容，看上去性感而不妖娆。

至于首饰，只选了两颗水滴状的钻石耳环，微微摇晃地帖服在耳垂的下方，手腕上戴上一条钻石手链，搭配着一只普拉达的抓纹小手包就算完工了。

耿佳慧穿着高跟鞋从楼上走下来的时候，男人已经换好了一身合体的黑色礼服坐在沙发上等着了。

佟然的眼睛就没离开过她，这么漂亮的女人，从头到脚都是他的……可那领子怎么开得那么大？别的男人看到了会想些什么？那个造型师得下岗了！佟然看了看表，显然是来不及再去换一件衣服了，他阴沉着脸拉着女人的手往外走。

耿佳慧猜不出他又是哪一根筋搭错了，可看他打量她的眼神，似乎是不大满意，其实她也觉得这身衣服不适合自己，也许只有吕卓儿那样妖娆的女人才能穿出妩媚的味道来吧？

下车时，还没等耿佳慧站稳，一路上越想越不是滋味的佟然突然转过身来，像给小孩子提衣服一样，提着她礼服的领子使劲往上拽了拽，突然的举动，吓得耿佳慧愣住了，可是贴身的礼服哪里拽得上去？

佟然弄了半天才发现，除了把女人拽得有些狼狈外，毫无用处。他只好把衣服往下扯了扯，恶狠狠地看了半天那该死的领子，搂着她的腰走进了宴会大厅。

丈夫去世后，佟家老太太就是佟家产业的实际掌权者。年头太久了，就算是有些年岁的知情者，也早已忘记了这位雍容华贵的老太太当年只是以秘书的身份上位的。

就像佟然所说的，会场上已经有许多宾客在说说笑笑地来回游走了。不过当佟然拉着耿佳慧进场的时候，众人的目光不自觉地就拢了过去。俊男美女，多看一眼谁也不嫌多！更何况这男的也太帅了。佟然是天生的模特身材，个头够高自不必说，主要是脱下衣服见肌肉，穿上衣服见线条，而且在商场上历练多年，那种从容稳重的精英派头，不是哪个俊男小模特能模仿的。

尤其是那些家中有女儿待嫁的太太，都恨不得眼睛里生出钩子来，将这种有内外兼备的优质男勾到自家女儿的面前。

可是佟然居然不是一个人来的，真是出乎大家的意料之外。要知道，虽然来的客人多，但毕竟是老人家的寿宴，男客们为了显示尊敬，带的都是户口本上的另一半，有些还没结婚的晚辈，要么一个人，要么带着正式见过家长的男女朋友。

佟然是出了名的钻石王老五，可他这次如此正式地带着一个女孩儿来参加继母的寿宴，是不是说，这位是准备谈婚论嫁的正主儿啊？

尤其是那一头的亲戚，有几个是曾经见过耿佳慧的。刚开始因为耿佳慧的妆容、衣服没认出来，可再仔细看上几眼，发现越看越眼熟，越看越心惊……这……这不是……

赵芳华穿着一身香奈儿晚礼服，正大气从容地站在一旁微笑地跟客人们打着招呼。一转身，她就看见佟然进来了，他来了还不算，居然把那个狐狸精也带来了，这一口气没顺上来，她的身子都跟着晃了一晃。

眼看着家里的那几个亲戚纷纷朝自己投来猜疑的目光，赵芳华真恨不得手抄菜刀，杀了满场子的知情者，尤其是那个狐狸精，刻花她那张脸，看她还怎么勾三搭四！

佟自虽然想着跟自家的弟弟维持着表面的兄友弟恭，但是佟然居然这么大大咧咧地就把人带回来了，还是出乎他的意料之外，他一时间有些猜不透这个弟弟的想法了。自从回来后，佟然很有当叔叔的自觉，虽然对他这个当哥哥的还是不咸不淡的态度，对佟晓亮这个侄子却好得没话说。

可就算是这女的吃起来再怎么顺口，在底下偷吃和端到台面上见客绝对是两层境界。佟然居然想“昭告天下”，他这个佟家的长子第一个就不答应！

从进会场的那一刻，佟然的身边就没有离开过人，不断有人上前同他寒暄，绊住了他的脚步。等他终于带着耿佳慧来到佟家老太太的面前时，佟老太太已经低声叮嘱完了儿子与儿媳妇。赵芳华虽然脸色依旧像猪肝那么难看，但她就好像没看见耿佳慧一样，脸上带着得体的微笑：“佟然，你来了，我们就等你到了再开席呢。”

佟然笑得也是分外地透着三分孝道，将手里拎着的盒子递了过去：“姨，这是长白山的百年野生老参，根须皆全，给您提提气。”

老太太含笑接过，然后对耿佳慧点了点头：“你这孩子也算是跟我们佟家有缘，只是来得太突然了，佟然也不跟我们打一声招呼，佟晓亮那孩子一会儿也要过来，要是真闹起来，大家都不好看不是？”

佟老太太面子里子做得真是滴水不漏，既给了佟然台阶下，又含而不露地敲打了耿佳慧一番。

耿佳慧也听懂了老太太的意思，要是说得直白些就是：你算是赖上我们佟家了，老的小的一个都不放过，这样的场合你也敢来？我同意了吗？一会儿我孙子来了肯定得骂惨你们，识相的趁早走人，别一会儿找不自在！

可惜佟然偏偏不接招，反而不以为然地皱了一下眉：“以后都是自家人，他有什么可恼的？难道以后还不见他婶子了吗？哥，您原先跟我说要让晓亮去欧洲的并购部探探路，学习并购拆解的流程，可是他要是还这么跟我较劲儿，我敢让这小祖宗去吗？”

相比于继母的含蓄，佟然可是一点也没客气。佟自的脸色为之一变，然后笑着说：“你看你，妈过生日，谈那些公事干吗？”

既然话都点透了，大家都是成年人，自然从善如流，各自虚与委蛇了。耿佳慧从头到尾都没有说一句话，静静地听着佟然跟他的继母闲唠家常，不过她瞟见赵芳华拿着手机匆匆忙忙地出去了，应该是给佟晓亮打的电话，电话里是怎么灭火的，就不大清楚了。

老太太的寿宴走的是中西合璧风，先是清歌悠扬的冷餐会，然后再上大鱼大肉的圆桌席面。佟然安顿好了耿佳慧后就转身去了卫生间。耿佳慧眼看着自己坐在佟家的主人席位上，被虎狼环绕，她打定主意，一会儿装肚子疼离开，坐在这样的地方真是太折磨人了。

就在这时，佟家的长孙——佟晓亮终于出现了。

从衣着来看，佟晓亮倒是精心打扮了一番，一扫前几次的颓废姿态。原本模仿叔叔的利索寸头如今已经蓄长，在额头处斜斜地分开，搭配合身的浅灰色的亮面西装，昔日邻家大男孩的气质又浮上来，只是不再阳光，略带忧郁。

忧郁大男孩不是一个人来的，身边也挎着一位。

耿佳慧尴尬地坐在座位上，本来是不欲多看他的，却生生被他身旁的那个女孩夺了眼球。

虽然那女孩浓妆艳抹，又穿了一身香奈儿垂穗的小礼裙，也有些鸟枪换炮的架势，但她还是一眼就认出，那不正是她以前公司的白雯雯吗？他俩怎么会在一起？正想着，投过去的目光不由得在他们身上定了一下，偏巧那两个人进了会场后目光也全投在她身上，这么六目相对迸溅出的火花绝对称不上友善，耿佳慧连忙垂下眼皮避开了他们的目光。

佟晓亮会带女孩回家也大大出乎了佟家长辈的意料，最起码赵芳华是大吃一惊，因为她刚才给儿子打电话的时候，他听了叔叔带着耿佳慧来参加家宴，并没有表示什么，更没说会带人回家。

白雯雯和佟晓亮搅在一起也就是最近的事。上次耿佳慧在网上购物时写了自己和佟晓亮的电话，快递员把东西放在了门卫那儿，那时心思活泛的白雯雯不但趁着耿佳慧在海城，主动打了佟晓亮的电话要他来门卫处取东西，还存下了佟晓亮的电话。听到他们分手的消息后，她就不时地给佟晓亮发些微信和笑话。

佟晓亮和耿佳慧分开后，心中苦闷，又得不到家人的理解，心情抑郁不堪，有了这“善解人意”的宽慰，一股脑地将心中的痛苦都倾泻出来，将她当成了一朵摇曳的解语花。一个心中苦闷，一个特意逢迎，一来二去两个人倒是变得很熟悉。

今天这样正式的场合，长辈们没料到佟然会这么出格地带耿佳慧回来，佟晓亮却一早就猜到了，倒不是他料事如神，只是觉得既然叔叔这么卑鄙地撬走了他最心爱的女人，岂有不在人前炫耀之理？

如果说原来耿佳慧在他心中有十分的好，那么现在在痛恨她背叛他投入叔叔怀抱的同时，又觉得那女人的魅力起码有千分，不然，为什么连叔叔这样魅力十足的成功男人也被她吸引了？

痛苦过、哀求过、抑郁过，佟晓亮现在总算认清自己失恋的现状了，但要他一个人面对那两个原本至亲之人的卿卿我我，实在是难以逾越的心理障碍。

于是，他心生一计拉上了白雯雯过来撑场子，倒不是说他爱上了白雯雯，而是他的报复心理作祟：既然你跟我叔叔成双成对，那我就要拉上昔日和你不对付的同事在你眼前晃上一晃。

在接到母亲的电话后，他心里更是庆幸这一决定是多么正确。

耿佳慧当然不能明白佟晓亮近乎幼稚的报复心理，她只是看到白雯雯以一种胜利者的姿态微微翘着下巴，一直在冲着自己微笑。

佟晓亮过来跟父母打招呼，并介绍了白雯雯，白雯雯松开了拉着佟晓亮的手，径直地走向了独自坐在桌边的耿佳慧。她落落大方地坐到耿佳慧身旁，一脸亲热地打着招呼："耿组长，我们好久不见了。"

见白雯雯跟自己打招呼，耿佳慧也只能勉强微笑着点了点头，轻声说了句："好久不见。"说话的工夫，她瞥见佟晓亮坐到自己桌子对面，掏出手机低着头也不知鼓捣着什么。

白雯雯打完招呼后便起身坐到了佟晓亮的身边，一只手扶着他的肩膀，将下巴支在他的身上，笑嘻嘻地说："哎呀，晓亮哥，昨天刚给你下载的游戏，你就打到了第五十关，欧巴！你可真厉害！"说这话时，偏偏眼角微抬，眨巴着描画精致眼线的大眼，时不时地瞄一瞄耿佳慧脸上的神色。

她欣慰地发现，这个进公司以来就处处压自己一头的死对头，此时脸色很不好看，似乎有些尴尬。

白雯雯不知道耿佳慧现在想什么，但她觉得自己现在能猜个八九不离十。当初耿佳慧跟同事们说婚事解除的时候，她还震惊不已呢，总觉得耿佳慧脑袋一定进水了才会放弃这么一个豪门对象。后来，她从佟晓亮的嘴里知道真相后，这才恍然大悟：天哪！耿佳慧的家里得多缺钱啊？居然这边跟家世好品性良好的青年谈着婚约，那边还勾搭着一个大叔。就算那叔叔再怎么有钱，跟一个能当自己爸爸的男人不觉得恶心吗？

方才，她也见过佟晓亮的爸爸了，半秃的中年商人，微微隆起的啤酒肚，就算穿着再名贵的衣服，也压制不住那种进入衰老期的雄性衰败之势。从男朋友爸爸的身上，就能延伸出那位叔叔的尊容了。她再次为耿佳慧的贪婪与重口的品味叹了口气，忍不住将目光在同一桌上的佟晓亮和佟自之间来回地转了几圈，一老一少，一胖一瘦，对比鲜明！白雯雯越发坚信耿佳慧走了一步错棋，而这个年轻帅气的富二代，兜转了一圈后还是来到了自己身边，这叫什么？笑到最后的人，才是真正的胜利者！长久以来，她对耿佳慧心中郁结的怨气似乎被一种暗喜慢慢取代。

可惜，白雯雯的得意猖狂并没有持续太久。

去了卫生间的佟然很快就回来了。当他坐到了耿佳慧的身旁，朝佟晓亮微微一笑之后，便低下头在耿佳慧的耳旁轻声地说着什么的时候，白雯雯心中的中年怪叔叔的形象被冲击得荡然无存。

“这个男人……就是佟晓亮的叔叔？”

她有点不敢相信。一米八几的个头，无论站立还是坐下，腰板笔直，棱角分明的脸庞，紧抿的嘴唇和高挺的鼻梁，古铜色的皮肤闪烁着健康的光芒……这是个全身没有半分奶油气息的成熟男人，可这样的男人简直是雄性荷尔蒙扩散器，明知道有危险，女人还是会忍不住被他吸引住目光。

比耿佳慧更不自在的恐怕要数赵芳华了。她原本觉得儿子被悔婚是因祸得福，让他彻底认清工薪阶层女的拜金嘴脸后，再给儿子重新找一个大家闺秀的对象。没想到这边儿子自己又领回来一个，还是那个耿佳慧以前的同事，要不是宴会上离不开人，她真想拽着儿子的耳朵到一边好好地拧一拧他脑子里的水。

在大家坐定之前，赵芳华憋着气对佟晓亮说："这桌子上都是长辈和自家的亲戚，不好坐外人，你带着这姑娘去一旁的桌子上吃饭去吧。"

白雯雯第一次来参加这样的寿宴，虽然面上强装镇定，但心里很没底气，所以赵芳华这么一说，她便乖乖地站起来跟着佟晓亮去了另一桌。

她边走边偷偷看着佟然，看完了以后，又不甘心地瞪了一眼耿佳慧，也不知心里又开始泛起了哪一年的陈醋。

耿佳慧知道赵芳华话里的意思。她略带同情地看了眼白雯雯，这个正一脸讨好地跟赵芳华没话找话说的女孩，想必不久就能领教赵芳华骂起人来阵阵刺痛不见血的功力了。

这场寿宴大面上算是这么过去了。佟然心里自有一套流程，只等见了耿佳慧的父母，就将婚事提上日程，只有走了法律程序，他才觉得她真正盛入了自己的碗中，吃得放心痛快。那几天，佟然似乎准备常驻水源了，几乎天天都来单位门口接她。

因为佟然介绍的客户，耿佳慧的业绩不错，杨总欣喜之余提前分红。

虽然只有二十万，但是耿佳慧觉得心里有了底儿，最起码，当她把存有二十万的银行卡放到佟然的面前时，心里多少还是有些轻松的。

“你这是什么意思？”佟然坐在电脑桌前，挑着眉捏起那张银行卡问道。

“这张卡你收着，我以后会陆续打款，我哥当初欠下的钱总是要还给你的，你可以在电脑的网上银行上查收一下。”

耿佳慧的话还没说完，佟然就笑了：“挺厉害的啊，五百万呢。你是不是觉得没有我，你照样可以海阔天空凭鱼跃啊？可惜，现在我是要人不要钱！”说话时，佟然大掌一合，那张卡“咔”的一声脆响就折成了两截，扔在了耿佳慧的脚边，“你欠我的债想用钱还清？没门！”

被折断的卡片边缘有些锋利，有一张正好飞过耿佳慧只穿着睡裙的腿边，光滑的皮肤被划了一下，随着耿佳慧一声吸气，被划的那条腿不由得微微一抬。

她低头一看，腿上已经被划出了一道血痕。

佟然本来又有点暴走的架势，健壮的男人脸黑起来跟土匪头子一样，煞气直冲九云霄，可他看到耿佳慧白嫩的腿上突然出现一条细细的红线时，心里顿时一沉，腾地起身走到耿佳慧的面前。

耿佳慧不禁有些吓得倒退了一步，没想到佟然竟然蹲下，抓住她的脚腕子，逼迫她抬起脚来看她腿上的伤痕。伤口不大，但衬在雪白的皮肤上，就算只有几滴殷红的血珠，看在佟然的眼中也有些触目惊心。

他想都没想，头一低便俯在那白腻如脂的腿上轻轻一吸，伸出舌头舔舐了一下那略带咸味的血痕。耿佳慧急于抽出腿来：“你干吗？别这样，太不卫生了！”可一条腿握在佟然的手中，一挣扎，人便向佟然的身上倒去。那浑蛋顺势倒在绵软的地毯上，两只手紧紧环住了她的腰。

耿佳慧一抬头便望向佟然深邃的眼中。他异常认真地看着她，低声说："听说过高利贷吗？你欠我的就是比'驴打滚'还要命的那种，这辈子还不起，下辈子也还不完，就算你逃到深山里去当白毛女，我也要拽着你这个死丫头的辫子把你揪出来！"

眼看着他毫不讲理地挥舞起了黑心老财主黄世仁的大旗，耿佳慧再次发现，自己的好涵养又在这男人面前破了功："佟然，你……知道你现在像什么样子吗？简直是狗皮膏药，癞皮狗！"

没想到佟然听完之后，居然翘起嘴角，笑了起来："不错，我就是狗皮膏药。烈女怕缠郎，你现在动不动就跟我算账分家的，是不是嫌我缠得不够紧啊？"

说着便开始了独门绝学缠功，只把她缠得透不过气来……

忽然知佳意

第六章 她的羽翼

耿佳慧一夜无梦，一直睡到第二天早上九点多，眼睛还没睁开，就闻到了一阵阵香气。

她穿好衣服，慢腾腾地循着香味走了出去，就看见佟然从厨房里伸出了头："早！"

在耿佳慧看来，这男人现在"精分"得厉害，以前是典型的君子远厨房，非要自己软磨硬泡才勉为其难地做那么一次。可是现在，基本两个人独处时，饭菜都是他亲手做，叫外卖的次数都屈指可数。

"饿了？我在做三明治，一会儿就好。"他打开电磁炉，又拿了两个鸡蛋，敲开倒在锅上煎鸡蛋，"你去洗个澡，出来再吃早餐。"

耿佳慧一时有些犯懒，又趴回床上，听着厨房里煎鸡蛋的声音，她突然有种错觉，加热过的黄油味混合着全麦面包的清香，在隔壁刺啦作响的煎锅上跳跃，似乎理智也被加热熬煮得有些融化。难得没有剑拔弩张的两人，好像现实里让她如鲠在喉的一切都融掉消逝了，分开那几年不曾存在……美梦做得太投入，便是再也醒不来的噩梦，耿佳慧连忙拍了拍自己的脸，提醒自己不要胡思乱想。掀她开被子下床，进入卫生间洗澡。

现在的佟然的确让一般的女孩子爱慕若狂，可是并不代表她也羡慕那种没心没肺依附着男人像菟丝草一样生活的女孩。佟然是一个永远习惯站在最高位的男人，当人生达到了顶点时，人难免会用上帝的视角俯视众生，可是就算是细心周到万能强大的上帝，也绝不是她想要的那种相濡以沫、互敬互爱的平凡而贴心的爱人。

想一想，午夜时分，衬衣领上的口红印，脖颈间若有似无的香水味，深夜时分突然打来挑衅电话的年轻女人，这些都是拥有一个成功男人该要忍受的一切，这样阔绰的贵妇生活要付出的代价对她来说太过"昂贵”了！

既然无“钱”支付，也就只能敬谢不敏了。毕竟她以前也尝试过，她是个心眼窄的女人，这点佟然也清楚，短暂的甜蜜，并不代表以后能和顺融洽地相处。而她怕了，怕再陷入美梦里，再一次经历痛苦分手的阵痛。

因为银行卡的事情，佟然强硬命令耿佳慧辞职，若是闲不下来，就去他的公司。他可不希望将他的慧慧培养成女强人。太强了，很容易飞走，他可不容许半点这样的苗头出现。

耿佳慧本以为他提议让自己去他的新公司，只不过生气的胡话而已，天亮了就差不多忘了。

当他拽着自己上了飞机，出现在港城的皇后大道时，她才发现佟然是认真的。

当进到会议室，她又发现，佟然是要把自己扔在狼窝里——只见佟自和佟晓亮父子俩早已经坐在了会议室的主位旁。

他们在看到耿佳慧的那一刻，眼睛不约而同地瞪了起来。

佟然没有去看哥哥和侄子的大小眼，示意耿佳慧坐在会议室一旁的小沙发上，然后他坐到了议席的主位上。佟自咳嗽了一声，然后冲佟然点了点头：“你来了，我们都等你呢，一会儿董事都来了，是不是让她回避一下？”他指着耿佳慧说道。

有些已经到场的董事也顺着他的话，抬起了头，疑惑地审视着耿佳慧。

“不用了，她是这次会议的记录员。”佟然淡淡地说道。

耿佳慧注意到了佟自眼里的鄙夷之色，本来已经抬起来的身子慢慢地又坐下了，想了想早晨临出门时佟然对自己说过的话，慢慢地打开了放在茶几上的笔记本电脑。

佟自见耿佳慧没有要走的意思便冷冷地收回了视线，低头准备着一会儿要用的文件。而佟晓亮也收回了目光，刻意地将头扭到了一侧，不去看耿佳慧。

不一会儿，各位董事都到齐了，重量级的大人物们对于办公区域出现的员工都习惯性地视若无睹，所以除了耿氏父子外，没有人会在意耿佳慧。

在他们简短的寒暄交流中，耿佳慧知道，这家新公司由三大财团组成，佟然的亿阳，佟自的集团，还有恒泰集团。

在出席的众多董事中，恒泰集团的代表是董事长的独生女黄琦琦，真可算是万绿丛中一点红了。她看上去二十七八岁的样子，一身黑色的高级定制套装，脚下踩着 Louboutin 的经典细跟红底高跟鞋，柔顺的波浪紫红色短发打薄服帖地顺在了雪白的耳后，这是个天生丽质的大美人，就连身为同性的耿佳慧也忍不住多看了黄琦琦几眼。

“佟总，关于这次并购的细节以及流畅表，我已经制作成了 PPT，接下来由我为大家展示。”

当会议室的灯光暗下来后，黄琦琦站起来，微笑着向佟然点头示意，然后款款几步走到展示屏幕前，拿着激光笔将幻灯片中的细节逐一指点出来。耿佳慧手指上下翻飞敲打着他们的发言。

当会议结束后，众人都纷纷起身离开，准备去定好的餐厅再进行一次工作午餐，讨论彼此的心得。

黄琦琦走得比众人慢了一步，似乎有意等着佟然，在这样的气质美人面前，佟然收起了一身的狠厉，很绅士地朝她抱歉地点点头：“我还有些事要交代一下，可能会晚一步，黄总你们不用等我，先去用餐吧。”

黄琦琦的眼底闪过一抹失望之色，但马上又露出善解人意的微笑：“那我就先行一步了，如果我没记错的话，佟总您不吃海鲜是不是？我就冒昧地帮您先点餐了。”说完，涂抹均匀的睫毛顺着笑意微微翘着，含而不露地看着他。

这种商业场合，佟然自然不能拒绝，笑着谢过后，黄琦琦带着秘书，步态优雅地走了出去，自始至终都没有看耿佳慧一眼。

当会议室里只剩下佟然和耿佳慧两个人时，他走到似乎在愣神的耿佳慧身旁坐下，伸手握住了无线鼠标，拉动页面看着耿佳慧的记录。

这场会议开了三个多小时，三个公司都有不同的董事、老总在发言，也不知道这妮子是怎么坚持下来的，居然一条重要信息都没有遗漏，甚至在很多含金量较高的提议下面，自动用红线标注强调了出来。

佟然知道，她这么做自然没有讨好他或是逞强的意思，完全是一种工作习惯，有些习惯是深入骨髓的，比如有人习惯把穿过的袜子随意地扔在地板上，一辈子如此，年轻时甩袜子，到老了估计就是甩尿不湿了。而耿佳慧则是习惯性地把事情分出轻重缓急，不管这工作她是不是发自心底喜欢的。这样的人，往往是老板的最爱，佟然不得不承认，自己的女人是个人才。

看了几页后，佟然问道：“手累不累？我给你按一按。”说着就将她两只纤细的手握起来，轻轻地揉捏骨节，边揉边说，“你来说说看，为什么恒泰集团急于插上一脚？”

耿佳慧思绪正乱，听了佟然的提问后，她又看了一眼自己的记录，黄琦琦曾经说了一句话：“本土市场堡垒之高，就是全球有影响力的品牌洋酒也加入不进来。”

这句话被耿佳慧用红蓝双色标注了重点。不光如此，她还在这句旁打上了大大的问号。反正这会议记录她也不是记录给佟然看的，自然是心中有疑问的地方就标注了出来。

现在手指清闲下来，思路就更清晰了："我记得前段时间新闻上曾经说过，全球著名的一家啤酒公司被一家华商购买，你……当时好像跟我说是恒泰对不对？"

佟然眯着眼回想了一下，他想到的画面却是不大正经的——当时耿佳慧刚洗完澡，坐在沙发上看新闻，脸蛋上还挂着水珠，娇嫩得像刚剥了壳的鸡蛋，他自然想抱她一下，她当然不想，就借口看新闻，拼命地打岔问他问题。当问到新闻上说的中资企业向欧洲老牌企业进军时，他随口说了句，恒泰集团秘密买下了自己喜欢的啤酒品牌，估计恒泰的奸商"黄老邪"要涨价了。没想到耿佳慧居然记住了自己随口的一句话。

"如果是这样的话，恒泰走的是一步大棋，一旦形成啤酒业的终端网络，不但可以出售国产的啤酒，更可以捆绑销售外国知名啤酒品牌，相当于向洋啤酒出售了一张现成的顺风车票。"

耿佳慧边说边抑制不住内心的澎湃——这里面的利润有多么惊人，可想而知，之前众多的洋啤酒纷纷在中国市场以失败告终，就是因为欠缺了这张现成的销售网。

到时候三大集团便可以奇货可居，只等众多的外商争抢着高价以求入局了。可是三大集团中，恒泰又握着一张王牌，他们已经并购了一家老牌的欧洲啤酒厂，本土啤酒与变得廉价的洋啤酒 PK，最后的胜者不言而喻。恒泰岂止是要坑佟氏？他是要坑了所有跟他下棋的"牌友"！

佟然对于耿佳慧最后推敲出来的隐情并没有露出意外的表情，而是微笑着看着他身边这个一边侃侃而谈，一边眼睛抑制不住发亮的女人。那眼中的亮光，并不是对巨额利润的渴望，而是一个天生的触觉敏锐的人，拨开重重迷雾后，窥得天机的兴奋。

他的女人天生就是个商人的坯子！原来他一直想把一只想要振翅高飞的大鹏鸟当作娇弱的金丝雀来豢养。此时，女人的脸上透着兴奋的光，再次缄默不语，思绪不知翻阅了几重高山，飘向了哪儿，这样的女人真是迷人。可是，当她寻找到张开羽翼的天空时，会不会飞得离他越来越远了呢？

要不要趁她羽翼未丰时，狠心将翅膀彻底剪断，牢牢地锁在自己为她编织的牢笼中呢？佟然的心里这样冷血地想着，可是女人讲着讲着，突然神色变得黯淡下来，也许是意识到那疆土再大，在上面挥斥方遒的人也不是自己，那兴奋劲儿便如同被浇上了冰水一般一下子都熄灭了。

看着女人的表情慢慢平复，努力变得平静下来，佟然若有所思，心底兜转得一百个牢牢握住她的念头却化成了这样的话："有没有兴趣参与这个项目？不是作为秘书的身份，而是项目的执行人。"

耿佳慧有些愕然地抬起头。她不会错认为佟然在拿这件事讨好自己，她太了解他了，当初只是一间小小的酒吧而已，他都不容许自己插半句嘴，无论事业大小，佟然骨子里都是万民一统，手握权力于一身的铁腕风格。

那种为了逗女人一笑，点燃烽火台，或者像汉武帝为了心爱的李娃夫人，重用草包大舅子，拿自己的万里江山开玩笑的昏头事，会发生在佟然的身上？想都不要想！

裙带关系在佟然的面前什么也不是，就连他哥哥，指望着把大侄子佟晓亮插在佟然身边，游说了好久，磨破了嘴皮子，也被佟然一通绵里带针的太极拳推得没了踪影。

所以当初他说要耿佳慧来公司时，她在心里也是一阵冷笑，他无非是给自己安排一个花瓶样的角色摆在办公室的一角，徜徉在打印机与茶水室之间，挂着白领的名头，干着小蜜的工作而已。

他现在居然想要她参与到这个藏着凶险陷阱的项目中来？难道他不知道，此间稍有一点差池，佟氏和他亿阳的巨额投资都要打水漂了吗？真要是这样，那他可真是堪比烽火戏诸侯的周幽王了！

他到底打的是怎样的算盘呢？耿佳慧一脸狐疑地看着他，素颜的脸上却唇红齿白，尤其是那微微张开的樱桃小口，露出泛着光的门牙。

佟然只觉得这女人跟刚从窝里爬出的白兔一样，警戒地瞪着一双大眼，看着家门口的大灰狼，突然扑哧一声笑了出来。

耿佳慧看他突然发笑，心里更是发紧，又有些懊恼，干脆不搭理他，站起身来准备去洗手间。

他也顺势站了起来，他个子很高，耿佳慧不过勉强够得上他的肩，所以她极讨厌跟佟然并肩而行，那会有种被他的影子彻底笼罩，透不过气来的窒息感。

还没走几步，身后的佟然一把抱起惊呼的女人，放在了会议桌旁的文件柜上，又后退了几步，抬起头来，微微仰视着女人：“我说的是真的，你能飞得多远？我也拭目以待，可是如果你就是只小麻雀的话，就不要再做大鹏鸟的梦，安稳地待在我身边，给我……生儿育女！”说这话时，男人的笑容像叼了鲜肉的老鹰一样邪恶。

耿佳慧被放在将近一米七高的柜子上下不来，她只能坐在柜上，看着下面的男人轻轻握住她的脚踝，这一次，她不用仰视男人，却悬在半空，不知道脚下是什么样的深渊。

当佟然带着耿佳慧来到餐厅时，其他股东已经点完了餐。在佟然的位置前已经摆好了一份精致的套餐，是养生例汤搭配鲍汁白灵菇、梅菜蒸肉饼旁边，还搭配着一杯鲜榨的西瓜汁。大家心里都存着事情，吃食太过讲究就要费时间了，这份套餐对于商务人士来说，是再好不过的，既有营养又吃着爽口。简单的一份餐点，可以看出点餐者黄琦琦的用心。

恒泰集团的总部就在港城，黄琦琦祖上是潮汕人，但她是在这里出生的地道的港女，所以这次也算是她的主场了，招待起宾客来自然尽心尽力。

这家临海的餐厅视野很好，装修风格是西式的，优雅，满是落地玻璃窗餐厅的二楼已经被清场，偌大的餐厅不过是两张桌子坐着人。

董事们一桌，助理与秘书在相邻的另一桌随时听候召唤，可是佟然拉着耿佳慧坐在了主桌。

这下原本对耿佳慧不甚在意的董事们纷纷抬起了头，重新打量着这个看起来不太起眼的随行人员。

“我来介绍一下，这位是我们亿阳集团执行部的耿经理，我这次带她来也是希望她熟悉一下我们的业务流程，还望各位董事以后对她多多关照啊！”佟然微笑着向诸位董事介绍着。

这下佟自的脸色变得更难看了。他没想到佟然会这么隆重地介绍耿佳慧。要知道佟晓亮都没有坐到董事们的桌子上，而是跟助理们坐在一起。

他这么做是有原因的，与佟然是被恒泰的黄琦琦三顾茅庐，主动邀请不同。当初，为了分食这块蛋糕，他可是用尽了招数，最后还是看在他是佟然哥哥的情分上，终于搭上了恒泰的黄董事长，换来这次合作的机会。

毕竟是三大集团联合做的大手笔的生意，就算是自己的儿子，也是经验不足的后辈，人前公私分明的姿态做足是很有必要的。可是佟然现在摆明了公私不分，带着这么一位上不了台面的女人出现在如此严肃的场合，太让人瞠目结舌了！

他这个弟弟啊，当真是被美色迷昏了头！而且这桌上还有一个女人呢。想到这儿，佟自一边用餐巾擦嘴，一边不动声色地看着黄琦琦的反应。

黄琦琦正挂着得体的微笑和耿佳慧打招呼，并召唤服务生拿来餐盘为她点餐。

“不用了，我这份给她吧！”佟然边说边把自己面前的餐盘推到了耿佳慧的面前。又召唤服务生要了一碗叉烧面和一盘素饺，说，“我这个北方人还是喜欢吃面，改不了了！”佟然笑着感慨，伸手夹了一筷子面条大口地吃了起来。

他本来就是典型北方男人魁梧的身材，就算吃东西时略带粗鲁，也没有半丝的“违和”感，从容自然的姿态，仿佛他才是这里的主人一般。

黄琦琦看着她点的那份套餐被推到了耿佳慧的面前，笑容微微僵了一下，但是很快又恢复了自然，微笑着跟佟然说着，方才他没来时，其他老总打趣的趣闻。一时间餐桌上很是热络。

工作餐结束后，大家各自打道回府。佟自和佟晓亮是最先离开的，当只剩下黄琦琦和佟然一行人时，黄琦琦笑着对佟然说道：“你上次可是彻底勾起了我爹地打高尔夫的瘾头，他现在就算再忙，每天也要练习一个小时，说着一定要一雪前耻，灭一灭你的威风呢！怎么样，Ares，什么时候有空陪他老人家再战一场？”不同于之前客气的称谓，这次黄琦琦很亲切地叫起了佟然的英文名字，足以见得两人私交不浅。

Ares？站在两人身后的耿佳慧默默地听着，这是希腊神话中战神的名字——冷酷无情、嗜血成性的代名词。这倒是很符合佟然，只是不知道这位美丽的大家闺秀是不是痴情于嗜血战神的阿佛洛狄忒呢？

“只要他老人家肯抽出时间来，我一定会搅扰黄董的，请黄总一定替我转达对他的问候。”佟然笑着说。

黄琦琦的目的达到，便点了点头，转身上车离开了。

车子慢慢地驶向了主道。黄琦琦脸上的微笑也一点点消散，从随身的手袋中掏出粉盒，照了照自己脸上的妆容，顺便也透过镜子看到了后车窗外的情景。

佟然拉着耿佳慧上车，一阵风吹来，她的头发吹乱了，他笑着伸出大手替她捋顺了发丝……那样温柔的笑意，可不是对待下属的态度，那是男人愿意打心眼儿里宠爱女人时，才会有的铁汉柔情。

“啪”的一声，粉盒被合上了，前座开车的助理看黄琦琦脸色不好，马上关切地问：“黄小姐，怎么了？”

黄琦琦深吸了口气，笑着说：“没什么，你小心开车就好。”

说完她转头看向窗外，熟悉的街景在眼前掠过。

在繁华的国际大都市不可以故步自封，她相信每一个人都有种被困在城中的困顿迷茫之感。唯有打破围城才会厚积薄发，黄氏的恒泰在积极开拓欧洲市场的同时，当然也不会放弃世界上最大的市场。

父亲对她寄托了怎样的厚望，她这个集团的唯一继承人自然了然于心，对于能助自己一臂之力的丈夫人选，也是慎而又慎。与大家族联姻自然是最牢靠的，但是并非每家都像黄氏一样几代人丁单薄。家族太大，分家风波不停，并非良配。黄琦琦还是希望找一个没有家族庇佑，白手起家的实力新贵。黄氏家族已经够显耀了，不需要锦上添花，却需要富有生命力的新血液，让这艘大船在未来未知的变换中依然能乘风破浪，屹立不倒。

在两年前的一次酒会中，佟然闯入了她的眼帘。平心而论，佟然也不是什么良配。暂且不说他的集团规模在恒泰看来不值得一提，单从他本人的经历来看，他的背景太过隐晦，那不是一个循规蹈矩的商人正常的人生之路。但是任谁也不能否认，只从女人角度来看，他是个极富魅力的男人，那种魅力不是依靠华衣锦衫堆砌出来的。

这是个有故事的男人，这是黄琦琦对他的第一印象，同时提醒自己要对他敬而远之，因为，这……也是个最危险的男人。

但是随着生意场的接触，她发现自己的理智不能受自己控制了，明知对男人任何异样的情愫都是碰触不得的，却任凭情感挣脱束缚，如同脱了缰的野马一般朝着无路的悬崖上一路狂奔。

而且事实证明，黄琦琦品鉴男人的品味果然不俗，短短的两年时间，佟然的亿阳集团异军突起，成为一颗不容忽视的新星，就像他的英文名字一般，Ares——多么霸气贴切的名字！这是个天生为厮杀争夺而生的男人！是配得上在她身旁倚立、长伴终生的男子。

终于在一年前的伦敦年会上，佟然在伦敦的天眼之下，伴着漫天的烟火吻住了她的唇。佟然泛着酒气的唇霸道而野性十足，她就像初谈恋爱的十六岁的少女一样，化作一摊水，倒入他的怀中。那一刻，她的心也如那绽开的烟花——义无反顾。

可是这一吻之后，佟然再无表示，忽冷忽热，若即若离地对待着自己，她知道，他是在吊着自己，等待着她彻底溃败，俯首献出城池的那一刻。

没关系！就算心底再怎么热切地爱着他，她也没打算摇尾乞怜得到他的垂青，她会用自己的实力证明，只有她才是配得上他的女人，只有彻底地打败这样的男人，才会把自己深印在他放荡不羁的心中。

她一边从容地布局，一边笑看着男人周旋于各类美色之间。虽然佟然在男女方面很不拘小节，却从没有对哪一个女人长情过，这一点也让黄琦琦觉得很满意。

指望一个过了而立之年的成功男人是守身如玉的处男？笑话！她不介意，只要对象是佟然的话，她能成为他的妻子，就肯包容他的一切。她承认，这两年的时光，她已经中了这男人的毒，药石枉然而心甘情愿。

漫长的婚姻啊，只要她是始终站在他身旁，一起熬白了头发的正妻，那些路边的花草又算得了什么？都熬不过寒冬的煎熬，最终被她踩在脚下，变成枯枝败叶。只要她能站在他的身旁……想到这儿，黄琦琦戴上了墨镜，将初看到耿佳慧时的不安抛到了脑后，惬意地盘算着，过几天她的父亲与佟然见面的细节。

三大集团联合进军啤酒市场的战略合作签字仪式在三天后举行。耿佳慧身着一身白色的普拉达套装坐在主席位的最边缘，被下面一排的闪光灯晃得有些睁不开眼。同身在主位，妆容得体，神采飞扬的黄琦琦相比，略显憔悴。

耿佳慧今天出门时，特意在眼底打了一层粉，希望能遮住自己的黑眼圈，因为这三天来，她都是在缺乏睡眠的状态下度过的。佟然在那天开完碰头会后，就把她塞到港城租住的别墅房间里，然后让秘书带来了如山的文件给她看。

短短的三天时间，堪比当年的高考挑灯鏖战，她穿着佟然宽大的衬衣坐在大床上，披头散发地看着文件画着重点。佟然则靠着大床，惬意地喝着咖啡，时不时会针对并购企划可能出现的问题，刁钻地向耿佳慧提问。

自认为学习能力还不赖的耿佳慧，不止一次被佟然提出的刁钻问题问得卡了壳。每当她回答不上来的时候，佟然就意味深长地拿起一个黑壳笔记本，在上面慢条斯理地记上一笔，然后再缓缓地说出他的思路。

几轮下来，佟然虽然什么都没有说，但是耿佳慧的脸涨得通红，就算不愿承认，佟然考虑事情刁钻的角度也不能不让她发自内心地佩服。

可佩服之余，她发现佟然脸上得意的神色真是够碍眼的！一股子穷人乍富的德行！虽没有说出刻薄的奚落之言，但是那意味深长的眼神绝对能解读出“烂泥扶不上墙”的意思来。

本来还有些心不甘情不愿，不想蹚佟然的这潭浑水，可是到了最后，被佟然逼问得哑口无言时，心里的倔劲一股脑地涌了上来，认真地比对着各地的资料，做着笔记。

就在三天集中营似的集训结束后，耿佳慧本来是准备好好地睡上一觉的，但是佟然自认为这几天的牺牲已经很大，既然学习结束了，就到了徒弟犒劳恩师的美好时光了。

他抖了抖本子上写的“正”字：“你看看你，错了这么多，我该怎么惩罚你？”耿佳慧睡眼蒙眬愣愣地看着他，一个接一个地打着哈欠，使用过度的大脑根本理解不了佟然眼睛冒火的含义。

最后到底是被拽进了被窝接受“再教育”……

当耿佳慧好不容易睁开疲惫的双眼，佟然已经洗漱完毕，换上定制的西装，又是一副永不知疲惫的精英气场，仿佛昨晚的“恶魔”不是他一般。

当签字仪式结束后，款待各路记者、供应商的酒会上，黄琦琦端着一杯甜酒微笑着递给了捂着嘴，还在偷偷打哈欠的耿佳慧。

“耿小姐，尝一尝，这杯是爱尔兰甜酒，度数不高，很适合女士饮用。”

耿佳慧接过酒杯，向黄琦琦道谢，黄琦琦接着说道：“Ares 在碰头会上已经跟我们交代了，亿阳虽然是出资方，但他投资的领域太广，很难兼顾，所以实际的并购操作由你负责，看来以后我们要经常打交道喽。以后你是任重而道远，再忙也要注意休息啊，不然员工看到，误以为 BOSS 们夜夜笙歌，上班时一脸疲态，那影响就不好了。”

这份客套得意的话，不动声色地敲打了耿佳慧一下。耿佳慧却好像压根没有听出弦外之音一样，笑着谢过了黄小姐的提点。

黄琦琦心底一笑，她回想起之前收集到的关于耿佳慧的资料，才知道这个看起来不太起眼的女人原来差一点成为佟自的儿媳，当时她心里吃了一惊。因为她觉得佟然不是那种会为了玩女人而伤了自家和气的纨绔子弟。她心里顿时对这个出身平凡，原来只是在一家小文具公司当外贸员的女人心生警惕。

今天虽然举行的是商业活动，可是她知道会跟耿佳慧碰面，完全被激发了备战状态！对自己上身的每一件服饰都精挑细选，一头俏丽的短发泛着自然迷人的光泽，饱满的耳垂上戴着璀璨的五克拉钻石耳钉，宝格丽定制的彩钻手环显得手腕的弧度更加迷人，又起到了俏皮减龄的作用，因为首饰够耀眼，身上的衣服就不能太抢色，应季的普拉达限量版白色套装，正适合今天的场合。

可是精心“备战”，准备让她的Ares眼前一亮的好心情，在看到Ares身后的女人时，被破坏得一干二净。那个叫耿佳慧的女人……居然穿着跟自己一样的衣服！

就算知道她是佟然的情人，黄琦琦觉得自己也能一笑置之，毫不放在心上。可是，在这样重要的场合里，因为一套衣服，她微笑着看着台下的相机闪烁着光芒，伴着咔嚓咔嚓的声音，心里的怒火却越烧越旺。

耿佳慧算是什么身份的女人，却跟她站在同一个主席台前，甚至跟她穿着同样一款衣服，争夺着眼球，制造着话题。她甚至可以预见明天的八卦版上绝对有一则相关新闻。

也许只有她才知道，这女人不但争了她的靓衫，更抢了她志在必得的男人！想到这儿，黄琦琦心里一阵阵难受，能微笑着撑完全场，连她都佩服自己的涵养又提升了一层。而那女人也是迟钝，自己就站在她的眼前，她似乎一点都没有为撞衫而感到羞愧！要知道，方才Ares进场时，一眼就发现了衣服的问题，眼里还闪过了一丝不悦之色。这让黄琦琦的心里略微觉得好受些，最起码，佟然还是很尊重她的，甚至注意到了男士们一般不会留意的衣着问题。

在黄小姐的心理建设重新完善起来后，再望向耿佳慧，觉得这样迟钝不注意小节的女人真是不足为惧，自己还是多虑了！想到这儿，微笑着跟耿佳慧应酬了几句，黄琦琦便款款而去了。

耿佳慧还真没注意衣服的问题，事实上，她的精神状态一直到会议结束时，也没有恢复过来。直到佟然拉着她上了车，掏出电话冷声训斥助理时，才缓过神来。

“什么大牌限量版？简直就是满大街都有的！这点小事都做不好！下次再有重要的场合，不要图省事！直接定制！对！保证不会撞衫！”

佟然浑身冒着冰气地按掉了电话后，看着耿佳慧还在神游的眼神，不由得自嘲地一笑。这个死丫头估计从头到尾都没有发现哪里不妥吧？看来这三天的煎熬真是累坏了她，可是不这样根本不行，因为他既然说了要放手，就要彻底放手，让她去搏一搏。不然的话，帮再多的忙，也不会换来这女人的感激的。

佟自、黄琦琦没有一个是省油的灯，也不知她能不能应付得来。其实，在自己的心底，还是隐约希望慧慧最好撞一下南墙的，这样他才有借口将她密密实实地拢在自己的羽翼下，尽情地娇宠她。他会给她世上最好的一切，只要她愿意。

佟然的担心并不是多余的，只是他没想到，麻烦很快就来了。

三大集团在各个地方上的收购对象都是地方的啤酒厂。外省的一家啤酒厂，大部分的员工是当地的农民。这些当地人很会给自己创造额外的福利，充分利用了啤酒厂房后面闲置的空地建起了养牛场。这样，他们就可以将酿酒剩下的酒糟混入牛的饲料，这种饲料营养价值相当高，最终节省了很多成本，一年的利润颇为可观。

冒着气儿的新鲜酒糟，用小推车就直接运到了厂房后的养牛场，连运输费都省了。厂里的小头头盯上了这块肥肉，加上原来厂里的规章制度不够严格，一时间厂房后的牛棚连成一片，臭气熏天。

国内一家知名的牛奶厂，也在啤酒厂附近建立了分厂，收购当地廉价、奶品质量又高的牛奶，几年下来，产业链可以说是固若金汤了。可是自从集团收购了这家啤酒厂后，工厂从上到下开始了大整顿。

首当其冲的，就是这大片的养牛场。集团的目标远大，是向国际化的生产线靠拢的，这样脏乱的环境肯定是要整顿的，而且工厂将来要扩建，向周围的三个城市供货，根本没有养牛场的立足之地。

新来的老板上来就要触碰他们的钱袋子，这帮大爷能干吗？他们立刻就带头闹起事来。

本来就算把工厂砸了，也不关集团上层的事，下面那些管事的不去处理问题，怎么对得起他们拿的高薪呢？

可坏就坏在啤酒厂的负责人不够快刀斩乱麻。虽然严肃处理了这次骚乱，并且开大会处分了部分员工，却碍在“强龙压不住地头蛇”的心理，没敢开除背后指使的那几位。要是不开除也行，偏偏非要做样子扣了那几位的工资，当着他们的面把院后的牛赶上了车运走了。恰巧有几头母牛怀孕带着崽子，受了惊吓，在运输途中难产死了。

死了牛的那个倒霉蛋坐在家里，心疼牛犊子，心疼母牛，越想越生气，借着酒劲儿回到工厂，在成酒车间，趁着旁人没有注意，将满满一袋子的牛粪倒在酒池子里。

这下可闯了大祸了，那个批号的啤酒分运销售出去后，全市人民上吐下泻，一起挤占下水道不说，一个八十多岁高龄的老人家拉脱了水引发了并发症，送到医院的时候，就这么一命呜呼了。

这下记者们可有活儿干了，源头这么一查，全集中在了打着全新商标的“金银岛”啤酒上来了。有记者甚至找到了瓶底还有渣滓的没有开封的啤酒，送到化验室里这么一验，天哪，各种有害菌在玻璃皿上开会！一时间“金银岛”啤酒喝出人命的消息很快占据了各大媒体的头条。

本因三大集团出手，人心惶惶的各地方啤酒厂终于看到了一线生机，各路水军纷至沓来，誓把“金银岛”的名声彻底搅臭！

下面的人一看也傻了眼，这闹出人命的事情，只能赶紧往集团总部上报。他们指望着上面下来一位“钦差大臣”能够力挽狂澜。

当消息传达到各位董事的耳朵里时，大家都没吭声，眼睛齐齐望向了黄琦琦。黄琦琦想了想，把球踢给了佟自。

佟自沉吟了许久，开口说道：“耿总，这件事还是你出面比较好。”

耿佳慧诧异地抬起头来，她没有想到佟自能说出这样的话来。

“我听说耿总以前是搞销售的，总是跟客户打交道，这次公关危机由你出头，应该比较稳妥吧。”

这话送到了耿佳慧的面前，不能不接，她心知来者不善，沉吟了片刻，说道：“佟总，现在这件事闹得太大，不是一两个人就能解决的，需要专业的团队才行，而且我建议高层集体出面公开道歉善后。”

耿佳慧话还没说完，就被佟自粗鲁地打断：“集团现在百业俱兴，我也好，黄总也罢，都很忙的，佟然既然这么信任你，这也是你好好表现的机会，你还有其他的问题吗？”

这哪是询问，分明就是总结词了。

恰在这时，坐在佟自身边的佟晓亮说话了：“我在公关公司有相熟的人，媒体方面也认识一些记者，既然她说自己怕应付不来，那我也去现场看一看吧！”此话一出，佟自不由得狠狠地瞪了自己的儿子一眼；死性不改！这个时候还护着她！

黄琦琦听了佟晓亮的“毛遂自荐”倒是眼睛微微一亮。她在一旁一直没有说话，关于佟自的建议她原本是不大赞成的。并购计划才开始，可不容许出这么大的乱子，耿佳慧那点工作履历能接手这么大的一摊子事吗？可是佟晓亮的突然出声，让她琢磨出一些蛛丝马迹来，联想到之前调查她的资料上写过佟晓亮跟这女人曾经是情侣的关系，因公出差……真是求之不得的好机会！就算因为女人的无能而出了什么纰漏的话，凭借他的能力及时补救也不是什么难事……

想到这儿，她笑着道：“那我就要拜托耿小姐和小佟先生了，如果你们有什么需要尽管开口，集团的所有人都会对你们提供支持的。”

耿佳慧觉得好不容易缓过来的脑神经又痛了起来，她看向坐在自己对面的佟晓亮，他没有抬头，正在整理着资料，沉默的脸上看不出任何情绪。

从会议室出来时，耿佳慧故意放慢了脚步，当佟晓亮经过她身边时，她轻轻地说道：“其实我一个人去就行，不用……”

“我是从集团的大局出发，现场总要有个男人压阵比较好。”佟晓亮冷漠地板着脸，说完又快步向前走去，那种大男子主义“雄性皆上品”的口吻跟他的亲叔叔倒是如出一辙。耿佳慧无奈地摇了摇头，回到自己的办公室准备资料去了。

为了避嫌，佟然这几日都是派司机接送耿佳慧的。到了下班时间，佟然的司机早早就开着一辆黑色的凯迪拉克等在公司门口了，把她送到两个人现在居住的别墅，或者是直接去就餐的餐厅。

这几日来都是如此，日理万机的老板，反而比以前经营酒吧的时候清闲了许多，按时下班简直是雷打不动。

不过今天司机没急着开车，扭头问向耿佳慧：“耿小姐，佟先生今天有应酬，他说不知道能不能按时赶回来吃饭，怕您饿着让您先一个人吃点，您看您想吃些什么，我给您推荐餐厅。”

耿佳慧想了想，说道：“去附近的市场吧，我想自己烧菜吃。”

身在港城的这段时间，粤菜也好，西餐也罢，她都吃得有些腻了，难得今天空闲下来，她突然想煮点东西，换一换脑子。

司机听得愣了一下，转过身来启动车子来到闹市区的一家菜市场。

走在熙熙攘攘的人群中，看着这个不大却井然有序的菜场，耿佳慧突然有种轻松之感，连日来出入高级写字楼和高级会所时的那种茫然不知身在何方的忐忑，一下被鲜活的人气冲淡了。

在鱼档前，她发现小贩已经把鱼剖好，切割成大小不一的方块，按不同部位销售。耿佳慧选了块鲜嫩的鱼肉，又在海鲜档选了大只的生蚝，至于象拔蚌和石斑一类名贵的食材，耿佳慧连看都没有看一眼。美食家蔡澜和金庸、倪匡、黄沾并称港城四大才子，阅尽人间美味，对吃吃喝喝颇有建树，他曾经说过一句话：沉湎于鱼翅、鲍鱼，实际上并不懂得美食。

可是这几日来，耿佳慧就是在鱼翅、鲍鱼中度过的，如今满眼的新鲜食材与小吃，她才发现自己差一点错过了什么，这么一圈走下来，不但自己手里拎着大兜小袋，连身后司机手里也是满满当当的。

回到别墅时，耿佳慧让保姆先回去了，打开厨房料理台上的iPad，让和缓的音乐流淌整个空间，再打开袋子，悠闲地处理着买来的食材。

荔枝木的烧鹅裹着脆皮切成块码放在光洁的餐盘里就可以了，买来就已经处理好的乳鸽切成小块加上姜片和清水放入煲汤锅里，待水开后撇沫放入调料和香菇还有茶树菇。不大一会儿，鲜嫩的肉味伴着菇香在鼻尖跳跃。切成末的蒜蓉堆在切开的奶白色生蚝上，等着入锅去蒸。南方新鲜的蔬菜带着甜味，用开水灼烫后，浇上调好的酱汁就很美味了。

打开别墅里的酒柜，那大大小小的酒瓶子，看得耿佳慧有些眼花缭乱，但她心知男人对酒的痴迷，相信这里面哪一瓶都价值不菲，随手拿起一瓶，耿佳慧给自己倒了一杯。

美味、美食摆在了桌上，在袅袅的热气中，只有一个人坐在清冷的大屋中，她突然又没了食欲。不知怎么的，她居然已经习惯了有人陪在自己的身边一起进餐。这时，她会把自己在工作上出现的问题，闲话家常一般与身为上司的男人汇报一下，也许是公务的缘故，不掺杂个人情感的情况下，反而两人最平和。

用筷子夹了一块烧鹅，皮脆肉嫩，油而不腻，她却吃得有些食不知味，拿着筷子的手不知道什么时候移到了摆在餐桌边的手机上。今天做的菜很多，一个人吃不完，佟然要是忙完的话，没必要在外面吃……再说她突然想听听佟然对啤酒厂这起事件的意见，理由积攒得差不多了，半个多小时也已经过去了，她的手终于拨通了手机里的号码。

来不及后悔，那边的手机很快被接通了。

“你好！”电话里是生疏的客套话，最重要的是一个女子的声音。

“是……耿小姐吗？”那边的女人显然又看了一眼手机上的来电显示，亲切地问道。

耿佳慧只觉得握着手机的手指微微冰凉，脸上是如同做错了事一般的发烫，她听出来了，电话的那一头是黄琦琦。

“对不起，是我打错了电话吗？”她努力吸了一口气，淡淡地问道。

“哦，没错，你找 Ares 吗？他正在洗澡换衣服，不太方便接电话，一会儿我让他打给你吧！”黄琦琦的语气中带着一股子暧昧的慵懒，那是在爱河沐浴完的女人的娇弱无力。

“不必了，没有什么公务上的要紧事，不打扰您和佟总了！”耿佳慧说完，用力按掉了电话。细想一下，黄琦琦下午的时候似乎是走得很早。黄琦琦那样的美人是个男人都会被深深地吸引吧？这样的名门闺秀可不是吕卓儿之流比得过的。

想到这儿，她将酒杯中甘醇的红酒一口吞掉，然后将整盘还没来得及吃的菜统统倒进垃圾桶里，煮好的鲜香浓汤也全喂给了马桶。佟总最需要的恐怕不是这样的家常小菜！

走到镜子旁时，耿佳慧顿住了脚步，镜子里的女人脸颊绯红，眼睛里还闪着愤怒的余光。

“你到底在期待着什么？”她嘲讽地问着镜中的傻女人……

黄琦琦挂断电话后，微笑地看着刚刚从更衣间出来的父亲和佟然，他们打了一下午的球，看来颇为愉快。

她不动声色地把佟然遗忘在茶几上的手机又放回了原来的位置上，然后笑着说：“你们打了这么久的高尔夫，也该饿了，怎么样？我已经吩咐管家煨了顶级的鲍鱼，还有 Ares 爱吃的几样菜，爹地上次在佳士得拍到的那箱红酒也要拿出来款待贵客啊！”

黄董事长笑看着急着献宝的女儿，看着身边的年轻人也是以一种准岳父的眼神，真是越看越喜欢：“女儿大了不中留啊！这么快就把爹地的家底亮了出来，我就算是舍不得拿出来也不行喽！”

佟然微笑着看了看自己的腕表，说道：“黄董如此盛情，我本来一定叨扰的，但是公司里还有客人需要我接待，行程最大，我就算有心想去品尝您的美酒也走不脱啊，改日我来做东，到时候黄董一定赏脸啊！”

都是生意人，既然佟然这么说了，黄董自然不好挽留，佟然又寒暄了几句后，便离开了高尔夫球场，坐上了车才发现耿佳慧方才给自己打电话了，奇怪，打回去的时候，却没人接听。他回想起司机方才的话，知道了她亲自去市场买来了食材，应该是在厨房忙着做饭，来不及接听电话吧？

想到这儿，他心里不由得一喜，恨不得立刻飞车回家，看着她围着围裙给他洗手做羹汤的样子。

回到了别墅中，佟然一边大喊“我回来了”一边四处寻找小厨娘的踪迹。他却发现厨房的整理台干干净净，餐桌上也空荡荡的，耿佳慧正坐在沙发上看着电视。

佟然的心里有些失落，不过懒女人不爱做，饭总是要吃的，既然她去买食材，想必是不爱餐厅的口味了，那就由他来做吧。想到这儿，他低头亲了一下耿佳慧的额角，然后走进厨房。可是当他准备择菜，打开垃圾箱的盖子时，一眼就看到了里面堆成小山的菜肴。

“耿佳慧！你抽什么风！”

佟然只当她吃完了，却故意把菜倒掉不给他留饭，心里的火气腾地一下就上来了。

待他再走到沙发前，才发现那女人脸蛋泛着红晕，目光没有焦距地看电视，左右一张望，终于看到厨房一角的一个半空的酒瓶子。

这女人挺会挑的，这瓶酒虽然喝着爽口，却能放倒三个武松，可惜慧慧显然比不上武松，醉得眼睛都睁不开了，却还能奋起打虎，晃晃悠悠地举起脚朝着刚坐到沙发上的男人脸上踢了过去：“洗……洗干净了吗？离我远点！”佟然的帅脸被细白的脚丫子踹了个正着，嘴角都气得直抖。

“起来，喝成这样！你一个人吃得挺美啊！”佟然大手用力握住她乱蹬的腿，准备把她拽起来放到床上去。

“你知道……知道你是什么吗？嗯？你就是狗！狗改不了吃屎！”

真是不知死活，酒震英雄气，佟然面对这样的泼皮破落户，真有些哭笑不得，只能掐着女人的脸蛋说：“你可真带种啊！”

耿佳慧还在努力地推着他：“烦着你呢！我……要是铁扇公主……有芭蕉扇该……该多好，我多扇几下，把你一下子扇到太平洋去……”

佟然的火气在耿佳慧醉态萌生的模样中倒是消减了不少。他大力地抱起了她，让她像只无尾熊一样抱着自己，从楼梯走到了二楼的卧室。

刚把她放到床上，没想到她一把拽住了他的领带，用力地把他往床上一带，翻身坐到他的身上，然后用手点着他的鼻子说：“你知道我今天上哪儿了吗？我去市场买菜，突然觉得自己偏离了正常的生活好久，我的人生规划是二十七岁前把自己嫁出去。我的丈夫不用帅，但是脾气要好。他会……会陪我去市场买菜，偶尔周末去看场电影，每天下班后陪我聊一聊一天的八卦。姓佟的，你说说看……你符合哪一样？居然还……还理直气壮地来干涉我的生活？”

说着，她也不知发起了什么神经，胡乱地扯起了男人的衣服，当男人露出了坚实的胸肌后，她把自己的脸蛋在坚实的腹肌上蹭了蹭，因为酒精而发烫的脸顿时觉得舒服了许多，然后像猫咪一样舒服地打了一个酒嗝。

佟然被她磨蹭得有些起火，嗓子发干地说："你的条件我哪一样都不符合，长得太帅，脾气也不好，但是剩下的几样都能做，你赶紧给我下来！"

醉猫蹭完了鼓囊囊的胸肌，居然在上面打起了瞌睡，还很大方地流起了口水。她撩拨完了，还大大方方地拿他当床垫用！

耿佳慧虽然睡相很邋遢，但是佟然忍不住了，捧起她的脸蛋，低头轻吻她的脸颊，最后忍不住将她按到了床上……

没吃饭干喝酒的结果就是大半夜就被活活地饿醒了。耿佳慧睁开眼，发现自己一个人躺在大床上，酒醒了，做过了什么却像戳在酒桶上的印子似的，一清二楚！

耿佳慧回想了一下自己当时的举动，真恨不得一头撞死在床头，那种情感的外露，让她比赤身出现在人前更让她害怕。

慢慢地起身披上睡袍，耿佳慧发现书房还亮着灯。走过去，顺着敞开的大门可以看到，佟然正坐在电脑前认真地处理着文件。

她不是懵懂的女孩，天真到以为一个高高在上的集团掌舵人悠闲到不用加班。有好几次，她半夜起来，都看到他不知什么时候起床在打电话，忙碌地处理着公务。

可就算是这样，他还是雷打不动地早早下班陪她吃饭、睡觉，她的心里微微有些悸动，今天她会打电话叫他一起吃饭，也是这个原因……狗改不了吃屎！耿佳慧又默念了一遍，提醒自己不要再重蹈覆辙，伤心伤肺。

"厨房里有我做好的砂锅炖煮菜！"佟然显然听到了耿佳慧起床的声音，头也不抬地提醒道。

耿佳慧望过去，果然有一口砂锅在灶台上小火炖煮着。

书房里又传来声音："我今天下午跟恒泰的黄董以及他女儿打高尔夫，去换衣服时，没有听到你打来的电话。"

耿佳慧的手顿住了，她知道佟然这是在解释为什么是黄琦琦接电话。她是不是该给他发一张奖状，他居然破天荒地解释了。要知道以前，就算亲眼见到他和别的女人搂搂抱抱，他也会用一种"你怎么这么不懂事"的眼神不耐烦地瞪着她。

耿佳慧抿了抿嘴，没有说话，关掉炉火盛了一碗坐到了桌边，不一会儿佟然从书房走了出来，盛了一碗，坐在她的身边，大口地吃了起来。

那天一早起来，耿佳慧发现佟然已经早早地走了，不过床头上摆放着一份关于这次啤酒厂事件危机公关的计划书。

她神色复杂地拿起那本计划书，就算她不说，佟然似乎也对她身边的大事小情了如指掌。他不喜欢事情超出自己掌控的范围之外，这一点，一直都没有变。

那天，她简单地收拾了一下东西，只准备了一个小旅行箱，到了机场与佟晓亮会合，向啤酒厂出发。

一路上，佟晓亮没怎么跟她说话，耿佳慧虽然觉得别扭但心情还是不错的。这次佟然居然对她跟佟晓亮一起出差没有横加阻拦，大大出乎了她的意料，不过转念一想，在他的心中，他的侄子恐怕从来都不能对他构成威胁吧？

当飞机落地时，耿佳慧收起杂念，准备奔赴棘手的"战场"。

耿佳慧和佟晓亮车还未到，啤酒厂的经理和几个主要主管已经在大门口等着了。

远远看见车过来，没等车停稳，啤酒厂的经理就快步上前给耿佳慧和佟晓亮打开车门，恭敬带小心地把他们请到会议室。耿佳慧和佟晓亮简单地与经理及几个主管寒暄了几句，就要经理带着他们在啤酒厂走了一圈，尤其重点看了原料仓库、生产车间和包装车间。看得出车间都被精心打扫过，窗明几净，地上画着黄色和绿色的分区线，工人们穿着统一的绿色制服，戴着口罩。

耿佳慧对卫生很满意，吩咐经理安排时间准备召集约谈好的记者进工厂实地参观。

佟晓亮似乎不满耿佳慧简短的提问，在耿佳慧表示参观结束时，还不时地问上几句，不过都没有问到点子上，耿佳慧感觉他应该都没听懂，也不点破，由着经理在那儿解释。

不过她发现经理似乎很焦虑，总是看着表，一副恨不得他们马上走人的样子。

回到会议室，经理又汇报了一下啤酒厂的现状、产量，表了表决心，今天的走访就算结束了。耿佳慧和佟晓亮和经理告别，离开了啤酒厂。

没走多远，就看到前面路上站着一群人，穿着破旧，衣服上还有不少土和草，有的还手里拿着叉子。一看他们的车子过来，就有人高声喊道："车里就是公司下来的大领导！把他们的车围住！"

司机有些不知所措，离人群还有十几米就停了下来。看到车停下来，人群走过来把两辆车围住，在外面说着什么。隔着车门，耿佳慧隐隐约约听不清他们说什么，但看起来都很激动。外面的人见他们不下车，过来拉车门，见拉不开，又敲窗户，有的用叉子的木把捶打车身。

窗外那一张张凶神恶煞的脸让司机也慌了神，他回身问佟晓亮："佟总您看……"

佟晓亮也有些慌神，习惯性地想要问耿佳慧该怎么办。

听着车上咚咚的声音，耿佳慧急忙掏出手机给啤酒厂经理打电话，让他们报警。挂了电话，耿佳慧拿着手机的手微微有些颤抖。啤酒厂经理听说集团领导被围住了，当即脑门子就见了汗，工厂发生牛粪事件后，那个下“粪毒”的也没想到会闹出人命，在工厂查看监控录像之前就偷偷跑到外地去了。因为这件事，厂里开除了一批人，几乎都是原来的养牛户，以杜绝此类事情再次发生。

可是当地的民风本来就彪悍，这么开除一大批人，当地的几个村子的人都激愤了，这几天暗流涌动，总有人在工厂门前闹事。

其实耿佳慧他们在车间视察的时候，这个经理就听到手下人偷偷说门口开始聚人了，原本盼着“钦差”们快点离开，避开这场骚乱，没想到还是被他们碰了个正着！

佟晓亮等了一会儿，警察没到，啤酒厂的人也出不来，心中着急起来。瞄了瞄耿佳慧，见她脸色苍白，虽然看不见有慌张的神色，可是身子微微发抖，想来受了不小惊吓。

“我要保护她！”佟晓亮脑袋一热，也未和耿佳慧、司机打招呼，推开门就下了车。外面人见有人下车，立刻把他围在当中。

耿佳慧头疼得不行，可是她不能让佟晓亮再出事了，也跟着下了车。佟晓亮心中紧张，强装镇定地问道：“你们是什么人，为什么围住我们的车？我们已经报警了，警察马上就到。”

幸好佟然给耿佳慧安排的保镖不是吃素的，一把就将她塞入了车里，关上了车门，然后拦住了那个领头的。

这场乱局最后在警察赶来调解后，总算平息散场了。啤酒厂的这场骚乱，在她的意料之外，冷静下来时，她开始梳理其中的蹊跷，那个人群中充满“违和”感的国字脸……

而在记者会上的新闻发言稿中，耿佳慧倒是没有急于推卸责任，而是就管理不严格的问题开诚布公地道歉，再重点介绍工厂在事件之后的补救赔偿措施，以及全方位二十四小时立体监控生产的新规章。当然少不了记者会后的亲自参观。

等敲完了发言稿时，眼睛已经累得有些酸涩了，窗外的天色也暗了下来，耿佳慧合上电脑，关掉了床头的壁灯，倒在床上闭目养神。

因为心里有事，一时间也是睡不踏实的，她正迷迷瞪瞪地闭着眼睛，却似乎听见屋子里好像进来了人。她眼皮太沉，意识清醒过来，眼睛却还是有点睁不开，等到感觉有热气呼在了自己的脸上，她猛地睁开眼睛，发现有团黑影悬在自己的上方。

“啊！”她反射性地一声尖叫，伸手就朝黑影挠了过去。

那黑影被挠得痛，伸手握住了耿佳慧的手。

耿佳慧还没有回过神来，床头灯已经被拧开了，佟然一脸血丝地瞪着吓白了脸的女人。

“你是怎么进来的？”耿佳慧还没有回过神来。

佟然没有去抹脸上的血丝，伸手拉过女人的胳膊，捋起她的袖子，拽到灯下看了看，发现的确没有破皮瘀青的地方，才放下她细白的胳膊说：“什么时候属猫了？爪子这么利！”

耿佳慧吓得不轻。

“这家酒店是亿阳旗下的，我当然能要到门卡，本来就是想进来看看你，没想到你睡着了。”佟然边说边进了卫生间，拧开水龙头洗了洗脸上的伤口。

“你怎么来了？”

“这次事件这么大，集团的领导层再不下来就太没有诚意了，你三个小时前发给公关部的那封邮件，我也收到了，你处理得很好，到时候黄总还有我都会出席。你还没有吃饭吧？走，跟我下楼吃些东西再睡。”

当耿佳慧随着佟然来到酒店礼堂时，从大门口的水晶转门里正好匆匆走出来一位穿戴贵气的女子，身后还跟着两个助理拎着大大小小的行李箱。

来者正是黄琦琦，她也听到了工厂的消息，可是她是在听到佟然赶到了当地的时候，才急匆匆地赶来的。

“Ares!”看见了佟然，黄琦琦眼前一亮，快步朝他走了过来，“我听你的助理说你来了，正好我在这儿也有一个项目，顺便看看耿小姐有没有需要帮忙的地方。”说到这儿，她才瞟向了耿佳慧。

佟然的手慢慢地插在裤兜里，状似不在意地说：“你来得正好，方才警局来电话，说这次闹事的主谋抓住了，你看要不要派人去与警员沟通一下，了解一下情况。”

“嗯，不过这毕竟是内地，我不是特别熟，Ares你要是有熟人的话，最好了解一下，我们的记者会才不会太被动。”说这话的时候，黄琦琦回身招来了身后的助理，“记者会在后天召开，我听你的助理说你走得匆忙，什么都没有带，正好我们集团旗下的百货公司在这里的新店开业，我让助理按着你的尺码在你惯穿的牌子里选了几件，方便你换洗。”

说完，她伸手捋了捋佟然的衣领：“我下了飞机就感觉到这里太冷，你穿得这么少可要注意身体。啊，你的脸颊怎么了？”

这一番的贴心真是贤良而又不外露，一副标准贤妻的姿态。佟然微微往后一躲，微笑着点了点头：“没事，被野猫挠了。你多费心了，我和耿小姐出去办些事情。”

说完，他便迈开长腿往外走去，耿佳慧没有说话，亦步亦趋地跟了出去。她虽然没有抬头，却能感觉到身边那个女人投过来的略带冰冷的目光。

等出了酒店，佟然伸手要拉耿佳慧：“想吃些什么？”

耿佳慧微微一用力，甩开他的手说：“看你们这些高层像雨后春笋一样，在暴风雨后争先恐后地出来，看都看饱了，还要吃什么？”

佟然倒是品出酸醋的味道，他以前觉得女人太过小心眼儿是件很让人烦心的事情，但是现在才发现，这样的女人表露出难得的醋意，居然是一件让人很爽的事情。

他伸手拉了拉耿佳慧绑着的马尾辫说：“我接到电话后就急匆匆地赶来了，饭没吃，衣服没有换，你这狠心的女人现在又毁了我的容，现在又不陪我吃饭，想造反吧你？！”

说完，他伸手搂住了耿佳慧，低头在她的樱唇上亲了一口：“我们不但得吃饭，还要喝些酒，到时候……”

他突然贴在耿佳慧的耳边低语了几句，她的脸一红，羞愤地说道：“臭流氓！”

佟然露出得意的笑，不由分说，拉着耿佳慧上了自己的车。

在酒店二楼的咖啡厅，窗明几净，视野良好，黄琦琦端着一杯咖啡，望向窗外。她自然看得清楚，男人和女人亲密的动作，尤其是那个最后略带宠溺的一吻，看在她眼底，握着杯子的手因为太过用力而变得有些发白。

“小姐，你看我们是不是应该给那个女人些教训？”她身后的女助理艾琳娜低声问道。

“她？还不配！不用我出手，不是有人就已经看她不顺眼了吗？”方才佟然为什么会突然说那些混混在警局的事情？她当时就明白了，佟然这是在怀疑她下绊子呢，可惜，她可不是那个人会做这种漏洞百出，让人一下子抓住把柄的蠢事！

黄琦琦吸了口气，她觉得自己最近养气的功夫有些不到位了，成大事者，可不能这么拘泥于跟那种庸俗的女人较真！

她慢慢地喝掉了杯中的咖啡，然后说道：“替我准备好服装，跟公关部打好招呼，后天不是有记者招待会吗？到时候，我来出面主持，等我们能干的耿小姐把一切都准备好后，我就会让她明白，她想出头露脸，在公司立住威信，也要看我同不同意！”

那边黄总打着如意算盘，这边佟总的算盘却是落了空。他原本想着耿佳慧在受惊之时飞到她身边，伴着青岛的阵阵海风，尽情小酌一下，待到她露出惺忪醉态的时候，他便又可以重温软玉香浓。没想到她干脆拿他的车子当了公务便车，先是奔赴到了准备召开记者会的酒店，他还在看菜单，耿佳慧已经风风火火地联系了经理，到礼堂看场地去了。等菜端上来时，她才跟经理交代完礼堂的布置细节，又一屁股坐在他对面，食不知味地吞着食物，打开 iPad 查收印务公司发过来的海报小样以及到时候分发给各路记者的彩色会议提要。

等吃完饭，佟然拿出了一瓶酒，还没等打开，她又风风火火地站起来，催促着他：“吃完了吧？吃完了的话，送我回酒店，我跟礼仪公司租借的麦克风和音响、投影机出了问题，得回去协调。”

佟然压着火说：“佟晓亮不是在酒店吗？这些事让他去弄，难道他过来就是在酒店的大床上躺着看电视的吗？”

耿佳慧没有说话，站起身来往外走。

佟然知道这丫头的拧巴劲儿又上来了，气得浓眉一跳一跳的，站了起来：“干吗？又跟我甩脸子！”

“佟总，我现在是出差时间，你说过的，不会干扰我的工作，所以现在您的一切需要都要让位于公务，您要是觉得这美丽的夜晚没有佳人陪伴，可以给黄小姐打电话，她一定会带着保暖舒适的衣服，陪你逛逛迷人的青岛。”

佟然被耿佳慧噎得说不出话，看她还想走，就拽着她的手腕上了车，沉着脸对司机说：“回酒店！”

到了酒店门口，耿佳慧下车想转身跟佟然说句话，结果气性大的他拉着堪比长白山的脸，命令司机开车绝尘而去了。

耿佳慧心知，走了的这位一向秉承“佟心说”。他就是太阳，习惯身边什么事都绕着他转，可她今儿居然没照着他的剧本走，真是“带种又带种”！

不知为何，看着佟然被噎得说不出话的样子，居然让她心情大好，轻轻哼着歌刚走上楼梯，就看见佟晓亮与黄琦琦一起走出了电梯。

看见她时，黄琦琦微笑着点了点头：“耿小姐，吃完饭回来了？Ares 呢？”

耿佳慧轻声说道：“佟总方才吩咐我带他到召开记者会的场地看了看，他很满意，然后佟总就忙自己的事情去了。黄小姐，你看还有什么需要我准备的吗？”

黄琦琦说道：“耿小姐做事我放心。这次是我们集团上下都等着看你做出成果哟！”说着还拍了拍耿佳慧的手背，然后踩着高跟鞋款款而去。

佟晓亮也要跟去，耿佳慧叫住了他，说：“白天谢谢你，我知道你是想要保护我。”佟晓亮没有说话，事实上他还有些羞愦，因为他知道，如果不是他的叔叔留了保镖又及时知会了警局，那么此时，耿佳慧该是什么样子。他再次痛恨自己的软弱无力，也不想跟她多说什么，抿了抿嘴，便快步离开了。

耿佳慧倒是没急着上楼，她轻轻地摸了摸方才被黄琦琦拍打的手背，若有所思。

接下来的两天，佟然没了踪影，耿佳慧忙着记者会的事宜，更是脚打后脑勺。

这次记者招待会后还有个供应商招标会，争取在扭转舆论的同时，给新品牌的销售打响第一炮。

这期间，耿佳慧还与当地的政府官员碰了一下头。这几天的舆论直指当地民风，这对以后的招商引资影响很大，政府官员比他们公司更加急于平息这场危机，所以也乐得与他们配合，关于这次中毒事件的受害者及其家属，也用重金加以赔偿。

到了记者会召开的那一天，耿佳慧特意穿了一身乳白色的套装，将头发盘好，画了一个淡妆，给人以干净清爽之感，以柔化社会对他们公司的整体印象。来到会场时，她又反复地看了看手里的发言稿，同时插上U盘，将花了两个晚上才制作完成的PPT导入到与投影仪相连的电脑中。

就在这时，黄琦琦身着一身红裙，款款而至，走到耿佳慧的近前说道：“耿小姐，把发言稿拿来给我看看。”耿佳慧一愣，略微有些迟疑的样子。可是黄琦琦就这么微笑着看着她，手一直没有收回去。

她慢慢地将画好了重点线的发言稿交到了黄琦琦的手里，看着她微笑而又满意地看完了几页的稿子后，说道：“一会儿我和小佟总上台，你在下面坐着就行了，别忘了准备好招待记者的饮料酒水。”

说完她便迈着趾高气扬的步子，拿着耿佳慧花费了许多心思的发言稿走上了主席台。

“各位记者朋友，感谢诸位能莅临金银岛啤酒厂的新闻发布会现场，关于这次危机……”黄琦琦的港腔普通话虽然有点硌耳朵，但幸好有读着文艺流畅，用词严谨的发言稿，搭配上娇媚的容貌，的确是一道亮丽的风景线。

耿佳慧在一旁集团助理和公关部同事幸灾乐祸的目光中，在会场一角坐下。回头看了看现场，全国各大媒体都已经到场，这场发布会不容闪失，也不会有闪失。

如果会议主持人准备得很充分的话……

黄琦琦再多了解一下她就好了，男人？她耿佳慧根本不在乎！稀罕的话，她就拿去好了！可是自己呕心沥血的劳动成果，她想这么“拿来主义”？那真是要对不起了。

想到这儿，她慢慢地从自己的衣兜里掏出了手机，里面存储着另一份发言稿——与黄琦琦手里的发言稿截然不同。

就在这时，到了幻灯片展示环节，当一幅幅大图展示在大家的面前时，灯光也集中到了讲解者黄琦琦的身上，可以看出这位集团的代表的确美丽端庄，光滑的皮肤上颗颗晶莹的汗珠也清晰可见。普通话说得也是越来越不流畅，手不停来来回回地翻着手中的发言稿，结结巴巴地解释了两张关于啤酒生产流程的图片后，她一眼看到耿佳慧不知道什么时候站到了主席台前的一侧，面带微笑静静地看着她。

黄琦琦又吸了一口气，露出得体的微笑，对下面窃窃私语的记者说道：“生产这一环节，由我们集团的耿佳慧小姐给大家好好讲解一番。”可是说完这话，耿佳慧还是没有移步，依然站在那里。黄琦琦暗中咬碎了牙齿，也只能露出强装的笑脸，主动朝耿佳慧走去，将手中的麦克风递到了耿佳慧面前，说道，“耿小姐，接下来的就麻烦你来做介绍了。”

耿佳慧这才慢慢地接过了话筒，意味深长地看了黄琦琦一眼后，来到了大屏幕前，也没见她拿什么稿子，吐字清晰地讲解起工厂在这次事件发生后做出的种种改进，同时显示对比了大部分啤酒厂的生产环境，证明金银岛啤酒厂在这次危机之后，生产环境已经大大优于同类行业几个百分点。同时还把最近生产的不同批号的啤酒样品送到化验室后得到的菌类检测报告展示给记者们……

这次实时新闻发布会同时占据了金银岛主要销售区域的地方电视台，所以坐在酒吧喝酒的佟然也看到了这场暗流涌动的新闻发布会。

他笑着慢慢地喝下了杯子里的酒液，自言自语道：“在外面泼辣一点儿好，我省心，不过，到了我的怀里就得乖乖的！”

那一整天他都在惦记着耿佳慧，晚上他派司机将耿佳慧接回来后，上起了每夜必需的学乖课。

第七章

坚不可摧的心墙

第二天，耿佳慧爬起来的第一件事就是翻看手机，该死的佟然不知道什么时候将她的手机关掉了。打开手机，一连串的未接来电提醒争先恐后地跳了出来。

打开一看，别的先跳了过去，一连串妈妈的电话号码看得她触目惊心，耿佳慧看看身后还在熟睡的佟然，闪身进了浴室。回拨过去的时候，她还没有来得及说话，妈妈就急不可待地说：“你可总算是来电话了！家里可都要翻天了！”

耿妈虽然是急脾气，但是没有火烧眉毛的事情也不会这么急吼吼的，耿佳慧连忙问道：“怎么了？家里出什么事了？”

“还不是你哥哥吗？他可闯了大祸了！”

耿嘉智的确是闯了大祸，他跟自己的妹妹耿佳慧沉稳的性格不同，那不安于室的性子就算身体落下了残疾，也没有彻底地断了根儿！

虽然经营着一家奶茶水吧，女朋友也怀了身孕，已经领了证就差举办婚礼了，但他有时候看看自己的瘸腿，再看看自己那黑胖的老婆，总想起年轻时一位高人给自己卜过的一卦，说是过了不惑之年他会遇到贵人，命里有那么一点财运会来个咸鱼大翻身。他闲着没事躺在床上时不时就瞎琢磨，觉得这命里的贵人应该快遇到了。

他思来想去，觉得这贵人是总来他水吧里买咖啡的赵姐。这赵姐四十多岁，其貌不扬，矮胖的身材，但开的车是路虎，拎的是名牌LV包包。

平时她来学校接孩子时，总是会在买水的时候，跟耿嘉智闲聊那么几句。一来二去地，耿嘉智知道了赵姐是个富商，她现在主要搞房地产，阔太的生活悠闲自在。

这一切都远离耿嘉智的生活，让耿嘉智听得心潮澎湃，只恨自己生得面皮不够白，没法倒贴给富婆做小白脸。他所能做的，也只能是冲磨咖啡时，多抓一把咖啡豆，再给赵姐的孩子免费赠送一杯奶茶。

所幸赵姐也不是个浅薄之人，根本不以相貌身份论英雄，一下子就“慧眼识了英才”，跟耿嘉智特别投缘，她总是说他有做生意的头脑，是个成大事的料，以后有机会就带一带他。

赵姐这么随口一说，耿嘉智却上了心，要了赵姐的电话，有事没事地跟她闲聊，外带套一套商机什么的。最后赵姐还真给这位新认的干弟弟面子，偷偷告诉他城北的那片荒地要建成新的市中心，省会要挪到他们市了。

耿嘉智听得一激灵，血直往头上涌。他知道要是这消息是真的，那他们市的房地产最起码得涨三倍。赵姐告诉他，这是机密，千万不可外传，想要发一笔横财的话，可以在那片荒地上新开发的小区里多买几套房子，到时候转手一卖，人生的档次立刻得到提升。现在只要三十万一套的房子转手能卖到一百万！

这消息简直让耿嘉智热血沸腾，可是他还是半信半疑，第二天，他就约了赵姐去实地考察。赵姐亲自开着路虎来接他。到了那一大片荒地时，果然那里挖了一个大坑，几个戴安全帽戴金丝边眼镜的男人拿着好几张大图纸在那儿比比画画。耿嘉智瞄了一眼图纸，特别正规的规划图，市府广场、市政厅、法院一应俱全，还有一片位于市政府斜对面的小区，真是 24K 的黄金地段啊！

那几个看起来像工程师的人，对于赵姐私自带了陌生人过来还有些不大高兴。

直到赵姐亲自拍胸脯保证，这是比亲小弟还牢靠的亲人后，那些男人才松了口，但硬邦邦地说这房子本来就够便宜了，都是给高端人士预备的，人家全是整栋楼整栋楼地买，要么赵姐把自己到手的拆零了卖，要么耿嘉智只能买一整栋楼，不然这拆零的就没人要了。

赵姐虽然跟耿嘉智亲如兄妹，但是在钱上的事也不能含糊，她灵机一动，对耿嘉智说："要不然你再动员亲戚朋友一起买房，凑够一栋楼不就行了吗？"

耿嘉智去过赵姐的家，超豪华大别墅！光装修听说就花了将近一千万元，这样的富豪买起房子来论"栋"算是再正常不过的了。可惜他手里没有那个钱啊，只能瞪着眼跟赵姐支支吾吾地说回家再考虑一下。

等他回家时，一逛当地论坛，果然发现许多人都在偷偷议论着省会改迁的事情。这样发横财的机会，简直是彗星击中地球，想起高人的那一卦，耿嘉智沉寂已久的野心又沸腾了起来，只因为自己手头缺少资本运作，就要白白地让这样天大的好事，让机会从自己的身边擦肩而过，简直是抱憾终身啊！

"佳慧啊，你哥那脑袋是不是小时候进过水啊？人家说什么他都信啊！先是撺掇着我和你爸卖房子，好腾出钱来买那个坟圈子的荒地，我和你爸能答应吗？吃饱了撑的买那里！他就又挨个给他的那帮子朋友打电话洗脑，还有我们家里几个邻居大叔、大妈也被他忽悠地去了坟圈子的那个大坑，说是实地考察，还去那个……什么赵姐的家里参观大别墅！哎哟，也不知道那个女人说了什么，回来后一个个跟吃了迷幻药似的，都开始砸锅卖铁地集资买房子了！你哥偷偷地把水吧都兑出去了！”

听到这儿，耿佳慧几乎可以预想到接下来发生了什么事，她只觉得自己握着手机的手一片冰凉：“我哥他们被骗了吧？”

妈妈再也控制不住，“哇”的一声大哭起来：“慧慧啊！那女的后来就跑啦！她连自己的老公和女儿都不要了！什么高干子女啊！就是个以前开水果店的女人，坑蒙拐骗有一阵子了！玩的是骗东家补西家的把戏，还大别墅呢！三万块钱一个月租的！她跟姘夫干了这票大的就没了影，可是你哥哥是牵线搭桥的人，所有被骗的人都口径一致说你哥跟那女的是一伙的，现在你哥哥在看守所里蹲着呢。”

耿佳慧气得手都在发抖，勉强控制住呼吸问道：“被骗的金额是多少？”

“将近八百万……慧慧啊，妈不活了！这……这个家算是塌啦！妈死了的话，你把我的器官都送到医院去卖，能换多少钱是多少，务必要救你哥哥出来啊！”

这时，电话被耿爸夺了过去，只听话筒里传来耿爸愤怒的声音：“你又跟女儿瞎说什么？跟她说有用吗？只能让慧慧瞎操心，天塌下来，也有我们两个老不死的撑着，你在那儿瞎嚷嚷什么？！”

从来说话不大声的父亲，这一次却大声地呵斥着自己的老伴。耿佳慧心里明白，父亲这是在生妈妈的气。妈妈有些重男轻女，从小就疼爱哥哥，慈母多败儿，哥哥这想到风便是雨的臭毛病，一多半是被妈妈惯出来的。没有责任感，做事情从不考虑后果，可是往往最后总有人替他收拾烂摊子。他害得佟然入狱，现在自己被一个中年女人骗得锒铛入狱，在这种毫不考虑他人的心态驱使下，一次又一次地重蹈覆辙。

以前在外面打架闯祸，都是妈妈亲自赔钱道歉，佟然无辜入狱的愤怒不平，由她一力承担。可是这一次，难道要全家人豁出命来再去替他擦一次屁股吗？

耿佳慧缓了好久，才有力气从马桶盖上站了起来。

打开卫生间的门时，她突然发现佟然不知道什么时候站在了门前，也不知道听了多久，脸色倒是很平静：“怎么了？”

“没什么。”佟然对于耿嘉智的态度很鲜明是厌恶的，她也料想不出佟然如果知道了这事态度会是怎样。

听了她的回答，佟然又定定地看了她好一会儿，便越过她进到卫生间里洗漱去了。

不一会儿，在卫生间里的佟然也接了个电话，隐约听到“闹事的组织者落网”的只言片语，接着他按掉电话，对耿佳慧说：“啤酒厂的事情处理得也差不多了，你最近一段时间都没有休息，给你三天的假期，好好休息一下，我一会儿要飞到海城去办事，这几天就不陪你了。”

佟然走后，耿佳慧简单地收拾了一下行李，拎着小型旅行袋准备去火车站，可是刚走出去就发现一辆车停在了门口，还有一个三十多岁的留着利落短发的女人守在旁边。

“耿小姐你好，我叫崔英功，您叫我崔助理就可以了，佟总吩咐我以后跟着您，无论是公事还是私事，您都尽管吩咐我就是了。”

说完，她拉开了车门：“佟总把他的私人飞机留下了，你要去哪儿只管说一声，我会给机场打电话，让调度确定航线。”

耿佳慧摇了摇头：“我只是回家一趟，坐火车就很方便了，不必调动飞机，暂时也没有要麻烦你的地方，你请回吧。”

好像知道耿佳慧会拒绝一样，崔助理的笑容不变，继续不卑不亢地说：“佟总说了，您要是总跟他这么客气的话，他就要不客气地收回假期了。您又何乐而不为呢？”

耿佳慧皱了一下眉，舒了一口气，低头上了车。

因为是专机，本来坐火车两天的行程，缩短成了一个多小时。下飞机时，也早早有司机备着专车在等候了。

回到家楼下时，耿佳慧让司机和崔助理留在车内，自己一个人上了楼。

当耿佳慧按响门铃的时候，来开门的耿爸着实愣了一下：“你电话里不是说在外面出差吗？怎么这么快就回来了？”

耿佳慧看着爸爸，鼻头突然开始发酸，记忆中还很硬朗的父亲，如今头发白得连成了一片，不知什么时候背也微微驼着。因为这次被骗的都是周围的邻居，耿爸现在一出门就被人指指点点的，他索性不出门了，买菜也是趁天黑的时候，去离家很远的一个菜市场扫一些尾菜，总在家里困着，精气神也大不如从前了。

“我……正好订到了机票就飞回来了……爸，妈呢？”环顾四周一片冷清，就是不见妈妈的踪影。

听到女儿这么一问，耿爸的脸色微微一变：“她去新房那儿了，你嫂子怀着身孕，自从你哥哥进去后，你嫂子就成天成宿地哭，你妈怕她哭坏身子，每天都过去陪着她呢！”

哥哥的新房，离现在的家不远。耿佳慧拉着爸爸一起下了楼。

当耿爸看见门口停着一辆豪华的轿车时着实一愣了一下，等到崔助理亲自给他拉开车门，伸手挡头的时候，他简直浑身都不自在了。

听到这只是公司给派的车后，耿爸小声地问："慧慧啊，你在新公司升职了？"听到爸爸这么一问，耿佳慧只能点了点头。

不一会儿车子到了哥哥家的楼下，车门刚打开，就听到三楼传来了叫骂声。

循声望去，真是从哥哥家的窗口发出来的。耿佳慧的爸爸大惊失色，顾不得女儿的搀扶，弯着腰颤颤巍巍地往楼上跑去。

"你们老耿家个个都是骗子！如今把我这个黄花大闺女骗进门来是让我活活守寡是吧！看我大着个肚子你们就生米煮成了熟饭是吧！我还跟你说，今儿要是不把这房子的户主改成我的名字！我就在你们老耿家一尸两命！"

等耿佳慧跟耿爸打开半掩的房门进去时，只见地上一片狼藉。大嫂李爱林挺着肚子坐在地上叉着腰开骂，一旁还坐着一个跟李爱林一样矮黑的老太太，耿佳慧之前见过，那是大嫂在农村的妈妈，不知她什么时候也跟了过来。

耿佳慧的妈妈则瘫软在沙发上，气得浑身直哆嗦，已经说不出话来了。耿佳慧看得心里一惊，她知道自己的妈，气性大，心脏不太好，赶紧从妈妈随身的衣服兜里掏出救心丸让她咽了下去。

李爱林看见耿佳慧和爸爸进来了，嗓门倒是稍微收敛了一下，不过也没有把她的小姑子和公爹看在眼里，倒是因为方才骂得有些乏累了，坐回到了自己亲妈的身边，大口地喝着水，准备下一拨骂阵。

女儿唱白脸，李妈妈唱的就是红脸了。她数落了一番耿嘉智的不是，还有自己女儿的命苦后直奔主题——耿嘉智进了监狱，自己女儿将来的生活怎么办？还有这套房子的户主当初写的是耿佳慧的爸爸和妈妈的名字，现在她们要求把房产证上的名字改成李爱林，也算是让女儿以后的生活有个保障，才敢放心生下孩子。

耿佳慧听得清楚，她们要求的是“改”而不是添。要是改了房产证，相当于是把这套还没有还完贷款的房子全给了李爱林。

“你……你们放屁……”耿佳慧的妈妈刚缓过来，又气得浑身直哆嗦了。耿佳慧按住了妈妈的肩膀：“妈，你别说话了，这有爸爸和我呢！我大嫂和李家阿姨也不是不讲理的人，有什么事情好商量，并不是谁嗓门大就自动占了上风的。”

这话与其说是说给妈妈听的，倒不如说是敲李家母女的边鼓的。

她起身把房门关好，又关上了大开的窗户，看着下面看热闹的人群渐渐散去，才转身回屋开了空调，调好了温度，散一散屋里的热气。

“嫂子，你怀着孕，本来情绪就不稳定，你担心哥哥，我能理解，但是现在哥哥的问题还没有解决，法院也没有下最后的判决书，我们全家人应该都看看在法律上该怎么解决这个问题最好，你现在闹着改房产证的事情，不大合适吧？”

李爱林脸色一变：“耿佳慧，你当然是担心你哥哥了，自家人向着自家人！可是你们全家老小有没有考虑过我？当初领证前，我的意思是房产证上要加我的名字！可是你爸妈死活不同意，把我这个黄花大闺女空手套白狼地骗进来，给你那个蹲监狱的骗子哥哥生儿育女。妈呀！我不活了！”

李爱林歇了一会儿，养回了元气，又号啕大哭起来。

耿佳慧也不出声，从地上捡起打翻了的面巾纸，放到了大嫂的面前，然后坐回到沙发上，平静地看着李爱林在那儿歇斯底里地谩骂。

耿佳慧的爸爸看不下去了，正要搭腔，却被耿佳慧伸手制止了。一个人的哭阵不好摆，等李爱林发现没有跟她搭台子的，哭声便渐渐停歇了下来。

耿佳慧看她差不多哭好了才慢慢悠悠地说道："大嫂，你要是能平静下来的话，我就跟你说说我能想到的最好的办法，如果你心里还有怨气的话，那你就全哭出来，这样会更舒服些。"

李爱林哪能跟耿佳慧打"太极"啊，她抽出面巾纸一边擦着眼泪鼻涕一边说："什么办法？"

"我哥的确是个没有什么责任感的人，耳根子软，经不起别人的忽悠。不过他是什么样的人，嫂子你其实应该比我们还清楚，因为你们当初是自由恋爱，以前我哥也提起过，还是你先追的他。"

李爱林眼睛一瞪，鼓着胖腮帮子说："瞎……瞎说，是你哥死乞白赖追的我。"

耿佳慧接着说道："谁追谁不重要，重要的是在恋爱中，难免会看走了眼，嫂子你现在要是觉得我哥配不上你，没法给你想要的生活，你可以自由选择，我爸妈还有我这个当小姑子的，谁也没有权利干涉你新生活的自由，那孩子如果你不想要，我们遗憾之余，也做不了这个小生命的主。将来我哥出来了，他再找到新的伴侣，也会有属于自己的孩子的。"

说到这儿，李爱林听懂了，这个平时不吭声的小姑子才是个狠角色呢！要知道她方才把自己的婆婆气得都要晕过去了，婆婆也没说出孩子可以随便打掉的话来啊！

耿佳慧看李爱林又要发作，接着又说道："如果你觉得我哥还有值得你等待的地方，愿意等他，那你和你肚子里的孩子，我和爸妈谁也不会坐视不管的。你一直没有工作，怀了孕更不能出去打工了。爸妈的工资有限，还要帮哥哥还房贷，我愿意每个月拿三千块钱出来给你贴补家用，以后住院生孩子的医疗费我也全包了，到你生完孩子坐完月子为止。"

李爱林听得更明白了，立刻嚷道："我懂了！这三千元也不是包一辈子的，你的意思，生完孩子，我就要自己找工作养孩子了！你们家想得也太美了！我在外面当牛做马给你们家养孩子！没门！这房产证得立刻给我改名！"

耿佳慧不卑不亢地说："那行，我们找个时间，改一下房产证吧，爸、妈，当初我每个月都往家里寄钱，你们二老谁也没花，都替我攒着做嫁妆，前前后后的差不多有十万了吧？后来哥哥买房子不够，你们是拿我的这笔钱凑了些，付了首付的，而且我每个月汇过来的钱，还在还着贷款。我原先是看在爸妈的面儿上，觉得房产证上写的是爸妈的名字，欠我的钱，总归是跑不了的。如果嫂子要改房产证的话，我这心里还真没了底儿，先把我的这笔钱还回来，还有在亲戚家也借了些，也都是要还回去的，总不好拿别人的钱去做人情吧？改完房产证后，也是好事，我爸妈也轻松些，再也不用为每个月的贷款节衣缩食了。"

这话，让李家母女的脸色都变了。她们原来的算盘是把房产证上的名字改过来，孩子照生，公婆肯定还得接着替自己的孙子还房贷，耿嘉智要是轻判最好，重判的话，熬个几年，贷款还得差不多了，她再申请离婚，把孩子一甩，带着房子走人，改嫁也容易！

可要是照耿佳慧说的这样，先还债再改房产证后，看那意思，她是不会让自己爸妈出钱还房贷了。她们哪里有钱供房子？只能转手卖了还银行的贷款，要是前几年还好些，房价一路攀升，一转手还能赚个十几二十万的，可是现在像他们这样的三线城市房价一路下跌，二手房跌得更厉害，加上之前欠银行的利息，要是这么一折腾，说不定自己还要填进去几万呢！

话说到这个份上，耿佳慧的爸爸和妈妈谁也不言语了，他们看得出来，自己的女儿镇得住场子。而李家妈妈也一时被耿佳慧的慢条斯理挤对得没了应对之策，倒是打起圆场，只说女儿心疼女婿，一时气急，以后可不能这么跟长辈说话了。

从哥哥家里出来时，耿佳慧的妈妈也算是缓过神了，依旧气愤难平地对耿佳慧的爸爸说："太让人寒心了，嘉智那边还没有个眉目，她这边就给离婚做打算了，我看就是我们那个亲家在里面下的幺蛾子，她不来都好好的，这一来都翻了天。"

话还没说完，耿佳慧的妈妈便停住了嘴，因为她看见了从车上下来的崔助理。跟耿佳慧的爸爸一样，她也被崔助理毕恭毕敬的态度弄得有些不自在。

回到家后，耿佳慧的妈妈便问起了女儿工作的情况，耿佳慧只是含糊地说目前在一家大集团当一个中层小领导。耿佳慧的妈妈又详细问了她的收入，听到耿佳慧月收入不低时，眼前一亮，踌躇了一会儿，对她说，自己已经托关系打听了一下，她哥哥这案子可轻可重，上面的人跟委托人暗示了下，要是能拿出二十万疏通一下的话，最多一年就能让哥哥出来。

“佳慧啊，你这一年的年薪就有将近二十万了，你看看能不能把钱凑一凑，先把你哥弄出来再说。你哥在看守所里待得人都瘦了两大圈，他要是真被关个三年五载的，我看他这小家可就要散了……”

耿佳慧没有说话，她其实思绪有些飘远啦……当年，佟然被抓进看守所里，是谁给他送的食物？又是谁在为他上下奔走？有些事情，是禁不起想的，不然就像被狂风拔起的老树，硬生生地拽起，只会扯出一阵锥心之痛。

耿佳慧的爸爸心疼地看了一下女儿变得有些发白的脸，他虽然不知道女儿在想什么，但也觉得老伴的话太不中听了：“你行啦！真当女儿的钱是大风刮来的？她现在是没有对象呢，这要是找到了合适的，我们连陪嫁都应付不起，你是打算让女儿过去被公婆在背后笑话吗？”

“可是，能眼睁睁地看着我儿子在里面活受罪吗？实在不行，把我们现在住的房子卖了，我们出去租房住好了！”看着耿佳慧也不接腔，耿佳慧的妈妈被儿媳妇气得一直没有下去的火，腾地一下又起来了。

耿佳慧知道，妈妈说的并不是气话，为了儿子，别说房子，就连卖肾她都肯！不然当年怎么会为了哥哥腿受伤的事，那么长时间都不跟她说话呢？

可是砸锅卖铁把哥哥救出来后，哥哥的脾气真的会改吗？当年，他偷了佟然五百万，现在，他又害得那么多亲友倾家荡产，妈妈现在还在想着怎么给他擦屁股。她是怕了，真怕哥哥照这样发展下去，以后会惹下谁也弥补不了的滔天大祸来。

“妈，你卖房的话，我不反对，现在周围的邻居都被哥哥招惹得差不多了，你们到别处买房，换换环境也好。但是，如果你要拿着这笔钱去捞哥哥的话，我还是那一句，把我的钱先还回来，剩下的，你想怎么花都行。”

“死丫头！你也变成白眼狼了！你也不看看你哥现在为什么会这么惨，他找个那样的农村女人是因为什么！要不是你当初非要跟个流氓谈恋爱，你哥哥会变成瘸子吗？他要不是身有残疾，工作、媳妇哪一样不会比现在好？”

说着，妈妈冲过来就要打耿佳慧，被爸爸死死地抱住，拉扯间，爸爸的眼镜都被狼狈地挤掉在了地上，被妈妈一脚踩了个稀巴烂。

耿佳慧微微地苦笑，敢情谁都是苦主，可是她憋闷在心里那么久的委屈又该跟谁倾诉呢？面对佟然的时候，她是千万个对不住，是自己的哥哥害得他锒铛入狱，倾家荡产；面对父母的时候，她还是千万个不应该，不应该认识佟然为哥哥腿瘸埋下导火索。

深吸了口气，她对爸爸说：“爸，你别拦着妈妈了，她要是觉得打我解气，那就狠狠地打吧！不过，我真是一分钱都不会出的，因为，我还在替哥哥还债。”

这话让妈妈顿住了，她知道自己的女儿不是会撒谎的人，脑子里的第一反应就是：难道儿子又偷偷玩麻将输了钱，让妹妹偷偷地还钱吗？

爸爸也着急了：“慧慧，这是怎么回事啊？”

耿佳慧如同在讲述一件旁人的往事那般平静，将哥哥当年偷了男朋友五百万，害得他进了监狱，也害得他自己落下终身残疾的事情，一五一十地讲了出来。

听完，爸爸嘴巴大张，妈妈也一屁股坐回到沙发上，半天缓不过神来。

“当年是五百万，现在是八百万，爸妈你们能一辈子看着哥哥吗？他要是闯下了连还钱也挽不回的大错，你们还能有几套房子去救他？”

“这些你是听谁胡说八道的？不会是那个流氓又回来找你了吧？”妈妈还是有些不信。

耿佳慧苦笑道：“哥哥可是被同学碰破了皮儿都要回家跟你们告半天状的人。可是当年他落下了残疾，你们问他原因的时候，他哪一次不是支支吾吾的？他连半点义愤填膺都没有。倒是对我，比以前更好了，我那时也有些傻，只以为哥哥见妈妈不肯理我，在宽慰我，怕我难受，可是现在看来，有没有一点儿做贼心虚的意思呢？妈，你要是还不信的话，下次再看到哥哥的时候，就当面去问他吧。”说着，她拎起了自己的行李，“公司在酒店给我订了房间，我就不在家住了，明天，我会去找知名的律师，看看按正常的法律途径，可以怎样帮助哥哥，你们有事就打我的电话。”

耿佳慧拖着行李箱，开门走了出去。妈妈没有出声叫她，她也并不意外，倒是爸爸追了出来，关上了门后，要拽回她，并刻意小声地说：“都到家了，出去住什么！你妈那个脾气你还不知道吗？她过了这个气儿，就好了，你还跟你亲妈置气啊！”

耿佳慧拉着爸爸的手，微微一笑：“我能跟妈妈置气吗？她心脏不好，现在又正生着我的气呢，我在她眼前晃，她反而不好消气。只是她要是私自卖房的话，爸爸你可要坚定立场，我那大嫂也不是好相处的主儿，你们没了房子，也不能跟哥哥他们住在一起，只会让哥哥以后做起事来更加横冲直撞。”

爸爸叹了口气：“我明白，孩子，你啊，你说你在还债，是当年那个小伙子又来找你了吗？”

耿佳慧踌躇了一阵子，却知道如果不说实话，不能让妈妈绝了拿钱解决问题的心：“他就是我现在的老板，我现在在打工还债。”

爸爸的手都有些抖了：“他没有为难你吧？”

耿佳慧扑哧笑了出来：“他现在是正经大老板，又不是真像妈妈说的那样是玩横的流氓。我也是正经地做事，五百万数字看着很大，但是一旦项目成功，按我现在的年底分红比率，很快就会还完的。”

爸爸听了女儿的话，却并没有放宽心，他这个女儿啊，从来是报喜不报忧，耿家的好教养都在这乖巧的女儿身上了，儿子但凡有一点儿像妹妹这样懂事，这家里的日子得过得该有多舒心！

耿佳慧的爸爸当年虽然没有见过耿佳慧的男朋友，但是一个开酒吧的男人，身上的江湖气得有多浓啊！他被自己的儿子害得入了监狱，心里的怨气能小吗？如今应该是特意又找上了佳慧，真是越想越担心。

“不行，佳慧你辞职吧！那钱也不能只靠你一个人还，这人在屋檐下怎么能不低头？咱们找个别的工作也照样还他钱。”

“耿总，公司方才打来电话，策划部有案子需要您的电子签名。”

崔助理不知道什么时候站在了楼梯的缓台上，打断了父女俩的对话，并走上来伸手接过了耿佳慧的行李。

耿佳慧拍了拍父亲的手背，说明天会来接他们去律师楼后，便下了楼。

进了车里，耿佳慧接过打开可视电话的平板电脑，却发现电话的另一头是佟然。

“我交代了崔助理，你不要去酒店了，住着不方便，我在省城，你直接过来吧。”

“可是我……”

“我已经替你约好了律师，明天会有车去接伯父伯母，你不用担心了。”

听到这儿，她突然瞟了一眼崔助理，有些明白这位助理很有零零七的潜质，不知方才趴在自己家门前偷听了多久，又跟老板汇报了。

“佟然，你不用……”

“我只给你预约，律师费你自己支付，你哥能判多少年就看他自己的造化了。”

男人在电话里的语气听起来是高兴愉悦的。

记得当年，她第一次主动献出自己初吻的时候，他就是这样的德行，嘴里嫌弃着她笨拙的吻，脸上却带着笑意，深邃的眼紧紧地盯着她嫣红的唇，然后就是一个足以让人窒息的深吻。

只是不知道他现在在高兴什么，是又并购了一家上市公司，还是又赚了几个亿？或者又赢得了一个天真稚嫩、香艳可口的姑娘的心？

唯一清楚的是，能让男人这么快乐的人，不再会是已过最好年华，身心俱疲的她。

佟然放下电话后，好半天，脸上的笑意都没有消减，他也不知道为何这么神清气爽。他听到崔助理说，女人为了维护他，毫不留情地在她父母面前痛骂着那个软蛋哥哥时，笑意就一直有增无减。

开车的司机跟随佟总多年，此时看到一向阴晴不定的老板坐在后面一个人痴笑，真是堪比惊悚片。

幸好车子驶进佟家大宅时，老板笑了一会儿便自动收起了笑脸。

佟然下了车，走进大厅里看了看只有保姆，便问："姨呢？"

"她在后面的花房里，嘱咐说您要是回来了就去那儿见她。"

佟然听了微微一笑，并没有依言出去，反而转到客厅一旁的书房里，在红木的书架上来回看了看，挑了本伦西斯利克特写的《管理的新模式》，然后半躺在落地窗前的摇椅上悠闲地看了起来。

佟家的老爷子就是车间工人出身，当年娶了厂长的千金，肚子光长油水不填墨水。倒是他的后妈，大学生出身，充分地充实进修了一下，所以家中的经营管理方面的书籍全是老太太的珍藏。

这老太太也挺沉得住气，厚厚的一本书看了大半，她才慢慢悠悠地拎着一把修剪树枝的长剪刀从后花园里转了回来。

"佟然，来了多久了？怎么不让人去喊我呢？"佟老太太坐到佟然的对面，摘掉了胶皮手套后，笑着接过保姆递过来的毛巾擦了擦。

"听说您在伺候您那几盆宝贝，不想打扰了您的雅兴，倒不如在这看一会儿书。"

佟老太太擦好了手，说："看看也好，毕竟你现在管理的企业越来越大，便能体会到家大业大，人多事多的烦恼了。这治家、理业是同一个道理，身居上位者，要学会制衡，更要学会看该看之事，分出个轻重缓急来。"

佟然把书合上，甩放到了对面的茶几上："这点就不需要从书上找了，咱家的老爷子就是个中翘楚了。任由一群耗子在眼皮底下挖洞，身居高位，悠悠闲处作奇峰，来个睁眼瞎！”

佟老太太还是摆出一副慈母的架势，微笑着看着自己的继子，仿佛没有听出他口里的讽刺，就跟看娘家的那帮亲戚似的。

“然然啊，我可是听你哥哥说了，说你生他的气了，先不说你们到底是一个父亲的亲兄弟，就算是公事上现在也是在强强联合，可不能为了些芝麻绿豆大点的事情跟你哥哥撕破脸啊。”

佟然慢慢坐直了身子，站了起来，佟母瘦弱的身子被罩在男人高大的身影里。

认真去看，那张精心保养的脸上残存的风韵，正被顽固爬上来的皱纹逐渐割裂。记忆中，每次这张脸出现在他妈妈面前时，就会让妈妈躲在屋子里一阵歇斯底里地痛哭。

所以年幼时，很长的一段时间，他都以为这个女人一定是像他母亲所说的那样，是个祸乱人间的妖孽妖法无边而心存畏怯。

但是现在，这个女人所有的妖力都被时间抽干碾碎。曾经她一向习惯俯视的头，正在微微抬起，略带乞求地望着他。

他知道这个女人在担心什么，她担心他谦和有礼的背后，包着毒瘤揣着坏水。

佟然倒是不太心疼自己亲生的母亲，事实上当一个女人怨天怨地，就是从来都不抱怨自己选人的眼光时，其实这是一个内心很强大的女人。

有时候，他甚至怀疑，母亲当初四处求医，拼了命生下他，并不是出于对父亲的爱，也不是出于一个女人天生的母性，她只是极尽所能地给她心中的那对坏男女添些堵而已。

记得母亲唆使着五岁的他往爸爸的情人水杯里偷偷扔虫子，他被生气的爸爸一脚踹在地上痛得直打哆嗦时，他的亲妈就站在楼梯上，看着跑到水槽边狂吐的女人笑得惬意而满足。

也就是从那时起，他对家里的每一个人都产生了一种心理上的距离感。当重病缠身的亲妈终于带着满腹的怨恨撒手人寰时，她还念念不忘地拽着他的小手，一遍又一遍地叮嘱他别忘了是谁逼死了她，叮嘱他长大了一定要搅得那对男女鸡犬不宁。

跟耿佳慧总是亲情使命感太强的气场不同，他从来不大理解正常的父母天伦之情是什么。当终于挣脱了那双变得冰凉的手，他甚至有种轻松感——与这个变态畸形的家庭唯一不情愿的联系终于扯断了。

平心而论，后母对待自己的继子还算是称职的。就某些方面而言，在外人看来，她绝对比佟家二公子的亲妈还要称职！最起码，他终于可以穿上合身而又干净的衣服出现在人前，保姆也得到了吩咐，按时为他准备餐点。虽然后妈跟亲妈一样不太关心他的学习，却能够在父亲抬手要打他的时候，象征性地伸手拦上一拦。

继母能做到这份儿上，真是太不容易了，可以在《格林童话》里傲视一干恨不得掐死继女的后妈角色了！

但是那一团和气，只是从华丽的窗户外往里望到的餐桌前的一团模糊的哈气而已！

所以，当年他离家出走的时候，其实是没有多大的怨气的，死去的爸爸没有给他留下什么财产，就算给的话，他也不稀罕要。但是年幼时，干过的勾当倒是很能上瘾的。与三流小说当中从小受虐，长大成材后挨个逼死后妈庶出家兄的狗血桥段相比，他更喜欢扮演佟家迷途知返的浪子角色。无聊时往佟家的大碗里时不时地扔上几块“肥肉”，看着他们争先恐后地在自己的面前“彩衣娱亲”，再时不时地暗搞一些自以为高明的招式时，简直会让他心情愉悦，精神振奋地再并购几家公司！

可是，就算要把戏的猴子，也有想要造反的时候。尤其猴子化成毒蛇的时候，露出毒牙准备咬向自己想要保护的女人时，他就要亮出刀尖，一刀斩断毒蛇的七寸将它打回原形！

“有人动了不该动的人，触了我的底线，就要有接受惩罚的自觉！”

佟母的脸色有些发白，老太太从容的表情终于有些崩裂了：“为了她？这事还有没有结束的时候了？我们佟家上下现在简直都是为了你们在忍气吞声，忍受被身边的亲友指指点点！我们佟家的底线又在哪里呢？”

佟然笑着说：“佟家的底线？佟家可以见利忘义，厚颜无耻地把本不属于自己的产业从一个还未成年的男孩手里夺得一干二净；可以没有休了大老婆，就迫不及待地把外养的儿子和情人带回家；可以不顾自己亲生儿子的安危，偷偷地指派流氓冒充村民趁着啤酒厂动乱去围堵一个弱质女流……姨，这底线是什么？我书读得太少，礼义廉耻一向凑不大全，麻烦您来告诉我一下。”

佟母被挤对得说不出话来，事实上当她得知佟自居然偷偷派人去打耿佳慧时，气得她足足在电话里骂了儿子一个多小时。

佟自居然会想出这样的馊主意来！亏他还自夸“一石二鸟”呢！什么既教训了让佟家蒙羞的女人，同时可以将她名正言顺地赶出啤酒并购小组，又可以扭转舆论，嫁祸给当地村民，弱化啤酒厂的危机问题。

要是真没落下把柄就好了，可是这把柄现在实实在在地握在了人家的手里，当满肚子牢骚的继子前来兴师问罪时，她也不知该如何平息他那满腔的怒意了。要知道，从今天股市开盘起，佟氏的股票就一路下跌，让人心惊的数据曲线足以让佟氏的董事们集体休克！

“姨，你年岁大了，在家修剪花草就可以了，外面的风风雨雨，不是年岁大的人该操心的了……如果没有别的事情，我先走了。您要注意身体啊！”

说完这话，佟然冷着脸转身出去了。

佟母坐在沙发上，手不由自主地摸着茶几上的那把剪刀，最后拿起沙发旁的拨号古董电话，慢慢地拨打着号码，刺啦刺啦的声音在安静的书房里显得尤为刺耳。

佟然出来时，就接到了崔助理的电话，说耿佳慧已经到了省城。

当耿佳慧从车里出来时，可以看出，她清秀的脸上是难掩的疲惫。他关上公寓的房门后，将女人轻轻地拉拽进自己的怀里，像搂抱着婴儿一样，在怀里轻轻地摇晃。

从回家的那一刻起，一直有一口气支撑着耿佳慧，她不是擅长与人争吵的人，可是从嫂子到母亲，似乎每个人都要耗尽她这段日子来所剩无几的心血。而现在，在这个最不能依靠的男人的怀里，倒是有了片刻着陆之感。她静静地靠在男人的怀里，想要张嘴说话，可又尽数地隐没在齿间。

因为，在男人的肩头垂落着一根头发，在屋内的灯光下泛着紫红色的光芒……黄琦琦那一头短发的颜色调得很正，此时就算是孤零零地出现在男人的肩头也丝毫没有逊色的迹象。

争先恐后逃脱了的力气，一瞬间又尽数倒灌回来，耿佳慧努力挺住了身体，伸手推开佟然，然后转到卧室里取出换洗的衣服。

崔助理路上就安排了钟点工到佟然位于省城的公寓里打扫、做饭，就连他们晚上要穿的睡衣都已经除掉标签过水熨烫得服服帖帖。

佟然自然发现了女人情绪上的微妙变化，靠在门框上问："怎么了？又不高兴了？"

"没有，就是有点累了，我想睡一会儿，你先去吃饭吧，我不太饿。"耿佳慧语气平顺地说，脸上的确除了疲惫，没有半丝不悦。

如果不是太过熟悉她的人一定会就此蒙混过去。可惜，佟然不是。方才女人温柔入怀的样子，简直像只乖巧的猫咪，可也就是那片刻之间，怀里的身子突然变得僵硬，不知因为什么坚不可摧的心墙，又在他与她之间高高筑起。

忽然知佳意

忽然知佳意

第八章

厨房的炒菜声停止了，钟点工事先得了吩咐，准备好了菜品后，便静悄悄地收拾好东西离开了。

当来到桌前时，只见桌子上已经摆好了几样精致的小菜，耿佳慧站在桌子旁边，只好拿起碗筷，可佟然已经先她一步夹了一块糖醋鱼放到她的碗里。

“这么多好吃的，你可以多闻闻，分清香臭，我也是挑食的，目前只喜欢吃你这味儿的！”

耿佳慧听了佟然的话，拿着筷子的手顿了一下，她知道从他的嘴里是不会有好话平平顺顺地说出来的，这句关于“挑食”的说辞，实际上就是变相地解释着自己的“清白”。

她没有说话，夹起那块鱼肉，轻轻地一咬，酸甜的汁水包裹鲜嫩的鱼肉在舌尖蔓延。

吃完饭后，佟然把碗一推，然后说道：“你放完假后，就回集团总部吧，佟氏要撤资了，有许多后续的事情要处理，空出的位置，黄氏也虎视眈眈，多加小心吧。”

耿佳慧一愣，佟氏撤资，现在集团收购已经接近尾声，大部分工厂开始赢利，这时候撤资，岂不是喂肥了羔羊再白白地放走吗？佟自那样的老滑头肯吗？

可是问佟然，他什么也不肯说，撂下碗筷后，就坐在沙发上优哉游哉地看新闻联播。耿佳慧想回房间接着补觉，却被他一下子拉拽到了沙发上：“陪我看会儿电视。”

“我有点困。”

“要不看点儿什么提神的？”说这话时，他嘴角挂着不怀好意的笑，耿佳慧眨巴了一下眼睛，立刻就明白他话里是什么意思了。她立刻坐正了身体，表现出新闻联播就很好看的样子。

这么静静地坐在沙发上看着电视，雕木茶几上的小茶壶刺啦啦冒着热气。童姐前几天刚派人送来了滇红工夫茶，沏出来的汤色清亮，香气扑鼻，耿佳慧胃不好，尽管自己平时很小心注意吃食，有几次还是不小心犯了胃病。

红茶养胃，佟然一定是知道这一点的，所以一向不爱喝红茶的他，特别嘱咐现在经营茶庄的童姐每隔一段时间就送来云南当地有名的茶庄精选出来的上等红茶。

当沏好了一杯红茶后，耿佳慧刚要接过，却发现佟然在茶水里掺进了热牛奶，搅拌均匀后才递给她。

“喝吧，对你的胃溃疡有好处。”

耿佳慧接过骨瓷的茶杯，小口地喝着香甜的奶茶，升腾上来的热气不小心让视线变得迷蒙起来。人不能总在一个地方摔跤，可是她为什么总是因他表现出来的一些不经意的小举动而心悸呢？

很多事，耿佳慧是不愿去想的，分开的那几年，隔绝改变的又何止是心那么简单？以前的她，爱的是那个性格暴如烈火，却肯在她面前拼命收敛，爱得单纯的男人。而现在，在背后紧紧地拥抱着自己的男人，早已不是多年前的那一个了。

有多少次，她与他同眠，半夜醒来慢慢睁开眼，在朦胧的月光掩护下，才敢放肆地打量着睡在枕边的男人。眉眼熟悉，却又发生了些许的改变，是眉间紧蹙的皱纹，还是单薄的唇形隐藏不住的冷酷？尤其是那双清醒时投来的眼神，都变得比以前更加莫测高深。

也只有在这朦胧的月光掩护下，耿佳慧才敢稍稍松开武装全身的防备，任凭思绪稍稍外泄。她在这个大她七岁的男人面前，并没有真的像表现出来的那样从容镇定。她不是天生的冒险派，她的内心告诉自己，要远离没有把握的人和事。

就像好朋友赵一莉说的，佟然就是她的劫！经历过那么多的事，错过了那么多不该错过的，她不是蒙住心眼的瞎子，当然能体会到他虽然有时喜怒无常，但是在私下里，他依旧如以前那般宠她。

年轻时的她，十分肯定那一定就是爱！而渐渐变得成熟的女人，不知道男人为什么还爱了，而这样的爱单纯到了几分？她还有资格拥有吗？多少次，她都重复做着一个梦，梦见自己与佟然站在断崖的两侧，他朝着她伸出了大手，坚定地说："跳过来，我接住你！"

而梦里的她毫不踌躇，朝着他的怀里跳去，可是他在最后的关头收回了手，低头看着坠入深渊的她，笑得恶毒而又舒畅。

原以为会一夜无梦，可偏偏辗转了一宿，都在崖边一次次摔得粉身碎骨，梦里套着梦，最后已经不知进入了第几重，腰腿都像砸碎了又重新嫁接，神经疲惫得如同第一次看《盗梦空间》一般。

每当这样类似的梦魇后，第二天起来，她的情绪都不会太好，看着佟然横竖都不顺眼。所以这一夜过后，更是用一种阶级仇人一般的眼神苦大仇深地瞪着佟然。

佟然倒是不太介意，伸手拽了一下正在刷牙的扎刺"猫"的头发，心道：这女人的起床气倒是越来越重了！

佟然悠闲了一个晚上，身为大集团赚钱老板的劳碌生涯又将启程。穿戴得整整齐齐之后，他亲了亲还在气鼓鼓，不怎么肯理人的女人的额头后，就带着几个助理急匆匆地走了。

崔助理也替耿佳慧安排好了行程，准备奔赴律师事务所。可是出门时，还没有上车，耿佳慧就发现一辆熟悉的车就停在马路的对面。

那辆车是佟晓亮的，她曾经无数次坐着那辆车上下班。他来这里干什么？

正犹豫着要不要假装没看见，那边车门已经打开了。从车上下来的不是佟晓亮，而是白雯雯。

“耿姐，能不能给我点时间？我找你有点事。”

耿佳慧为难地看了看手表，想了想，说：“你说吧，不过我真的赶时间，要不我们改天……”

白雯雯打开了自己的车门：“耿姐，求求你了！”耿佳慧对白雯雯没有什么好印象，但毕竟同事一场，加上她现在好像是佟晓亮的女朋友，自己如果回避的话，反而倒像介意了。

当耿佳慧坐进了车后，白雯雯也跟着坐了进来，关上车门，咬了咬牙，才道：“耿姐，我怀孕了。”

耿佳慧大眼微睁，静静等着白雯雯的下文。

“是佟晓亮的。”

耿佳慧尴尬地眨了眨眼，有些摸不准白雯雯的意图了，看她那神色也不像炫耀，可是这个可以跟闺密亲友分享的秘密，告诉她这个佟晓亮的前女友，到底是为什么啊？

“哦，恭喜。”耿佳慧是没有讽刺之意的，可是这话听到白雯雯的耳里，一下子触发了伤心处，白雯雯“哇”的一声号啕大哭起来。

耿佳慧觉得今天之后应该去庙里拜拜，自己难道是吸引孕妇大哭的体质？大嫂和白雯雯轮番上阵，刺耳的声音对于她这个跳了一宿山崖的脑神经，还真是有些吃不消。

“怎么了？有话好好说，不然，我下车了。”耿佳慧劝了一会儿，眼看着劝不住她，只能作势要打开车门。

“别，耿姐，我是来求你的。晓亮他爸妈不同意我俩在一起，我怎么保住我肚子里的孩子啊？”

听白雯雯这么一说，耿佳慧就全明白了。佟晓亮的爸妈对自己的儿媳妇要求是很高的，当初之所以肯答应自己跟佟晓亮的婚事，也是因为晓亮跟他们要死要活的，才磨得他们松了口。

好不容易甩掉了小门小户的儿媳妇，正指望着寻一门豪门旺户呢，白雯雯这条情路，选得不易啊！

“这你要好好跟佟晓亮商量，或者跟你的家人好好想一想，他们总是不会害你的。”

“不，耿姐，这件事，只有你能帮助我！”白雯雯突然停止了哭泣，一把抓住耿佳慧的手腕，力气大得有些吓人。

“佟然要把佟氏集团置于死地，只要你能说服佟然放了佟氏一码，那晓亮的爸妈一定会看在这件事上接受我，我肚子里的孩子才可以不用背负私生子的名声！”

说这话时，白雯雯不禁想到了赵芳华跟她说的话：“你去求求那个耿佳慧，身份放得低一些，多提提晓亮，要是能让那个女人软下心来，让佟然改了主意，你也算是我们佟家的功臣，我自然会接受你这个儿媳妇！也会说服晓亮娶你进门的。”

白雯雯说完这话，紧张地看着耿佳慧，期待着她的反应。

耿佳慧微微垂下眼皮，只是问：“佟然为什么要为难他的哥哥？”

“佟然没有跟你说吗？他知道你那次去啤酒厂引起的骚乱跟佟自有关……”

听了这话，耿佳慧倒是豁然开朗，顿时明白佟自撤资的根由了，恐怕不是他不想吃快到口的肥肉，而是他的魔王弟弟要往死里整治他。

耿佳慧不敢任由自己再想下去，嘴上则说道：“这些事情我都不大清楚，但总归是佟家的内务，于公于私我都说不上话，至于你的事情，还是跟晓亮商量下吧。你现在多注意身体，一会儿开车小心些，我还有些事急着去办，以后有机会再聊。”

说着耿佳慧就要推开车门，可是白雯雯咔嚓一声把车门上了锁。

“你现在是大忙人，找到你也不容易。耿姐，我要不是走投无路，根本不会来找你。难道你就不肯为我肚里的孩子，为了晓亮他们家尽尽力吗？”

虽然以前就知道白雯雯这位前同事略奇葩，总是把别人对她的好当作理所应当，但是耿佳慧真是没想到，这未婚先孕也归了她的责任范畴。

本是客客气气的事情，偏偏有撕破脸的倾向，耿佳慧心里叹了口气，面无表情地对她说：“你这是干吗？开门！”

白雯雯心里并不怕耿佳慧，虽然她以前也算是耿佳慧的手下，但是深知这位是实干派。以前就算下面的组员捅了娄子，她一般都是身体力行地补救，从来不多言不多语。就算是领导苛责怒骂时，她这个小组员都会忍不住回一两句嘴，而这位却能一力忍下，整个是副受气包的形象。

现在，在她心中认定了耿佳慧辜负了佟晓亮的一片深情，自然也是亏欠了佟家老小，连带自己肚子里的这一个，偏偏耿佳慧不肯帮忙，白姑娘心里的火气一下就上来了。

“你这个人怎么这样？难道你攀上了高枝，就不顾佟晓亮他们家的死活了吗？耿佳慧，你的心是黑的吗？”

耿佳慧看着情绪明显有些激动的白雯雯，慢慢地开口说：“我跟佟晓亮恋爱也好，分手也罢，那是我俩的事情，就算有亏欠，那也得是佟晓亮张嘴来讨要。这些事情，我没有必要跟你说。至于你未来的公公，如果他真的买通了那些地痞流氓来围攻我，找借口滋扰闹事，有法律，有警察，他们会调查清楚，这些事，你没必要跟我说。佟然跟他哥哥生意场上的事情，更轮不到你我参与。而你肚子里的孩子，也轮不到我这个晓亮的前女友操心。你以前不是总喜欢在QQ里谈论这些禁忌话题吗？怎么会这么不小心？是不知道避孕的方法，还是故意的呢？”

“你……你！”白雯雯真是没想到，她印象里从来都是话少、稳重的女人，会突然说出这么刻薄的话来。

“我真是闹不明白你为什么要来找我，论交情，我俩好像离手帕交还远得很，又是谁给你打了气，让你这么理直气壮地跟我叫喊？佟然是个连亲哥哥情分都不顾惜的人，若让他知道你来找我……”

说到这儿，白雯雯的脸色也跟着一变，如果说初次见面，还被佟然成熟的魅力迷得有些神魂颠倒，那么，在之后从旁人的嘴里知道了这个男人的往事后，白雯雯倒吸一口冷气，再回想着男人当时的一笑一颦，处处都有社会大哥的阴暗气息。

而且佟家的老奶奶也好，佟晓亮的爸妈也罢，很明显也是很忌惮佟然的，心里再怎么恨，表面上说话也要加着小心，这不是个会疼女人的男人！她甚至暗暗“脑补”了男人喝醉酒后，闲得无聊，命令着手下小弟，将耿佳慧吊起来打的情景……哼！耿佳慧别看现在表面鲜亮，跟了那么个可怕的男人，估计只有关起门自己偷偷哭的份儿！

耿佳慧看白雯雯的脸色青白交替，心知她应该是醒悟过来了，又看了看窗外，崔助理见她一直没下车，已经带着司机过来了。

她转过身来，心里倒是真替白雯雯的双亲叹了一口气，养了这样的女儿，将来可有操不完的心。连白雯雯未来的婆婆都不肯出面的事情，她这个未婚先孕，连女友都不算的外姓人来掺和什么？赵芳华真是下得一手好棋，若自己抹不下面子答应了，佟家缓解了危机；若没有答应，还触怒了自己和佟然，那正好可以名正言顺地让儿子甩掉白雯雯。

可惜这么粗浅的道理，白雯雯却是不明白的。她以前工作时就不负责任，不过脑子，耿佳慧从来不出声，是因为杨总不喜欢手下人越俎代庖，遇到这样骂人的事情，他老人家总是亲力亲为，过一过训人的嘴瘾，她又何苦去训斥下属得罪人呢？大老板发着工资养着闲人，她也做好自己应该做的好了。可是现在她没义务再替白雯雯瞎操心了！

崔助理已经在车门外敲玻璃窗了，白雯雯没了底气，只能一脸讪讪地打开了车门。

耿佳慧推开车门下了车，她不需要再跟这个姑娘说些什么了。有时候，脚下的路都是人自己走出来的，通向何方不是别人能阻止的。

倒是崔助理深深地望了白雯雯一眼，目光犀利，瞪得白雯雯心里一颤。她看着那短发女人意味深长地看了他一眼后，就亦步亦趋地跟在耿佳慧的身后离开了。

走到车门时，那个短发助理殷勤周到地给耿佳慧拉开了车门，让她上了车。

虽然方才只是略略地瞥了几眼，但白雯雯看出耿佳慧如今周身上下都洋溢着一种高雅的贵气，那绝不是名牌的衣服和鞋子能堆砌出来的，而是一种从内而外的自信，加上有人在身旁随侍，简直就是标准的职场女强人的气场。

谁能看出，耿佳慧跟白雯雯一样是毕业了没有几年的大学生呢？想到这儿，白雯雯的手紧紧地握着方向盘，脸色愈加难看。

接下来的行程，因为崔助理安排得周详，进行还算顺利。

耿佳慧跟爸妈会见了律师后，心里也有了些底儿。按照律师的说法，耿嘉智并不知情，没有主观犯错，不构成合同诈骗罪。构成此罪主观应当是故意，但是由于许多人出资是由耿嘉智出面作保，再加上许多受害者的证词对耿嘉智不利，最后的结果，现在还是不好说的。

出了律师楼，耿佳慧嘱咐了父亲几句，看妈妈依旧不想跟自己说话的样子，她摇了摇头，让司机送他们回家了。

公司上层出现了变动，她也得不到清闲，再次跟律师详谈了所有的细节后，已经过了二天，这期间，佟然一直没有回来，但是每天晚上在睡觉之前，都会给耿佳慧打一个电话。

有一次，耿佳慧甚至握着话筒在佟然低沉的嗓音中，不知不觉地睡着了。听着她那轻微而均匀的呼吸声从话筒中传来，站在港城山顶别墅外吹着凉风的男人，突然有种女人正被自己拥入怀中的错觉。

他没有按掉电话，而是将手机放到了大床上自己的枕边，在那绵延的呼吸声里也慢慢地闭上了眼睛。

董事会就要召开了，她只能委托律师处理好后续的事情后，马不停蹄地再折返。

一路舟车劳顿，到了集团总部，还没等进大门，她就看见门口停了一长排的车子。除了几个管理层的老总、部长外，佟家父子齐齐亮相，就连一向“垂帘听政”的佟家老太太也亲自上阵了。

耿佳慧记得上次寿宴时，这位老太太还是一副贵气逼人的样子。现在虽然头发照旧一丝不乱，起了皱纹的嘴唇精心描绘填涂了唇线，跟周围董事们打招呼时，还是一脸从容的微笑，但是耿佳慧还是从她骤然瘦下的两腮揣测到了颓势的苗头。

佟自看向耿佳慧的眼神更是愤怒的，毫不掩饰。耿佳慧理解这种愤怒，事实上这几天佟氏集团的股票震荡之大，超出所有操盘手的预期，一夜之间如同打开了闸门的洪水一般，一泻千里。

佟家人心里都清楚，这背后的主使是谁，但是悬在他们头上的这把刀，绝不是现在才架到佟氏集团上的……当股票一路下跌的时候，他们才惊觉，佟然对于佟氏的收购，早在几年前就开始了！

就算没有佟自暗算耿佳慧的事情，佟然也绝对是磨刀霍霍蛰伏等待已久。只是刀落得早与晚，那要看佟然的心情。

想到这儿，再联想到平日里，赵芳华的娘家人来打秋风，他不露声色地含笑欢迎时，这深沉的城府，这包藏的祸心，怎么能不让人又惊又怒？

还是佟老太太沉得住气。她知道，自己还有撒手锏，她会让佟然明白：什么叫姜还是老的辣！

耿佳慧是不够资格进会议室的，不过她的办公室正对着会议室的大门，坐在自己办公室的位置上，隔着透明的玻璃墙看着黄琦琦，还有佟家人鱼贯而入。不一会儿，又有一群人突然出现在电梯门前。

为首的身着黑色商务西服的男主，居然是尚轩烈，而佟自站在会议室的门口，看到尚轩烈到来时，眼睛一亮，俨然一副见到救兵的样子。

路过耿佳慧的办公室时，疾行的尚轩烈似乎顿了一下足，又快步走进了会议室。

耿佳慧的脑子快速地一闪，她的直觉是这次会议的内容不大妙啊。

会议足足进行了一上午，其间有董事满面愁容地偶尔出来上厕所，丝毫没有散会的迹象。

终于，会议结束了，公司没法参加会议的高层管理者，都有一个专用的邮箱接收公司的即时会议消息。一份邮件很快从邮箱里蹦了出来，公司上层的董事会发生了变动，佟氏全面退股，而接棒佟氏的，是一家新成立的公司，叫“加慧”股份，明天上午要召开高级管理层人员大会，需要与会人员排出时间表。

“加慧”？看到邮件上的这两个字，耿佳慧整个人都不大好了。尚轩烈这是冲着谁？

耿佳慧也无心到外面吃饭，给楼下的茶餐厅打了送餐电话，自己在办公室里吃。

刚打开盒饭，会议室的大门打开了，这次跑出来的是几个秘书，还有佟自。他们纷纷守在电梯口，不一会儿就有几个护士、医生推着急救推车从电梯里上来。

等耿佳慧从办公室赶紧跑出来时，看见推车推着佟家老太太从会议室里出来，只见老太太脸色苍白，嘴唇都是青紫的。

耿佳慧往会议室里看去，佟然还坐在主位上，表情淡淡的，尚轩烈就坐在他的对面，眉头微微蹙在一起。两人互瞪着对方，空气里仿佛都是噼啪直窜的火星子。

尚轩烈出来的时候，看见了耿佳慧，他定定地说："我有话要跟你说，你方便吗？"

"她不方便！"佟然站在会议室的门口冷冷地说。此时走廊里该走的人都走了，只剩下了他们三个人。

尚轩烈就跟没有听见似的，依然执拗地问耿佳慧："我有很重要的事情要跟你说。"

耿佳慧抬头看了看尚轩烈，倔强的脸上，依旧是那种酷酷的表情，她慢慢地点了点头："楼下有一家咖啡馆，我们去那儿说吧。"

说完这一句，她看见尚轩烈身后的佟然，脸上挂起了一层黑霜，鼻翼微微抽搐，两只眼里都要冒出火来。

耿佳慧没有回避他的眼神，微微抿了抿嘴。

佟然知道，这是女人在恳求自己，他深吸了口气，没有说什么，转身离开了会议室。

咖啡馆的中午是很冷清的，耿佳慧挑了一个靠窗的位置。

不知为什么，她觉得尚轩烈起了一些微妙的变化，怎么说呢，他在她的印象里是沉默、脾气古怪的年轻人，明明家世极好，却昏头昏脑地非要跟着佟然瞎混。

而现在，这个年轻人显然已经摆脱了青春期少年特有的偶像崇拜心理，终于不再盲从他的大哥了，只是有点矫枉过正，这迟来的顿悟，让他像个逆反心理的少年一样，誓要作一个昏天暗地。

“我听说你跟佟然道歉了，以为你已经跟佟然和好了。”

“上次是迫于我老子的压力，佟然跟我使阴的，这次我自己成立了公司，跟我家里没有半点关系。可惜，还是棋差一着。”

耿佳慧不知道具体的内情，但是显然，这次过招还是佟然略胜一筹。不知为何，她心里略略地松了一口气。

尚轩烈却看在眼里，他的脸色微微一变：“你是不是傻啊？怎么就认准了他呢？”

耿佳慧有些哭笑不得：“怎么？不傻就要挑你这个嘴臭的家伙吗？”以前斗嘴时，尚轩烈没有一次赢得了自己，这次也是一样，他微微瞪着眼，目光里如同住着饥渴的兽一般。

“尚轩烈，你放手吧！我从来不是你的，你又何苦做无用功呢？”

“我为什么要放手？不是我的，我抢过来就好了！你不是也曾打算嫁给佟晓亮吗？那么个软蛋！哪一样配得上你？佟然不也是照样把你抢过来了吗？”

耿佳慧盯着尚轩烈，目光炯炯，一字一句地说：“不是他抢，是我欠他的。”

尚轩烈知道自己说错话了，这女人骨子里是要强的，可惜她那柔顺的外表、谦和的语气，总是会让人不自觉地忽略了这一点儿。

有时候，他真希望这女人的性子真能像她的外表那么柔弱，可以让男人尽情地搏斗厮杀，伴着旌旗亮出刀剑一较短长。胜者便可将这战胜品拽到马背之上，牵入帐中。可惜，她不是。

耿佳慧抬手看了看腕表，说道：“我一会儿要上班了，就不跟你多说了。我之所以要跟你出来，不是想听你说那些抢亲的混话。你跟佟然怎么个斗法我不管，他的确够浑蛋，压榨了你们这些小弟这么多年，要是能造反成功，我祝你多捞些钱，补偿一下荒诞的青春。但是，请你把你公司的名字改一改吧！毕竟你我之间还有很多的旧识，我不想让别人产生什么不必要的误会。”

说完耿佳慧站起身来，冲着尚轩烈一字一句地说：“我不知道你喜欢我什么，也不要知道你为什么喜欢我，但是爱情总有一天会淡去，友情却是日久而弥足珍贵的。你要怎么对付佟然，是你的事情，商场的事情，尔虞我诈是很正常的。可是，你居然要联合他的继母，他虽然总是一副对家里的人和事都满不在乎的样子，但是你作为他曾经的朋友，应该知道，那一家子人当年是如何对他的。”

耿佳慧的一席话，质问得尚轩烈脸色微微发青。

她抓起了桌子上的手机，慢慢地说：“有些事情是做不得的。有些伤口是禁不起扯拽的。有些情债，是欠下就亏欠一辈子的。你这么做，毁掉的绝不是跟佟然最后的友情，还有那个在我心中虽然脾气臭，却正义感十足的大男孩。尚轩烈，别让我鄙视你。”

说完这些话，耿佳慧头也不回地走出了咖啡馆。尚轩烈愣愣地看着面前的杯子，慢慢端起已经发凉的苦咖啡，一饮而尽。

那天下午，整个公司里的人都震动了。

接下来耿佳慧从高层的个别助理的嘴里辗转得知，原来佟家老太太联合了尚轩烈一起“逼宫”。似乎尚总蛰伏已久，手中握着佟然的把柄，如果佟然坚持要撤掉佟氏股份的话，就把佟然逼到绝路，而黄琦琦则隔岸观火不露声色。

佟老太太本来已经稳操胜券，她只等着佟然松口，可是佟然冷着脸，当着所有董事的面儿，冲着佟老太太只说了一句："我最痛恨别人在我背后下绊子。"说完后，他掏出了手机，只说了一句话，"猪肥了，该宰了！"

不一会儿，佟自的手机就响了，佟氏原来的几个小股东居然纷纷抛售股票，其中几个还是赵芳华的娘家人，眼看着股票卖不出好价钱了，好不容易有人愿意高价接收，立刻见利忘义，欣然脱手。

可是这要命的最后一点股份脱手后，佟氏宣告正式易主。更让佟老太太气结的是，为了这次搭上亿阳和恒泰集团的顺风车，佟自还背着她从银行贷了一大笔周转的巨款。

佟老太太显然太不了解她的继子了，顺毛的驴子，你能跟他玩横的吗？她本想着用尚轩烈压压佟然的气焰，让他投鼠忌器，没想到佟然反而将了他们一军。

佟自当时就摔了电话，大声地质问佟然为什么要这么做。而佟老太太这几天本来气就不大顺，本以为自己胜券在握，却顷刻之间将自己这几十年来倾注了无数心血的家当输得一干二净。她一口气没上来，当即心脏病发，一头就栽倒在了地上，当时董事们也顾不得开会了，忙去叫救护车。

大老板们"暴走"，可不管下面小员工的事情。午饭过后，茶水间便成了互通有无的情报集结地。

大老板们开会的具体内容，小喽啰们不得而知，但是帅气大老板灭师太的八卦，已经被传得神乎其神。

几个办公室里的女助理一个个听得神采飞扬，看来在她们的心目中，佟然这样优质又霸气的总裁，简直就是她们幻想的男神。

耿佳慧却想到自己下班后，要面对那么一位“神”，脑仁都是疼的。

下了班，司机把她送回去时，佟然已经到家了，他正在泳池里游泳，健壮的臂膀在水池里掀起层层水花。他抬头看见了耿佳慧，脸色如常，并没有像耿佳慧料想的那样勃然大怒，抹着脸上的水，说：“过来，跟我一起游一会儿。”

耿佳慧脸色不禁微微一红，瞪了他一眼，转身走进了屋子。

佟然随后从泳池里爬了出来。他拿起浴巾扔给了耿佳慧，让她帮自己擦拭身上的水珠。耿佳慧不愿意，他就猛地一甩头，似一只大型犬科动物将水珠甩到了她的身上。

“别抖！”耿佳慧赶紧把大毛巾罩在了他的头上，用力地擦拭了起来。

当擦到脸上时，她看到佟然正低着头，专注地看着她，突然说了一句：“慧慧，我们结婚吧！”

这是一句意想不到的话，本以为他在开玩笑，可是看到他坚定的神色，丝毫没有玩笑之言。

“下个月初怎么样？”那平淡的语气就像是在说，今天晚饭吃什么一样。

耿佳慧知道这个男人说风便要下雨，说下个月结婚，那一定到时候会大摆筵席。

“我不想。”她回答得十分生硬，面对外人时，温润圆滑的性子在这男人面前永远是冰箱里放久了的苹果——干巴巴的。

“干吗不？只谈恋爱不结婚，你想要流氓吗？”被耿佳慧折了面子，佟然的毒舌开始反击了。

耿佳慧的回答更干脆，把毛巾使劲地往他脸上一摔，绷着小脸就上了楼！

“干吗？又跟我别扭什么？”佟然一伸手就把她拽到了怀里，看着她鼓着脸的模样，居然有种难得的孩子气，忍不住抱在怀里使劲地亲。

他这种臭无赖的劲头，真是让耿佳慧撕扯不开。

“干吗？你觉得我俩在谈恋爱？我干吗要嫁给你？”

“嫁给我吧！这一次，我一定会把你捧在手心里，不会再让你伤心，让你有离开我的机会。”

耿佳慧没有说话，她的脸贴在了佟然的胸膛上，听着那里面咚咚咚，不太平稳的心跳声。

佟然的确没有开玩笑，虽然他再也没有类似于求婚的话，但是他的确吩咐自己的手下着手安排结婚的事宜。

耿佳慧几次试图跟这个自以为是的男人讲一讲道理，最后都被他四两拨千斤了。不过让耿佳慧最近倒是可以松一口气了，那个当初设下骗局害哥哥上当的一伙人，被警察逮捕了。其实说逮捕也不是特别恰当，那伙人其实是自首的。

谁也不知道这帮本来可以远走高飞的骗子为什么回来了。诡异的是，当他们坐在审讯室里面如土色，竟一把鼻涕一把眼泪地要求警察同志把自己关进监狱里。似乎这监狱里远比外面的世界要安全美好。

因为主犯自首，耿嘉智的问题也清楚了，在看守所里羁押了些许时日后，终于被放了出来。

当他被接回家时，妈妈心疼地看着自己的儿子因为好久没有见到阳光，皮肤白得如同重症病人一般，本来就细瘦的个子，看起来越发地弱不禁风了。爸爸给女儿打去了电话，让她安心些，有时间再回家一趟。

耿佳慧听了这段传奇般的经历，直觉是佟然的手笔，但是问起佟然时，他既不承认，也不否认，只是问耿佳慧，婚纱可有喜欢的款式。

耿佳慧心里堵得难受，翻腾得厉害，却一个字也说不出，好半天，才对着那一册华丽的婚纱影集说："你这么厉害，这种小事就不要问我了，你看着办好了！"佟然听了这话，也不生气，居然还真兴致勃勃地看了下去！

现在，为了结婚这个话题，她与他简直是话不投机半句多。耿佳慧只能把自己所有的精力放在了公事上面，可是公司里也不是可以让人顺气的地方。这天，她刚坐定，桌子上的分机就响了，原来是黄琦琦的秘书打来的，让她去黄总的办公室一趟。

电话里，那秘书的口吻不算客气，简直是用一种命令的口吻在跟她说话。耿佳慧撂下电话后，想了想，并没有起身，依旧处理着自己手头的文件。

过了许久，电话又响了，还是那个秘书打来的："耿小姐，你怎么还没有上来？我们黄总的行程可是安排得很满的，你到底有没有时间观念？"

耿佳慧"啪"的一声就把电话撂了。

这次电话后铃声再没有响起，黄琦琦的秘书踩着高跟鞋，气呼呼地从楼上下来，站到了耿佳慧的桌前，敲着桌子，微微扬着下巴，斯斯文文却语气尖厉地问："耿小姐，我电话里说得不够清楚吗？黄总有事情要找你面谈，你却迟迟不上去，这种工作态度该让我怎么向黄总答复？"

耿佳慧的收购部在综合办公区，大部分办公人员由亿阳和恒泰两大集团的职员组成，虽说是联手合作，但是恒泰的人自持甚高，老牌的财阀，实力雄厚，店大欺客也是正常的事情，加上对于亿阳这个新生集团天生的蔑视感，实际上，在平日办公时，都略略对亿阳的工作人员有轻视之意。

这种感觉是抓不住把柄的，说话的语气、眼神虽然让人心里不舒服，但是也没有上纲上线到了撕破脸的程度，毕竟能进这栋写字楼的都不是泛泛之辈，当然不会像小孩子那样看不顺眼就大打一架。

而这位秘书，简直是把这种心理上的优势发挥到了极致。此时办公区里所有人都抬起了头，望向了耿佳慧的方向。

耿佳慧慢慢地抬起头来，看了看那位秘书，问道："仙蒂，我的职位是什么？"

仙蒂被问得一愣，马上领悟到耿佳慧一定是拿她那个并购部老总的职位说事来压她。可笑！集团里的老总就如同脚下的沙子一般，不要太多了！耿佳慧还真拿自己当回事，摆起谱儿来了！

"对不起，耿总，我只是个小小的秘书，我的工作不过是传话而已！您大人有大量，还是不要为难我这个打工妹了。"

这个叫仙蒂的果然脑瓜够用，不愧是黄琦琦身边的人，话锋一转，就把耿佳慧架到了乱摆官架子，为难小秘书的高度上来。

办公区里的那些港城人开始窃窃私语，脸上都挂起了不以为然的表情。

耿佳慧倒是不太介意，只是微笑着说："仙蒂，不要这么说，我们都是给人打工的而已，集团的待遇优厚，我们的薪酬都不薄，自然要尽心尽力地工作，你是秘书，职责是沟通协调，是集团的老板们传递声音和采集信息的口舌；我的部门是并购部，并购部的职责是抓住时机，以最低廉的成本，为集团并购最赚钱的企业。现在是上午十点，十分钟之后，就要有一场远程电话会议，讨论三家啤酒厂的并购方案。如果因为我的缺席而延误了并购的最佳时间，这个责任，我是担负不起的，我这叫失职。方才你说黄总找我的时候，我就想对你说这件事，希望你代为协调，可我刚说没有时间，你那边就把电话撂下了，是不是太没有耐心了呢？如果你一直是这样的工作态度，会让各部门与黄总之间产生多少不必要的误会呢？"

这一番话说得不卑不亢，有理有据，而且根本没有拿自己的老总身份来胡乱压人。

仙蒂被堵得哑口无言，也许只有她自己清楚，耿佳慧方才根本就没有提什么电话会议的事情，只是淡淡地说知道了就挂掉了电话。偏偏耿佳慧生得一本正经的模样，训起人来不怒自威。她如果再死缠着纠结电话里的内容，倒显得是她无理取闹了。

这时，耿佳慧的电脑屏幕的视频电话在闪动，她不再理睬仙蒂，自顾自地戴上了耳麦，准备开始视频会议。

仙蒂在众人略带嘲讽的眼神中，讪讪地走人了。当然，她回到楼上的时候，脸都气紫了。

黄琦琦听了她添油加醋的讲述之后，微微皱了一下眉，然后冷笑道：“她这是在给我下马威呢！”

说完这话时，她看向了手机里的微博照片，这是一张请柬照片。请柬上新人的名字赫然是“佟然、耿佳慧”。

请柬并不是送给她的，这场婚礼是以亲友为主，她是辗转在别人的微博上看到了。想来那人收到了佟然的请柬很兴奋，便放到了微博里。

看到那两个名字竟然并列在一张粉色素雅的请柬上的那一刻，黄琦琦只觉得耳朵都在轰鸣。她好半天才缓过神来，第一件事便是叫秘书把耿佳慧叫上来，她想要探一探耿佳慧的口风，看看里面是不是有什么乌龙。

在听到仙蒂义愤填膺的描述后，黄琦琦坐在椅子上看着窗外鳞次栉比的高楼许久，就在看到那条微博之前，她还很有把握：佟然对于耿佳慧这样的小家碧玉不过是玩玩而已。可是当她看到喜帖时，之前的自信满满都被撞击得粉碎。

她想要打电话给佟然确认，又有些不敢，一旦佟然亲口承认，那么事情似乎真的就没有回旋的机会了。耿佳慧哪一样比得过她？想到这儿，黄琦琦不由得想起之前佟家老太太曾经给自己打过的电话。

那一次，她断然拒绝了佟老太太联合起来对付佟然的要求，可是这一次，她知道，自己不能再等下去了。她，该出手了！

不到一个星期的工夫，佟家的喜讯接连传来。最让人惊诧的是，佟然和佟晓亮叔侄的婚礼居然是在同一天！佟家的内斗现在已经戳破了那层薄薄的窗户纸，大白于天下了！

当佟然得知这个消息时，他正拉着耿佳慧在巴黎的 Boucheron 珠宝店里挑选婚戒的样式。

冷笑一声，挂掉了自己手下得力助理的电话后，便继续气定神闲地搂着兴味阑珊的女人坐在贵宾室的沙发上，看着店内的侍者用丝绒铺着的托盘小心翼翼地端来一颗钻石。

因为知道是来自中国的贵客，安排接待的经理也是会说中文的华裔。她带着白色的手套，小心翼翼地拿起那颗蓝色的钻石。

“佟先生，您在佳士得拍下的这颗原石一直寄存在我们店中，根据这颗钻石的克拉数和形状，我们的设计师研究了足有一个月后，设计了几种切割方案，请您和您的未婚妻看看，哪一款比较适合？”

佟然看了看，低头问身边的女人：“你喜欢哪个款式？”

耿佳慧对这类东西一向是无感的，但是出自大师手笔的设计的确让人眼前一亮。她看了几眼后，说：“都不喜欢。”对于佟然这种赶鸭子上架的行为，她是打算非暴力不合作到底的。

一旁的经理虽然面带微笑，但是能看得出有些惶恐。

“耿小姐，这颗从南非开采的蓝钻纯净原石是非常罕见的，而且将近二十七克拉考验切割工匠的技术。三个月前，当听说这颗原石以一千八百万美元的价格被拍走后，我们的设计师是无比期待它的主人，能够委托我们Boucheron的设计师来进行设计切割的。而且我敢保证，只有我们的珠宝设计师在最大可能保留它的克拉数的基础之上，设计出最完美高贵的珠宝，让它的拥有者拥有这纯洁爱情永恒的见证。”

耿佳慧没想到这个看起来不大起眼的石头居然大有来头，一千八百万美元？换算成人民币的话有一亿多。三个月前就买了？一亿多的钻石用来做婚戒？这简直是三无光棍，砸锅卖铁攒家当，往家里骗媳妇的节奏！这男人疯了吗？

耿佳慧没有露出太过惊讶的表情，只是淡淡地对经理微笑道："你的中文说得很好，谢谢你的讲解。"

经理费了半天工夫，只得到了普通话讲得很好的褒奖，一时间有些手足无措。

佟然朝有点欲哭无泪的经理点了点头："我们先自己看一会儿，待会儿再请你进来。"

当经理带着侍者离开了贵宾室时，他伸手捏了捏气死人不偿命的女人的脸："怎么了？不喜欢？怪我自作主张买下钻石吗？我对这些东西也不是很懂，只是当时听一起参加竞拍的老总们说，这种钻石很罕见，就想着给你买下来，你要是不喜欢，我们还可以再挑选别的钻石，这次由你做主，好不好？"

耿佳慧一偏头，避开那只怪力的大手："既然这样，可不可以要求换一下新郎，从头到尾就是男人不太合心意。"

"宝贝，我并不介意在这里教训一下我的小新娘。"说着手慢慢伸向她。

耿佳慧当然知道他说到做到，连忙双手护住自己："浑蛋！走开！你是故意的吧？！为什么要突然跟我结婚，还跟佟晓亮的婚期撞到了一起？！你是想要恶心谁？！"

其实耿佳慧自己也知道，这简直就是欲加之罪，何患无辞。明明是佟然定下的婚期在前，佟家人跟风儿在后，可是憋闷在心里已久的邪火还是朝着他撒去了。

佟然的下巴绷得紧紧的，能看出强压着火气的感觉："跟我结婚的感觉很恶心吗？”

耿佳慧紧紧地闭着嘴，没有说话，因为她知道，此刻无论说什么都是很伤人的。

关于婚礼这个话题，是在那个很美好的年代就讨论过的。那时，总提这个话题的是她，而不是他。在低矮逼仄的平房里，她边拍打着时不时拖家带口出来散步的蟑螂一家，边说着以后结婚时，一定要选一间没有蟑螂的屋子！

当时佟然正在院子里打着蜂窝煤，笑着说：“你就这点追求啊！放心！我将来娶你的时候，一定会让你赚足了面子，给我的慧慧一个让任何小姑娘看了都眼红的婚礼！”

那时，她觉得他说的不过是一句空话罢了，可是心里是踏实的温暖的。现在，她知道了他说的绝对不是一句虚言，心里反而空落落的没了底……他这么做，是不是只在弥补一个年轻时，模糊而残破了的梦呢？而他满足后，会不会发现外面的花草更芬芳，比如之前的吕卓儿，或者是现在的那位黄小姐……耿佳慧突然发现，自己更多的抗拒，是来自一种怯怯的不自信。

她始终觉得，自己与佟然已经相隔得太远，还爱吗？她可以用冷漠欺骗别人，却骗不了自己，这个人渣没有一处是好的，可是，她总是不自觉地任凭他直直地闯进心门中来，就算用尖刀，也剜不净心底的那丝情愫。就是知道自己软弱的内心，她才愈加地不敢靠近。那个在别人眼中从容、镇定、果敢的姑娘，在爱情中其实是个胆小的逃兵。

“嫁给我吧，你欠我的，有些事总是要试一试才知道好不好。当年你走得那么决然，可是你有没有想过，如果你没有走，而是选择留下，我们的今天又会是怎样？”佟然终于调整了呼吸，轻轻地握住那个抿着嘴的“小顽石”的肩膀，继续说服她，“我们的婚姻，就算糟糕，又能糟糕到哪儿去？其实就像以前一样，你什么都不用担心，只需静静地享受，做你喜欢的事情，外面的风雨由我来挡。”

在佟然的死缠烂打下，加上普通话甲A等级的经理一边志诚的劝服，耿佳慧最后无奈地随便指了一款婚戒的式样。

经理很是感动，一连串又说了一堆四字成语表达对新人最美好的祝福！

量过尺寸后，她又被佟然拖着去了婚纱店试礼服。其间，佟然的电话再次响起，他掏出手机，耿佳慧看到来电显示是黄琦琦的名字。

佟然接听电话时，耿佳慧的手机也响了，是尚轩烈传过来的一份邮件，打开一看，是一张照片：璀璨的烟火下，一个英俊挺拔的男人轻轻搂着一个美丽高贵的女人，在伦敦眼下亲密地拥吻着。

角度和光线，都如同偶像剧一般美轮美奂。图片下，是一行留言：这样红颜遍地的男人，真的值得你嫁吗？

当手指按动图片将它删除干净时，耿佳慧神色如常地接过送过来的飘逸婚纱，走进了更衣间。

当更衣间的门关上时，耿佳慧看着镜中的自己，脸色微微有些发白，与手中的婚纱相得益彰。她慢慢地脱掉了身上的衣服，将礼服套在了身上，门外的婚纱店服务生这时进来帮她拉链子整理着蓬松的婚纱，如云似雾一般的白纱将耿佳慧衬托愈加得纤瘦迷人。

最起码在佟然的眼中，他的慧慧比仙女还要清新脱俗，想到过不了多久，自己就能挽着面前这个小女人的手，在婚礼的红毯上前行，冷峻的脸上不禁挂起了微笑。

从婚纱店出来，佟然并没有急着上车，而是拉着耿佳慧的手，顺着香榭丽舍大街的马路一路走了过去。当路过三十号门牌时，耿佳慧的脚步顿了一下，这儿是大仲马的小说《基督山伯爵》的宅邸，他在这里精心策划了一系列的复仇计划，那些对不起他的仇人，包括他曾经真心爱过的女人。还记得在她第一次看到这本小说时，曾经为还是水手的爱德蒙与青梅竹马的梅尔塞苔丝之间的爱情惋惜不已，她甚至觉得，也许男人大仇得报之时，会给曾经错过的爱情一条合理的出路。

故事酣畅淋漓，而结尾似乎更符合世俗的眼光，大仇得报的巨富赢得了年轻的希腊公主的芳心，与白富美携手过上神仙美眷的生活。而旧日初恋梅尔塞苔丝则披挂着厚重的面纱孤身一人，余生将活在追逝错失的爱情的惋叹里。

耿佳慧至今还记得当时那种如同吞了苍蝇一般的心情，梅尔塞苔丝的原罪是什么呢？当初未婚夫入狱后，她也在苦苦地等待，可是是因为苦守没有坚持到底吗？是听到了爱人死在狱中的传闻后，没有及时殉情而死吗？

当时读完这本小说时，耿佳慧不知道为什么心里很难受。而现在她突然惊觉，自己与那个没有坚持等到爱人出狱的梅尔塞苔丝是何等的相似。背负了“背叛”的原罪啊……在男人的道德观念里，是不配得到幸福的。

与其再与当初爱情的“叛徒”温习那些不堪的情感，倒不如重新谱出一首适合现在的商界新贵的恋曲。

家世优越，美貌与智慧并重的白富美黄小姐，并不是随时随地都能遇到的。现在这样的情景又算是什么？耿佳慧突然觉得自己有种平白破坏了别人大好姻缘的罪恶感。

现在回首，这传说中的三十号，如今是著名奢侈品牌的店铺，进进出出的女人都带着满意的微笑，丝毫没有感受到虚构小说中这块风云之地的沉重。

佟然倒是误会了耿佳慧的意思，看她看着门牌愣神，便拽着她进去，买了一大堆应季限量的皮包饰品，满载而归。

到了酒店的房间里时，佟然到浴室里洗澡去了，他放在写字台上的手机开着振动在嗡嗡作响。

耿佳慧没有去拿，只是瞟着那亮起的屏幕。智能手机的好处在于让懒人可以懒上加懒，甚至不用点动手指就能在屏幕的上方看到滚动的未读信息。

“佳人相约伦敦眼下！”信息滚动几下后，便收缩成方正的小信封嵌在屏幕上。

耿佳慧转身坐在梳妆台前，在洗过的脸上慢慢地涂抹着面霜。

透过镜子，她看到佟然出来时伸手拿起了手机，滑动手机屏幕看了看信息后，又把手机放回了原处。

“我们婚礼的地点定在了英国靠近剑桥的一座古堡。那座古堡的主人想要脱手，我看着不错，就买了下来，以后我们来英国度假就不用住在酒店里了。不过，古堡内部的部分客房悠久而陈旧，我已经叫秘书安排修缮工匠去修葺了，另外庄园内的园艺也需要重新布置。我看你今天走得有些疲惫，就早点睡吧，有什么事情就叫隔壁的崔助理。我先过去看看，明天下午就回来。”

耿佳慧拿起梳子，梳理着满头的黑发，漫不经心地"嗯"了一声。

佟然穿戴好了衣服，吻了一下她的脸便出去了。

待到佟然出了门，耿佳慧抽出桌上的一张纸巾，朝着他刚刚吻过的地方重重地擦拭着，可擦着擦着，眼睛里反而有止不住的湿意。深吸了一口气，平复了一下呼吸，她想了想，拨通了尚轩烈的电话："尚轩烈，我想请你帮一个忙。"

话筒的那一边，声音变得有些雀跃："什么忙，你说！"

耿佳慧紧紧地握住了手机，她知道，这一步踏出，也许……跟佟然便彻底地结束了——这一次，不能，也不需要，再给彼此任何的遗憾。

说是第二天就回来，但是连过了两天，佟然还在伦敦处理着繁杂的公事与私事。

直到耿佳慧在电话里跟他说自己想回国，他才急匆匆地赶回来。

司机把耿佳慧送到了机场后，佟然才急匆匆地赶回来，同他一起的，还有穿着一身优雅裙装的黄琦琦。

"黄总也在伦敦办事，正好同我们一道回去。"佟然是这么解释的，耿佳慧冲着黄琦琦笑着点了点头。飞机是他的，在蓝天上要与谁比翼而飞的选择权也是他的。最起码人多热闹，几个小时的行程也显得不那么无聊了。

佟然显然是遇到了重要的公事，在飞机上，也一直开着远程会议，面色凝重。

耿佳慧与黄琦琦坐在前舱，面面相觑。

"我听 Ares 说了，你们的婚期将至，恭喜你了。"黄琦琦边笑着边从一旁的包包里掏出了一个包装精美的盒子，“这是提前送给你的贺礼，看看，喜欢吗？”

耿佳慧伸手慢慢地接过，打开一看，是一枚尾戒，由细细的一圈璀璨的碎钻组成，交错排列犹如水滴。尾戒代表的是自由还是单身来着？看似名贵精致的小物件，其实是不大适合作为新婚贺礼的。不过男人是不会在意这类小东西的含义的，就算她心里不痛快，也应该是没法哭诉的，黄小姐真是个恶心人的高手！

耿佳慧倒是不太介意，拿起来戴在手上比了比，微笑地对黄琦琦说：“谢谢你，黄总，这枚戒指虽然钻石小了些，但是正好搭配比较夺目的饰品，跟佟然送给我的蓝眼之星很配。”

黄琦琦的微笑因为耿佳慧的“无心”之言，顿时有些尴尬，蓝眼之星？她当初就听朋友说过，这颗名贵的蓝钻原石被佟然高价竞拍到手，那时候，她的心里还一阵雀跃鼓舞，直觉认定，那颗蓝钻最终会在某一次浪漫的约会中被他送到自己的面前。

可是千算万算，她都没料到，会凭空冒出一个耿佳慧，在这么短的时间内，居然让佟然那么骄傲的男人心甘情愿地走进婚姻，还拿那颗天价的钻石作为婚戒。

“这么小？你这是耳环还是戒指啊？黄总，你这贺礼未免送得也太过小气了吧？”恰在这时，佟然走了过来，看着那枚尾戒，立刻半开玩笑地问道。

黄琦琦收起之前脸上的僵硬，微笑着说：“大的戒指，得新郎送，我只能送一个小的喽！”

佟然笑了笑，低下头状似不经意地对耿佳慧说：“黄总这是打算给我俩的女儿送贺礼呢，小女孩戴倒是正好。”说着就把那枚尾戒从耿佳慧的手上摘了下来。

黄琦琦僵硬地抿了一下嘴，然后笑着问：“Ares，与沃克集团的谈判怎么样了？”

佟然没有说话，只是微微地笑着。

黄琦琦突然觉得心里有些惴惴不安，但是转念一想，又变得坦然。

佟然与沃克集团的商业合作计划不是一天两天了，沃克旗下的著名啤酒品牌打算借着新建起的啤酒网络打入在华市场。而佟然也可以借此契机，将之前并购重建投入的成本一下子撤回一半，达到快速盈利的目的。

但是，她岂会让佟然的目的得逞？抽掉集团的活动资金，把他快要展翅的羽翼彻底折断，更重要的是，为恒泰并购的海外啤酒厂铺路，真是个双赢的局面。

原来她还没有十足的把握，可是现在随着佟家父子与佟然的彻底决裂，以及尚轩烈的悍然入局，她的把握一下子增加了十成！

因为她的背后介入，现在佟然与沃克集团的谈判已经陷入了僵局，很快亿阳的活动资金将会陷入资金周转不灵的局面。婚礼？她倒要看看，她的 Ares 是爱江山，还是爱美人。

黄琦琦的心慢慢地定了下来，端起面前的果汁，慢慢地品呷着。

飞机载着各怀心事的一行人安全着陆。

下了飞机，佟然并没有急着往公司赶，而是对耿佳慧说：“择日不如撞日，我们今天就去你的爸妈家吧。”

耿佳慧顿住了，她知道要是拦着这个男人的话，只能适得其反：“本来我哥哥的事情刚刚解决，爸妈的心里都烦着呢，你这么突然登门，我怕到时候局面会很尴尬，不如再等几天，我想跟爸妈透一下口风，我们下个星期再去。”

这样和缓商量的口吻，倒是哄得了大魔头的首肯。但是耿佳慧知道，自己的时间不多了，要行动就要快！

再回到公司，阵营壁垒分明，各种诡异的气氛暗流涌动，公司内部彻底玩起了“三国”。

佟然似乎完全把心思放在了筹备婚礼的诸多事宜上，不但缺席了几次董事会，就连原先积极准备的与欧洲老牌啤酒公司洽谈的事宜，也在几次碰壁之后搁浅了下来，似乎没有再接洽的意思。

黄琦琦原本是暗暗提防佟然的后招的，但是几次试探后，加上安插在佟然身边的暗线也说佟总似乎只忙着婚礼的事情。在心里冒着掩不住的酸意的同时，黄琦琦暗暗放下心来，开始着手准备在下次的股东大会上，提议通过自己旗下的海外啤酒品牌登陆国内市场的事宜。

耿佳慧本来是不想跟佟然多说些什么的，佟然在做生意时，是不屑于听取女人的意见的，也从来没有让自己插过手，可是这时，她也有些看不过眼了，忍不住问他究竟想要干什么，还能不能干些正经事了。可是他几次三番地打岔，问些不着边际的琐事。

最后耿佳慧的脸都要气青了，绷着脸不搭理他时，佟然才一本正经地说：“我答应过给你一场盛大的婚礼，所以现在任何事情都排在婚礼的后面。”

这样的豪气万丈，完全是末代皇帝败掉万里江山的架势！耿佳慧听得一口气没上来，只能瞪着一双大眼看着眼前的败家子！

“以前，我总是因为生意上的事情，而一味地苛求你配合我，所以钱赚得再多也没有什么用，我拼命地打拼，可是一转身发现，你已经不在我的身后了。这一次，就算我赔掉半壁江山，也要把你看住，让你哪也去不了，只能乖乖地成为我的老婆！”

耿佳慧慢慢地顺下了堵在喉咙的那口气，压下骤然变得有些紊乱的心跳，淡淡地说：“我的确是哪儿也去不了，所以请你也稍微用点心，不然别人会说你佟然挑选妻子的眼光有问题，命太硬！一下克掉了你商业王国的半张版图。”

可惜，忠言逆耳，佟然就好像昏了头的昏君一样，半点都没有听进去，只是搂住了她那细细的腰肢。

董事长带头“放羊”，黄琦琦那一方的动作也变得越来越大，颇有些肆无忌惮的意思。“亿阳”一派被排挤得厉害，连办公的地方都开始被大面积地占用。

这天耿佳慧刚进公司的大门，就看见有几个人从公司一旁的角门里运着一箱箱水果，看起来水果的成色不错，居然还有几个大大的榴梿。原来是公司有大客户前来洽谈业务，公关部知道客人爱吃榴梿，特意买来准备招待贵客的。不过这东西味儿太大，放在哪儿都不合适，一个公关部的小姑娘正看着那堆东西为难，黄琦琦的秘书恰好也走了过来，一眼瞄到了耿佳慧，便似笑非笑地问：“耿总，这些水果先寄放在你们的办公室可以吗？就你们的办公区大，拿起来也方便。”

她原以为耿佳慧一定会拒绝，到时候她这里且有的是夹着刀枪棍棒的冷言冷语等着呢！要知道，现在恒泰的风头已经完全压过了亿阳，亿阳的员工被排挤干净也是迟早的事情。

当以黄琦琦的秘书为首的“恒泰”派抱着大纸箱把水果堆进了耿佳慧的办公室时，有几个阅历不高的小年轻彻底坐不住了，跟那几个搬运东西的人吵了起来。

耿佳慧站起身来，神色如常地命令那几个年轻人坐下，然后和颜悦色地让他们接着搬。

只是搬来的东西中，那几个榴梿的味道实在是太霸道，要到下班时才能搬走，就算开着冷气不会腐烂，也是臭气熏天的。

就在那几个人耀武扬威了一番离开后，耿佳慧站起身来，跟大家提议去街对面的西餐厅吃下午茶，由她来埋单。

那几个年轻人欣然同意，可是有几个稳健的公司老员工没有去，只推说自己手头还有些事情，暂时不能脱身。

耿佳慧心里明白，现在亿阳的员工都在冷藏期，哪里有忙不完的公务？那几个人这几天都跟恒泰的人走得很近，各种刷好感度，现在自己提议出去吃下午茶，明摆着是不满意恒泰的秘书把水果堆放在办公室里而做的反抗之举。这样公然的“起义”，他们当然明哲保身，不肯出来站队。

不过，这也正中耿佳慧的下怀，她现在不需要的，就是这种“墙头草”。

在路上，几个年轻人愤愤不平。王进理着寸头，长得高高大大，他气呼呼地对耿佳慧说道：“耿总，这帮人太不像话了，你越对他们客气他们越以为你软弱。照这样下去，都没我们立锥之地了。要我说，就跟他们大干一场，大不了最后走人，也比这样干受气强。”

耿佳慧笑了笑：“他们也就会耍些与人无益与己无利的小伎俩，我们忍让些也没什么。大家一起努力把手头的工作干好，到时有他们哭的。”

王进和几个人听了，脸上闪过一道异色，互相看了一眼。几个人看公司情形岌岌可危，而耿佳慧又没什么行动，都有些担心自己在公司的前途，刚才的话既是抱怨，也是试探。听出耿佳慧另有安排，几个人心中安定不少。耿佳慧也借机透漏一点，安安他们的心，毕竟很多事情他们都要参与进来，也没想过瞒着他们。

进了西餐厅，侍者领着他们径直去了隐在角落里的一张桌子，桌下放着一个纸箱。待侍者把点好的饮料送上桌转身离去后，耿佳慧对他们说道：“恒泰搅黄了佟总的计划，想引进他们自家的欧洲品牌，好进一步控制公司，我们自不会让他们如意。桌子下面的纸箱里就是最近几年欧洲各个啤酒品牌的网点布置和销售资料，大家的工作就是找到与恒泰的品牌有冲突，竞争最激烈的欧洲啤酒品牌。我会与他们洽谈合作事宜，有共同的对手，合作的可能性很高。”

几个人兴奋起来，都有些跃跃欲试。

“好，原来耿总早就胸有成竹。放心，我们肯定找到一家和他们竞争最激烈的，到时候看他们还怎么嚣张。”

耿佳慧继续说道：“办公室的每台电脑都有监控软件，随时可能被人看到电脑里的资料，这次正好借机避开。大家以后就用自己的笔记本电脑做这项工作。”

说完，耿佳慧打开纸箱，从里面抱出一摞摞的文件分给他们：“大家辛苦一下，今天就找出几个目标，我好开始下一步的洽谈。”几个人埋首看起资料来，不时用笔做些标记。耿佳慧也拿过一摞文件浏览起来。

两个小时后，耿佳慧他们终于看完了全部的资料。揉了揉有些发酸的眼睛，耿佳慧问道：“大家找到目标了吗？”王进先开口道：“耿总，我发现恒泰的品牌全年的销售额是两亿三千万欧元，和它销售额差不多的有三个品牌，嘉士伯、巴斯、喜力，我觉得可以从这几家中选择。”其他人也说出了几个自己发现的品牌。

耿佳慧说道：“好，我们把这些都列为潜在的合作对象。现在大家再结合手中文件，上网看看这些品牌的具体信息，成立时间、发展策略、目标人群和近期发展规格等资料，我们再从中挑选出三家最合适的。”

又一个小时过去，经过几次的筛选和辩论后，大家最终列出了三个和恒泰自有品牌竞争最激烈的品牌。

耿佳慧知道自己要赶在董事大会之前，把所有的联系事宜准备充分，这样才能积极地说服大小股东们。这些事情，光靠她一个人是不可能完成的，但是现在还不适合跟佟然说，因为，如果他知道了合作对象的话，一定会毫不犹豫地一口回绝。

男人的自尊啊，要起来是很烧钱的！

在休息的间隙，她来到洗手间，拨通了尚轩烈的电话：“喂，是我。”

“佳慧，你都准备好了吗？我已经替你办好了新的身份证，在公安的电脑系统里是有正式备案的，而且护照签证一应俱全，到时候，你什么都不用带走。”

“谢谢你，不过，你在董事大会上不会临时变卦吧？”耿佳慧半垂着眼皮，轻声试探着。

“只要你履行对我说过的承诺，离开佟然，我自然不会违背对你的诺言，只是，你现在做的这一切，恐怕都是费力不讨好吧？佟然是很厌烦女人擅自做主，插手生意上的事情的。”

“这是我欠他的，还了才心安，他若不稀罕，是捐出去还是扔掉都是他的事情了。我就不欠他什么了。”

电话的那一边安静了片刻：“你不欠他了，欠我的呢？打算老老实实地还吗？”男人低沉的声音慢慢地撞击着耿佳慧的耳膜。

尚轩烈说这话时，语调轻慢，只有他自己知道，等待回答的那一刻，他刻意屏住了呼吸。

可是电话那一边没有回答，只是在一段沉默之后，撂下了电话。

尚轩烈看着手中的电话，深吸了口气，他告诉自己别急，等到女人离开了佟然，他有的是机会！

罗列了目标后，耿佳慧又开始收集各种最近海外的商业信息。

也是天公作美，报纸上一篇巴斯的执行总裁有意近期退休的消息引起了耿佳慧的注意。

一番了解后，耿佳慧将巴斯作为第一目标。巴斯一直有意进军中国市场，在港城也设立了分部，却一直不见集团的具体行动，只是有这么个花架子公司摆在那里。

耿佳慧第二天就和巴斯财务总监的秘书定好了拜会时间。当耿佳慧进入了巴斯财务总监韦伯·约翰的办公室，简单说明了来意后，总监靠在椅子上，双手放在厚大的皮质扶手上，微笑着说："耿小姐，我不明白你为什么这么有信心我们会跟你合作。我们公司经营良好，有自己的发展战略，不需要跟你们合作。"

"约翰先生，经过慎重考虑，我们决定从恒泰自有的一家啤酒公司和你公司中选择一家进行合作。我此次来就是了解贵公司的意向的。无论我们同谁合作，可以肯定的是，短期内我们合作双方的股票势必上涨。长期来看，我们为合作伙伴提供了巨大的新市场，而合作伙伴为我们提供了欧洲优质品牌的产品，双方都能获得快速发展。如果你们拒绝，获得这些好处的就是恒泰。贵公司和恒泰的业务、经营区域大部分重合在一起，在市场已经饱和的情况下，恒泰的发展就是你们的倒退，如果那时候董事会和股东们知道你们曾经拒绝了我们，你也很难交代吧？"耿佳慧注视着约翰的眼睛，轻声地说道。

约翰皱了皱眉，双手放到腿上，沉思起来。

沉默了半晌，他俯身向前，双手扶着桌子，盯着耿佳慧说道："我听说你们公司最近很乱，你和佟总并不能决定公司的重大决策。你能保证跟我们合作的提案在你们公司顺利通过吗？"

耿佳慧笑了，看来他们也不是不懂，如果巴斯真的无意合作，怎么会了解他们这么多的隐情？

"我们佟总会先在公司内部提交和贵公司合作的提案。如果未成功，你自然无须做什么，不过在此之前，我需要跟你们签署一份合作协议，空口白牙地去董事会谈提案，显得太过儿戏了吧？"

这种提笔签字，不费人力的事情，约翰自然是点头同意。

"好，那我就等你的消息。一旦你们成功了，我一定会设法在公司内部通过和你们合作的决议。”说着，约翰站起来，主动和耿佳慧握了握手。

耿佳慧回到公司后，立即向董事会提交了和巴斯公司合作的提案。

明亮宽敞的办公室内，黄琦琦粗略翻了翻这份提案，扔到了桌上。

踱步到巨大的落地窗前，她双手抱胸俯视着下面街道上细如蚂蚁的行人，内心冷笑着想道：“自不量力！早就知道你不会乖乖地坐以待毙，居然想找恒泰的老对头巴斯来反抗我们。真是天真！我和尚轩烈在董事会上占多数票，只要我们不松口，你就算有一千一万个提案又怎样？还不是被我们蹂躏。这就是你的垂死挣扎了吧？也好，既然你这么不甘心，我就在董事会上再好好羞辱你一番，这是你自找的。”

耿佳慧走进佟然办公室时，办公桌正放着她的提案，佟然跷着腿坐在椅子上，看着桌子上的提案，高深莫测的脸上看不出悲喜：“提案我看了，想法很好，但是没有实际意义，因为董事会是不会通过的。”

“就这样认输我不甘心。无论如何，我都要拼一把，就算最终还是输，至少我知道自己尽全力了，否则，我永远都不会原谅自己。”

佟然没有抬头，沉默一会儿，说道：“好吧，随你的心意做吧。我以前就说过，无论你做什么，我都会全力支持你。”

这种“我的家当你随便玩”的态度，真是让人有种想把他从老板椅上扯下来踹一顿的冲动。耿佳慧真是没法跟他沟通，她只能拼命地告诉自己，别害怕，回去再捋一遍，看看有没有疏漏，这一次，只许成功，不许失败！因为，她没有失败的本钱。

耿佳慧默默地转过身，打开房门走了出去。

董事会召开的前三天，耿佳慧忙得不可开交，恨不得一天当两天用。电话联络，登门拜访，拜见一个又一个的小股东，宣传自己的提案。

三天下来，耿佳慧嗓子哑了，说得脸上肌肉都僵硬了，拜见最后几个小股东时，结果差强人意，虽然多数小股东认可她的提案，却没有几个表示会在董事会上支持她。

第四天，上午十点，董事会在大会议室召开。耿佳慧静静地坐在办公室中，默默地回想着和佟然回公司后发生的一系列事情，莫名地松了一口气，仿佛放下了什么。

几天来一直让她感觉煎熬的提案是否能够通过，她不再那么关注了，神情一片恬静。和她一起的几个年轻人则一个个激动地坐不住，不时地站起来走几步，但都知道她心里更加着急，也没人过来打扰，反倒佩服起她的定力。

九点半，耿佳慧站起来，走进大会议室。本来这次股东大会，她是没资格参加的，但是因为她有重要提议，所以才获得了列席的机会。

会议室里已经坐了不少股东，有的默然不语，有的闭目沉思，也有些相近的窃窃私语。耿佳慧此时心情淡然，走到自己位置上坐下，也不去看其他人如何。九点十五分，小股东们都到齐了，就剩下佟然、黄琦琦、尚轩烈这三个大股东。

九点五十八分，黄琦琦、尚轩烈两个人迈着步，满脸笑容地走了进来，不时地和人打着招呼。尤其是黄琦琦，神采飞扬，配着化得精雕细琢几乎看不出化过妆的脸，更是给人一种青春干练的形象。

十点整，佟然推开门缓缓走了进来，瞧也未瞧特意站起来打招呼的小股东们，径直走到自己座位上坐下来，留下满脸尴尬的股东们。

他总是这么飞扬跋扈，耿佳慧在心里暗暗地摇了摇头，她知道，就算自己这两天真的说动了几个股东的话，也被佟然这种旁若无人的态度敲打得灰飞烟灭。

会议快结束时，黄琦琦才有意无意地瞟了耿佳慧一眼，问道："对了，耿总你不是有个什么提案，要给董事们过目商议吗？"

耿佳慧这时才慢慢抬起头，笑着说："打印好的提案就在各位董事的面前，为了大家理解方便，我再用 PPT 的形式给大家讲解一下。"

"会议也进行得差不多了，各位董事还有事情，你就长话短说吧！"黄琦琦不待耿佳慧说完，就打断了她的话。

而佟然也只是微笑着看着她，并没有出言相帮的意思。而尚轩烈正品尝着助理送来的香醇咖啡，并没有抬头。

也是，他当初只是答应了投票而已，而投票的机会，只有她自己来争取。

看来她辛苦了几天做成的 PPT 毫无用武之地了。耿佳慧心里一阵苦笑，可脸上还是从容淡定。她伸手将自己面前的提案翻到了最后一页："请大家看一看这份计划书上的收益预期表。如果我们公司与巴斯合作的话，那么未来的资本投入将减少 40%，这是它超越了其他欧洲啤酒品牌最大的地方！"

这句话直中要害！

果然耿佳慧这么一说，各位董事的脸上都有些动容，这时，佟然才不紧不慢地说道："哦？有这样的好事？请耿总说说看。"

耿佳慧还真不是信口开河，她去过巴斯的港城分部后，就在沉思一个问题，据她了解，巴斯这个分部成立了有三年的光景，这三年中，这个部门不会每天喝茶看报纸那么简单吧？

回去之后，她又做了一番调查，才发现，原来巴斯集团早早就铺展了高端市场业务，在全国各大高档酒店中自有一套销售网，也涵盖中端市场，利润惊人。

但是他们也遇到了发展上的瓶颈，因为现在倡导节约，反对浪费，高端市场的业务量日见萎缩。瘦死的骆驼比马大，这么一套成熟的销售网，真是白白送上门的点心。而且本土化后，巴斯集团的成本可以大幅度降低，在中低端市场上绝对大有发展。这样双赢的机会，合作成功率简直是百分之百！

黄琦琦冷笑着看着手里的计划书，看向耿佳慧的眼睛，简直能放出毒箭。这个女人倒是能干！

但是想要恒泰吃这个闷亏，让大家发财，对不起！她们黄家不是开慈善堂的！

“耿小姐，你不是董事会的成员，自然不大了解，我们在之前的会议上就已经商讨了引入欧洲品牌的事情，关于跟哪家合作，我们早已经达成了共识。你既然精力这么旺盛，我看，还是把你调到销售部好了，以后跟各个超市联络铺货的事情，就拜托耿小姐了……”

“我看耿总的提议不错，不如我们还是举手表决一下吧！”佟然突然开口说道。

黄琦琦倒是没有驳了佟然的面子。她是乐于看到现在的场景的，她心想：自以为是的女人！你以为能在佟然面前展示自己的才干？像这种事业企图旺盛的男人，是不容许自己在商场上有败绩的！自不量力的后果，就是让他看清同一个眼高手低的女人结合后，会给自己的商业帝国带来伤害！到时候，她的Ares自然会冷静下来思考一下，到底谁才配得上他！

想到这儿，黄琦琦觉得有和缓气氛的必要，就顺着佟然的意思点了一下头："好吧，既然你都这么说了，那我也不好反对了。"

叫了一个秘书计票后，进入了举手表决的阶段。满场的董事，就没一个举手的。

就在黄琦琦要露出得意笑容的时候，佟然慢慢地举起了手，看到他表态后，几个耿佳慧之前拜访过的小股东也慢慢地举起了手。

黄琦琦心里暗暗记下了那几个临时"反水"的小股东，以后他们的日子可是不能太好过了！她并没有动气，就算是有几个随声附和的又怎么样？只要她还有尚轩烈这两个大股东不同意，耿佳慧也掀不起太大的妖风。

想到这儿，黄琦琦微笑着准备宣布投票结束，可是就在这时，尚轩烈也慢慢地举起了手，这下不光是那些小股东目瞪口呆，黄琦琦都面露愕然之色。

她难以置信地望着尚轩烈，可是尚轩烈并没有望向她。

局面已经很明朗了，三位大股东中有两位已经举手同意了，还有几个小股东也见风转舵，犹豫了一下也举起了手。

这一刻，黄琦琦简直都要拍桌子了。她刻意憋着气，笑着问道："尚总，你确定这个方案可行吗？"最后几个字，她刻意加重了语气。

尚轩烈淡淡地说："大家天南海北地聚在这里，就是为了生财，既然面前有条财路，我们何乐而不为呢？"

一句话就堵得黄琦琦哑口无言，她知道现在在董事会上自己孤掌难鸣，已经很被动了，如果再执意争拗的话，很容易陷入尴尬的局面。

耿佳慧！因为“盟友”突然的背叛，黄琦琦对耿佳慧的恨意简直爆发到了极致！她曾经极度轻视这个女人，丝毫没有把她放在眼里，耿佳慧到底有什么魅力？除了佟然之外，居然连尚轩烈这个平时眼高于顶的高干子弟也对她趋之若鹜！如果可以，她真想用眼睛射出利箭，当场刺穿那个女人总是从容淡定的皮囊！

尚轩烈的临时转舵，彻底改变了亿阳之前的颓态，当董事会的消息传达下来的时候，与耿佳慧一起秘密鏖战了几个通宵的同事，个个兴奋得嚷嚷晚上要去酒吧庆祝。

耿佳慧笑着说：“大家辛苦了，犒劳一下是应该的，不过我还有事，就不去了，你们去吧，明天把账单给我，我请客！”这句话又换来了一阵兴奋的叫好声。感谢完同仁后，耿佳慧有意无意地将目光瞟向了会议室，刚才大家离开后，佟然和尚轩烈并没有一起离开。虽然没有顺风耳，但是耿佳慧大致能猜出两个男人在会议室里要谈些什么。

此时，一如耿佳慧想象的那样，气氛剑拔弩张。尚轩烈跷着二郎腿悠闲地坐在椅子上，微笑着看着他昔日的老大。佟然目光深沉，也直直地望着尚轩烈。好半晌，他才问道：“你为什么要这么做？”

尚轩烈笑着说：“为什么？看在昔日兄弟感情的分上不想看到你被排挤出董事会，不想你在佳慧的面前失败得像丧家之犬，这两个答案你喜欢哪一个，自己挑吧。”

这一刻，尚轩烈的心情是愉悦的，发自内心的愉悦。曾经仰望的一座高山，终于在岁月的磨砺中被磨平成一步便可跨越的山丘，这其中的滋味可不是简单的“满足”二字能概括的。

就在方才他举起手的那一刻，佟然的脸微微变色，那一瞬间，尚轩烈知道自己终于赢了。佟然居然也有靠女人的哀求与怜悯才能苟延残喘的一天。这比用重拳挥击男人的脸颊更有羞辱之感。现在，他要做的只需静静地欣赏这得来不易的胜利果实，将这份喜悦之感再细细地品尝回味。

佟然没有说话，只是用手指轻轻地敲击着桌面，会议室里一时间安静极了。尚轩烈无意与他做无谓的对峙，站起身来手插在兜里准备出去。就在这时，佟然突然打开了自己面前的文件夹，将一份文件抛在了尚轩烈的脸上。尚轩烈伸手接住，目露疑惑之色，接住文件仔细一看，不过是几行字的工夫，顿时脸色变了。因为佟然扔给他的是一份整体打包出卖集团的计划书。

这份计划书内容之详实不是一朝一夕能制订出来的，而收购的单位是一家他从来没有听过的欧洲公司。

“你这简直是痴人说梦！董事会根本不会同意你这种方案！”

佟然笑了，牙齿泛着白光，眼神像匹凶狠的狼：“如果集团是只下蛋鸡，大家当然不肯撒手。可是，如果集团的股价一落千丈，入不敷出呢？想必各位股东争先恐后地互相挤压着想爬出这个泥坑了吧？他恒泰打得一手好算盘，我佟然难道是吃素的吗？我当初肯入局就没想过做赔钱的买卖。他恒泰胃口大，想要一口吞下这块肥肉，也要看他有没有这个能耐从我嘴里夺食。本来按着计划恒泰明天的股价就要一落千丈，想要救局就只能从外围的生意当中抽调救命的资金，自顾不暇之时，他也只能弃车保帅了。”

尚轩烈一下子明白了佟然的意图，如果他没猜错的话，那家欧洲企业应该也是佟然的子公司。这么走了一圈，低卖、低买之后，佟然就达到了全面控股的目的，而恒泰与已经出局的佟氏简直是白忙一场。前期铺垫，冲锋陷阵打下大片的江山后，他们只能眼睁睁地被“杯酒释兵权”，黯然退场。而他这么贸然冲进来后，也只会赔得血本无归！

想到这儿，尚轩烈激起了一身的冷汗！

“你以为耿佳慧这么做是为了我？她简直是你的救命恩人！现在，你说说看，你要选择哪一样？如果真是因为兄弟情，那么无论怎样，我都要领你这份情，以前的都翻过去，我还当你是兄弟，可是，如果你是出于后一种目的，你说，我该让这出戏怎么走下去呢？”

尚轩烈紧紧地捏着那份文件，脸颊如同火灼一般，他从牙缝里挤出几个字：“她是知情的？”

佟然这时才微微露出苦笑：“多半是不知道的吧。本来我是希望她撞一撞南墙，知道这里的水有多深的，没想到她做起事来居然撞了南墙也要硬刨出个洞来，本来没有希望的事情，居然让她做成了。我真是没想到你会在关键的时刻支持亿阳。你这个傲慢过头的浑蛋小子，是不会放弃这种能施恩与我的机会的。这招真是杀人不见血，既成全了你我的‘兄弟情’，又让我打落牙齿和血吞。我今晚真的要好好‘感谢’这个小女人，既然慧慧这么努力，我怎么好驳了她的面子呢？可惜了，本来我是很期待看到你们无功而返的颓态的，不过……”佟然突然顿住了，他站起身来，走到尚轩烈的面前，目光颇有些揣度之意，“我真的很好奇，她究竟是怎么说服你的？”

那边昔日的兄弟在沟通着，这边黄琦琦也找上门来，耿佳慧这次没有回避，走进了黄琦琦的办公室。

黄琦琦坐在椅子上扬着下巴，对耿佳慧说："耿小姐，你这招真是太高明了！"

耿佳慧坐到了对面的沙发上，微笑着说："黄总，其实我还有一笔买卖要跟你做。"

几家欢喜几家愁，佟家现在也是愁云密布，因为本来佟自的意思是压一压佟然的势头，故意把儿子的婚礼与佟然的婚礼撞到一起。这明显就是要跟佟然唱对台戏的架势。但是唱戏的先掂量一下嗓门，看能不能喊过别人。

在知道佟家的这场婚礼后，耿佳慧接到了一通电话，是佟晓亮打来的，听声音就知道他喝得不少，电话里的声音都是哽咽着的。从他凌乱的话语中，耿佳慧知道，佟晓亮是不甘心的，他对于已经怀了孩子的白雯雯并没有一丝的爱意，这场婚礼从头到尾都是对他最无情的葬礼。

耿佳慧还听到当初自己精心布置的新房又派上了用场，被精打细算的赵芳华原封不动地变成了佟晓亮与白雯雯的新房，只不过白雯雯比她的待遇要好一些，为了与佟然唱对台戏，并没有去机械厂附属招待所，而是换成了一家格调颇为高档的酒店。

可惜，就算赵芳华肯下血本，也不见得有好的效果。要知道佟然的婚礼定在了国外，宾客如果打着一天往返两家走礼的主意，肯定是不可能的。对两场佟府的婚礼权衡利弊后，大家得出的结论自然是不能得罪蒸蒸日上的亿阳老总。

眼看着请帖下完了，佟自却接二连三地接到了推脱有事，只能礼到人不到的电话，可以预见，佟晓亮的这场宾客寥寥的婚礼得是多么“精彩”。

耿佳慧知道，对于耿晓亮自己一个字的安慰都是虚假的，她轻轻地说：“你已经是要当爸爸的人了，要学着坚强些。你的婚礼，不会成为别人眼中的笑话的。”

耿佳慧本以为佟然事后会问她尚轩烈临时“反水”的缘由，但是佟然一个字都有没有问。

不过，那天，回到家时，佟然半靠在床头，将她拥入怀中，一边把玩着她的头发，一边轻声地说：“我说过，你想怎么玩我都陪你，但是，有件事……你可是连想都不要想……”

耿佳慧知道佟然的意思，就像他说的，要是她想要天上的星星，他也会亲手摘下来，但是，要彻底绝了离开他的心。

她抿了抿嘴，放松身体慵懒地俯在他身上，玉葱般的手指在男人强健的胸口轻软地画着圈，没有说话。

巴斯集团对这次与三大集团的合作很重视，为了达到宣传效果，特意选择了几百公里外一个著名风景区的五星级酒店举办签字仪式，仪式后还会召开新闻发布会，邀请了欧洲多家电视台和著名报纸的财经记者参加。

签字仪式还未开始，大堂里挤满了商界名流，聚集成一个个小团伙谈论着。不时有穿着阿玛尼西装，浑身散发着贵族气质的侍者单手托着精致托盘穿梭在人群中倒酒送杯。众多记者趁着难逢的机会到处追逐着各行业名人采访交谈。

耿佳慧站在偏离人群的一角，手里拿着酒杯，状似悠闲地喝着葡萄酒，同时观察着众人。

耿佳慧看到佟然和巴斯集团的CEO路易斯、财务总监约翰站在主席团一侧，几个人满脸笑容地交谈着。

突然，一个有些熟悉的身影进入她的眼帘，待要仔细看去，那道身影一转身，快步绕过人群消失了。这个背影耿佳慧不是第一次见到，自从啤酒厂遇袭后这个身影就经常在她身边出现。

也不知佟然花了多少钱请来的这位保镖，尽职不说，从来不会贸然出现在她的身边干扰到她的生活，真是值得嘉奖。

签字仪式在十点进行，十点半举行新闻发布会。

签字席在大堂后面的大礼堂内，桌子由百年原木制成，上面铺着厚厚的深绿色绒毯。佟然和路易斯坐在签字席边，面露微笑注视着桌前五米外密密麻麻的记者和各种“长枪短炮”，面前各摆放着一份文件。耿佳慧、黄琦琦、尚轩烈等众多高级管理人员在佟然和路易斯身后站成一排。

这个时候，闪光灯噼里啪啦地响成一片，闪烁不停。

耿佳慧因为眼前太过明亮已经看不清楚前方，只能圆睁着失去焦距的双眼，摆出一副微笑的模样，心里不无快意地想，她都快被闪瞎了，比她位置更靠前，更受关注的佟然不知道会是什么样。

想到他犹如盲人一样面对不远处的众多记者还要故意摆出一副平易近人的笑容，她心里就感到好笑。

十点整，主持人宣布签字仪式开始，先是对签字双方身份的说明，然后解说协议的重要性，接着就是两人签名。佟然和路易斯拿起万宝龙笔，各自签好面前的文件。签字仪式结束，人群散去，侍者开始重新布置桌子。

佟然起身看了耿佳慧一眼，继续和路易斯聊起来。不知为什么，佟然总觉得有些不对劲，但是一时间也说不出个所以然来。转身的工夫，他冲着隐藏在暗处的保镖递了个眼色，示意跟紧些。

耿佳慧回他以微笑，走出房间，来到大堂外一扇落地窗前，俯视下面波光粼粼的湖泊，面色淡然。

现在是十点过五分，还有二十五分钟新闻发布会开始。她现在不能离开，否则佟然可能发现她失踪，安排人员寻找她。十点二十五分，她就可以行动了。那时佟然已经坐到发言席上，就算发现她不见了，也无法安排寻找，她有差不多三十分钟的时间。

这次是最好的机会，不成功的话，佟然警觉后她就再也没有机会了。

十点二十五分时，佟然和双方高层再次被请进会议室，大堂里的人群也蜂拥向会议室。

耿佳慧却向着相反的方向，穿过人群，走出大堂，直奔向走廊的电梯间，按下电梯上行键，这时电梯间除她外空无一人。

电梯打开，她走进去，按下三十楼，面对电梯门站好。就在电梯即将关闭的瞬间，一道身影矫捷地跃进电梯，闪到她身后——是那个如同影子一般的男人。她故作惊讶地欠了欠身，没有回头。

电梯在三十层停下，她走出来，身后的人随着她走出电梯。感受到背后视线一直注视着自己，她控制住身体，故作轻松地走到走廊中部 3024 房间，从包里拿出磁卡，打开门走了进去。一进屋，她立即放下了优雅，快步跑着来到房间尽头的一扇木门前，推开门冲进去。门后是另一套几乎一模一样的房间，床上放着一套酒店清扫人员的蓝色裙子、白衬衫和鞋子，地上停着一台清扫车，上面堆着白毛巾浴袍，车前方挂着一台吸尘器。

看来黄琦琦还算守信，这酒店是恒泰旗下的产业，就算佟然事后想要调查监控录像，也没有办法！因为就算她不说，黄总也一定早早就关闭了走廊的监控摄像头，不会给她的 Ares 留下一丝痕迹。

耿佳慧三下五除二地脱下衣服鞋子，换上清扫服和鞋子，又将自己的衣服和背包扔到清扫车里，然后上面盖上浴袍，用手将头发弄乱。她低头看看自己身上没有什么不妥，这才深深吸了口气，打开房门，推着车子走出房间。

她用眼角的余光瞟了一下，看到一道身影站在走廊里，离她十几米远，似乎正看着她。她屏住呼吸，背向着那道人影，将车推向走廊的另一侧，一边推一边给自己打气："别着急，慢慢推，你能行的。"

人影是个高壮的汉子，三十来岁，眼睛眯起来不时露出一缕精光。汉子有些疑惑地看着慢慢远去的清扫工，看看她出来的 3025 房间，又看了看紧紧关闭的 3024 房门，想了想，摇了摇头，没有动。

耿佳慧走到走廊另一侧的电梯门前，打开电梯门，走了进去。电梯门一合上，耿佳慧就俯在车上大口地喘气，平复一会儿后，她从车上包里掏出一张磁卡，从十楼出来，打开最近的 1001 房间，推车进去。在房间里紧张地换了一套带帽子的运动装后，背起旅行包，走出房间，坐电梯到了一楼，走出酒店，一辆早已叫好的出租车正停在门口。耿佳慧上了出租车，直奔二十里外的城市。

十分钟后，耿佳慧在市中心下了车，走过两条街，来到一辆旅游大巴前，车上是一车的中国游客，一个四十来岁的男导游哑着嗓子喊道：“怎么晚了五分钟，大家都在等你。我们还要去下一个城市呢。”

耿佳慧说了句“不好意思”就上车了。

当神色慌张的男人冲进会场，附在佟然的耳边低语片刻后，人们发现亿阳的总裁神色不变，可是手里的玻璃酒杯被捏得粉碎，发出“咔嚓”的声音。

众人吃了一惊，纷纷猜测发生了什么意外，但是佟然面带微笑说了句“不好意思，失陪一下”，就带着几个助理急匆匆地离开了会场。

“你确定她偷偷离开了？外面的司机和保镖有没有看到？”

男人满头大汗：“没看到，我方才里里外外都找过了，要不，佟总您用手机联系一下。”

佟然掏出手机，拨通了号码，那边是手机已经关机的提示音。

寂静的走廊里，刺耳的提示音震得耳膜有种隐隐作痛的感觉，佟然没有去看满头大汗的保镖，而是慢慢地踏入了3024房间。不需要任何的解释，沙发上散落的小礼服不久之前还穿在耿佳慧的身上。

佟然转身走出酒店，开车回到了集团总部。

“咣”的一声，公司的大门被人用力推开，还在办公的员工们被突然出现的巨响吓了一跳，愕然抬头看到佟然满脸煞气地快步走进来。

员工们吓得屏息凝神坐在自己的座位上，不时地偷偷瞄着佟然。

他们看见佟总突然冲到了耿佳慧的办公桌前，而佟然眼一扫就看到办公桌上放着一个信封和一个乳白色的小塑料袋，信封上写着“佟然亲启”。

佟然抓起信封，一把撕掉封口，展开信纸，耿佳慧清丽的字体便出现在了眼前。

佟然:

当你看到这封信时，我已经离开。请不必费心找我，我既然要走，自然做了万全的准备。离开你，不是因为我恨你，恰恰相反，是因为我发现自己又如同多年前，深深陷入了嫉妒失去自我的怪圈，可是我们究竟该如何相处，似乎你跟我还是没有学会，所以我要离开，再见……或者不见。

看完了这封富有哲理的短信，佟然两眼直喷火！转过身来再看那塑料袋，更是愣怔，里面的东西居然是一支验孕棒，验孕棒上两道杠甚是醒目，他静静地站在那里，一动不动。

慢慢地，佟然身子抖动起来，并且哈哈大笑，眼泪都流了出来，这种时候，她居然还敢离开他过朝不保夕的流浪生活？她不知道孕妇头一个月是最危险的吗？

这个女人真是算准了，要是他真的拿她的家人去威胁她的话，人家肚子里有个现成的热乎乎的小人质呢。女人什么狠话都不用说，他该怎么做尽在不言中了。

耿佳慧！你现在可是名副其实的“有种”了！

演技可真好啊！佟然的青筋暴起老高，半天才咬牙切齿地说：“派人去耿佳慧的父母家！”

保镖们听了佟总的话，刚要行动，却被佟然突然出声叫住：“你们就远远地看着，看看她有没有回到父母那里，不要去敲门。”

有那么一瞬间，他甚至想把她的哥哥抓起来，威胁那个女人回来。可是他知道，若是真的这么做，那他和她就真的彻底结束了。

这个女人是故意的，她不就是想看看他在盛怒下会不会一如从前简单粗暴地靠武力解决一切吗？

他偏不给她离开自己的借口！

佟然并没有再找下去，他知道，这女人铁了心不想让他找到时，是真的找不到。

他每天夜里躺在空荡荡的大床上，不停地回想着自己与耿佳慧重逢后的点点滴滴。

他知道，她还是爱着他的，不然她不会选择留在他的身边。可是现在呢？不爱了吗？他茫然地摸着身边冰冷的床单，对着空寂的房间，低声说着：“慧慧，我想你了……”

三个月过去了，佟然身边已经到了“生人勿近”的可怕程度，其间，黄琦琦觉得既然碍眼的女人已经不在了，必须利用好空窗期时，有意无意地撩拨着男人。

公事上则继续小动作不断，可惜现在的佟然心里已经狂暴得早就没有耐性玩猫抓耗子的游戏了。

当恒泰集团的股票一落千丈时，黄琦琦才隐约明白，自己招惹的是怎样可怕的野兽。

佟然在无意中明白了黄琦琦送尾戒的含义，以及她背后给耿佳慧发照片的种种动作后，简直是暴跳如雷。

佟然心里还是难受，为什么慧慧受了那么多、那么大的委屈，从来不跟他说呢？

他忽然想起了从前的他，那时的慧慧是会哭闹吃醋的，可是……他又是怎样的反应呢？

他竟然生生把那个爱吃醋、爱撒娇的小女人逼成了所谓识大体、懂贤惠，睁一只眼闭一只眼的正房夫人……

“佳慧，可以了，别这么折腾阿然了。”

“他的脾气是不好，但是你要知道，现在他都这样了，也没有骚扰你的爸妈和哥哥，更没有去逼问你的闺密。而且，绝对洁身自好，身边别说女人了，连只母苍蝇都没有！你还有什么解不开放不下的？”

耿佳慧轻轻摸了摸自己的肚子，笑了笑，说：“正是放不下，才要暂时离开，他若是懂，就该明白如何去做，我希望自己孩子的父亲在面对妻子和亲人时，能像普通人那样，发发脾气可以，但要冷静平和地处理矛盾。总不能因为一点点不顺他的意，就弄得人倾家荡产……而且我总要给他机会，究竟选择我这个小家子气的醋坛子，还是选择通情达理，不会干涉他逢场作戏的女人。”说到这儿，她又说，“不过……童姐，谢谢你替我保密。”

耿佳慧只是微微一笑，低头继续看着手里的育儿书。

童亚红摇了摇头，这个女人真是胆大，居然跟佟然玩起了“灯下黑”，打死他都想不到，耿佳慧居然投奔到她这里了吧！

她也是没事找事，被耿佳慧一通说服后，居然鬼使神差地瞒着老公，安顿了肚子大起来的女人。不过也对！佟然那小子是有点不把女人放在眼里，我行我素的样子的确欠教育，明知道那个姓黄的不怀好意，还总跟她玩暧昧！这是病！得治！

可是都这么久了，那边每天跟油煎似的。这女人啊！是阿然的劫……童亚红觉得自己该“放放水”了。

想到这儿，她偷偷拨打了电话……

十六个小时后，一身风尘的佟然走向了红姐茶园的大门。

走在茶园门前那条起伏的坡路时，佟然一想到耿佳慧怀着孩子一个人小心翼翼地走在这样陡峭不平的山路，就恨得牙根都咬紧了：“很好，耿佳慧，你真是让我好找！我要让你知道你要为自己的任性付出多大的代价。”

进了茶园，佟然慢慢寻找起来。茶园虽然不是很大，但是想要找到一个人也不是轻松的事情。依山而上，全是吊脚木楼，次第高升，别具特色。

走到一半，佟然的脚步顿住了，他看见一个纤瘦的女人穿着白色百褶长裙，裙子和上衣都缝着民族风纹饰。女人的头上戴着一顶白色帽子，垂下一圈银坠，脖子上挂着一大串细细的银项链，从前胸一直耷拉到微微隆起的腹部。

此时正是傍晚时分，耿佳慧背对着太阳站立，夕阳温柔的光芒从后面将她包围住，仿佛给她打了一个光圈，配上她美丽洁白的面庞、温暖感人的笑容，她仿佛一个天使。

佟然一个没忍住，眼泪居然从眼眶里落了下来。

他慢慢地走上台阶，轻握住了女人的手。

她居高临下地看着他，轻声说道：“我就是这么善妒不可理喻的女人，你还愿意娶我吗？”

他看着她，眼睛狠狠地瞪着，如往常一般，一肚子威胁人的话在酝酿着。可是看着女人沉静如水的面容，想着这不短的日子分离的煎熬，他知道自己在这场对弈中败下阵来，也许这辈子都翻不了身……

终于，他放下了所谓大男人的架子，沉声说道："我的脾气不好，但是绝不会家暴。我以后还会谈很多生意，但是绝不会再与任何女人逢场作戏……我会努力叫你安心，你也可以尽情吃醋，你还愿意嫁给我吗？"

夕阳中，两双手紧紧地握在了一起。

也许在未来的日子里，还会有许多的磕磕绊绊，可是耿佳慧知道，无论是她还是他，都在岁月里慢慢地成长了，会努力地牵着对方的手，不会轻言放开。

忽然知佳意

幸福是你

番外

新手妈咪都有手忙脚乱的时候，耿佳慧生怕自己这样，所以生产的几个月前，便急急备产。买育儿书籍，在手机上下载App，严谨治学的程度堪比当年高考备战，用荧光笔画重点，用细笔标批注。

佟然也跟着看，顺便欣赏耿佳慧在笔记本旁边画上的正在拉臭臭的小娃娃，或者是咧着嘴哭的娃娃。

可是这些纸上谈兵，到了临阵时，全都不管用了。她想要顺产，但是骨盆太窄，医生建议剖腹产。

手术很顺利，白白胖胖的肉团子八斤四两，幸好选择了剖腹产，不然这么胖的小子，顺产一定吃力。

耿佳慧出了产房便一动不动地躺在产床上，佟然请了月嫂、保姆和营养师，全套上阵。

因为身体虚弱，耿佳慧没有太多奶水。医生的意见是母子同室，孩子的哭声和气味都会潜移默化地刺激着妈妈多产奶。

于是从医院出来后，布置一新的婴儿房暂且不用，小肉团跟耿佳慧还有佟然住在卧室里。

耿佳慧从来都没有想过佟然这个大男人会当好爸爸，可是事实证明，佟然还真是个当爸爸的料，每次女儿饿醒啼哭时，都是佟然先醒来，也不用耿佳慧起身，便将绵软散发着奶香味的小肉团放在耿佳慧的身旁，她只要侧着身子喂奶便好。

等团子吃饱了，他又会照着月嫂教的，将肉团的小脑袋搭在肩膀的纱巾手绢上，轻轻拍打，让肉团子打一个响亮的奶嗝才睡。

耿佳慧静静地躺在床上看着自己的丈夫还有女儿，直觉得心都要融化了。

有了宝宝后，佟然的性格真的是变了不少，曾经火爆狠戾的男人，逐渐变成有耐心的奶团子的奶爸。

有时候集团迎接大客户，与他相熟的商业伙伴在他的豪车上都能捡到一两个咬胶玩具。一问才知，有时候佟然上班时，想女儿和老婆，便叫司机将自己的亲亲老婆和女儿接回公司，为此佟然的办公室套间里还专门安排了婴儿房。

尿布脱换洗漱台，小小的奶瓶玩具消毒柜，还有个淘气堡，各色东西一应俱全，看那意思，能满足小团子三岁前的各种需要。

这惹得熟悉佟然的商场老朋友看纷纷摇头，这么宠女儿可怎么得了，将来女儿出嫁他岂不是要难过死？

佟然不以为然，觉得就算女儿要嫁人也是很久远的事情。

可是当女儿上幼儿园时，佟大董事长才猛然意识到忧患近在眼前。

现在的幼儿园都是怎么招生的，难道不检测一下入园小豆丁的心理年龄吗？

佟然这天去接女儿，看着女儿手里平白多出的棒棒糖生闷气。

“爸爸，米乐说他下个情人节还给我糖吃，这样我就是他的女朋友了。”乳名叫糖包的女娃娃一边舔着小糖人一边说。

佟然想起方才上车前，被保姆牵着的小胖墩，心里便来气：“想吃糖，爸爸给你买，不要吃别人的。”

耿佳慧穿着一件雪白的长裙坐在女儿的身旁，看着佟然气鼓鼓的样子便觉得好笑：“他们这些三岁的小团子，哪里知道什么叫女朋友。大约是看爸妈叔叔阿姨之间互送了礼物，便觉得有趣，模仿着来而已，又不是真要跟你抢女儿。”

佟然挑着眉道："我女儿这么可爱，她班里的那几个小男孩都喜欢跟她玩，这都是苗头，得扼杀在摇篮里。"

耿佳慧懒得跟"女儿控"争辩，只轻轻将头转向一边。

下车的时候，糖包被佟然抱在怀里，她趴在爸爸的耳旁问："爸爸，你怎么不给妈妈买糖吃，也不给妈妈买礼物？这样下去，是会没老婆的，米乐的爸爸就是因为不给他妈妈买大钻戒还有好看的衣服，他妈妈就给他找了个新爸爸，新爸爸会给他买很多的玩具……"说到最后，糖包红了眼，搂着佟然的脖子道，"爸爸，我不要妈妈给我找新爸爸。"

糖包所在的幼儿园是所国际全英语幼儿园，看来那个米乐的妈妈是改嫁了个身价不菲的男人了。

佟然听得脸绿，虽然并不觉得以自己现在的身价，谁能撬动他的墙脚，跟他抢老婆。但是女儿说得对，他的确是不够细心，最近得勤向老婆表达爱意。

耿佳慧如今自己开的公司风生水起，她乃业界有名的女强人，尤其是在网络电子商务一块，大有异军突起之势。她向来是这个样子，做什么都力求尽心尽力。

结婚生女，给耿佳慧更增添了别样的风韵。他有次闲极无聊，曾经上网搜寻，发现表示耿小姐是他心中女神的帖子叠加起来，堪比摩天大楼。

佟然觉得年轻的一代太堕落，不思进取，专想撬别人事业有成的老婆。

这样的火苗，也得扼杀在摇篮里。

想到这，他捏了捏女儿变红了的鼻尖："今晚，爸爸便让你看看什么叫可以托付终身的男人！"女儿得富养，将来可不能因为一块糖就被穷小子骗走了。

到了晚上，当佟然抱着女儿搂着妻子来到窗前，外面是绽放的漂亮的礼花，伴着礼花而来的，还有一架直升机，带着一家三口去远海的邮轮上吃饭，看夜间闪亮的水母遍布海面。

耿佳慧表示佟然真是兴师动众，年轻孩子们的节日，他们老夫老妻不必这么隆重。

佟然一本正经地道："这叫攘外必先安内，稳定你的军心，也叫你那些蠢蠢欲动的追求者歇菜。更是顺便让我女儿开眼界，让她知道追女孩拿棒棒糖是多么寒酸。"

耿佳慧笑了，靠着他的耳朵低声道："也许，你还要教教你的儿子以后要如何追求人家女孩子……"

佟然眨了眨眼，一下子明白了，激动都摸着她的小腹道："你……又有了……"

耿佳慧笑了，一家三口——不！是一家四口在漫天的花火里，驶向下一幸福的彼岸。